BASTEI
LÜBBE
TASCHENBUCH

Weitere Titel des Autors:

Mein Winter mit Grace
Am Anfang des Weges
Bis zum Horizont

Titel in der Regel auch als E-Book erhältlich

Über den Autor:

Richard Paul Evans' größter Erfolg war die Weihnachtsgeschichte *Die wundersame Schatulle*, die er für seine Kinder schrieb. Sie stand wochenlang ganz oben auf der Bestsellerliste der New York Times. Evans' weitere Romane wurden in mehr als fünfundzwanzig Sprachen übersetzt und zum Teil fürs Fernsehen verfilmt. Er lebt mit seiner Frau Keri und ihren fünf Kindern in Salt Lake City, Utah.

Richard Paul Evans

DAMALS IM DEZEMBER

Roman

Aus dem amerikanischen Englisch von
Anita Krätzer

BASTEI LÜBBE
TASCHENBUCH

BASTEI LÜBBE TASCHENBUCH
Band 16 883

1. Auflage: September 2013

Dieser Titel ist auch als E-Book erschienen

Vollständige Taschenbuchausgabe

Deutsche Erstausgabe

Titel der Originalausgabe: »Lost December«
Originalverlag: Simon & Schuster

Umschlaggestaltung: Tanja Østlyngen
Satz: Urban SatzKonzept, Düsseldorf
Gesetzt aus der Adobe Garamond
Druck und Verarbeitung: CPI – Ebner & Spiegel, Ulm
Printed in Germany
ISBN 978-3-404-16883-5

Danksagung

All meinen Freunden bei Simon & Schuster danke ich herzlich für alles, was sie tun und getan haben, um meine Bücher seit inzwischen fast zwei Jahrzehnten weltweit zu verbreiten.

Meinem Vater in Liebe gewidmet

Ein Mann hatte zwei Söhne. Und der jüngere unter ihnen sprach zu dem Vater: Gib mir, Vater, das Teil der Güter, das mir gehört. Und er teilte ihnen das Gut. Und nicht lange danach sammelte der jüngere Sohn alles zusammen und zog ferne über Land; und daselbst brachte er sein Gut um mit Prassen. Als er nun all das Seine verzehrt hatte, ward eine große Teuerung durch dasselbe ganze Land, und er fing an zu darben und ging hin und hängte sich an einen Bürger desselben Landes; der schickte ihn auf seinen Acker, die Säue zu hüten. Und er begehrte, seinen Bauch zu füllen mit Trebern, die die Säue aßen; und niemand gab sie ihm. Da schlug er in sich und sprach: Wie viele Tagelöhner hat mein Vater, die Brot die Fülle haben, und ich verderbe im Hunger! Ich will mich aufmachen und zu meinem Vater gehen und zu ihm sagen: Vater, ich habe gesündigt gegen den Himmel und vor dir. Ich bin hinfort nicht mehr wert, dass ich dein Sohn heiße; mache mich zu einem deiner Tagelöhner! Und er machte sich auf und kam zu seinem Vater. Da er aber noch ferne von dannen war, sah ihn sein Vater, und es jammerte ihn; er lief und fiel ihm um seinen Hals und küsste ihn. Der Sohn aber sprach zu ihm: Vater, ich habe gesündigt gegen den Himmel und vor dir; ich bin hinfort nicht mehr wert, dass ich dein Sohn heiße. Aber der Vater sprach zu seinen Knechten: Bringt ihm schnell das beste Kleid hervor und tut es ihm an und gebet ihm einen Fingerreif an seine Hand und Schuhe an seine Füße, und bringt das Kalb, das wir gemästet haben, und schlachtet es; lasset uns essen und fröhlich sein! Denn dieser mein Sohn war tot und ist wieder lebendig geworden; er war verloren und ist gefunden worden. Und sie fingen an, fröhlich zu sein.

Lukas 15, 11–24

Prolog

Ein neunzigjähriger Mann ging zur Beichte. »Pater«, sagte er, »ich habe meine Ehefrau verlassen und bin mit einer dreißigjährigen Frau weggelaufen.«

Der Priester erwiderte: »Das ist schrecklich, aber ich kenne deine Stimme nicht. Bist du ein Mitglied dieser Gemeinde?«

Der alte Mann antwortete: »Nein. Ich bin kein Katholik.«

»Warum erzählst du mir dies dann?«, fragte der Priester.

»Ich bin neunzig Jahre alt«, erklärte der alte Mann. »Ich erzähle es jedem.«

* * *

Es gibt Menschen, die von ihren Fehltritten erzählen und dabei in Erinnerungen schwelgen – aus einem unangebrachten Stolz auf vergangene Missetaten heraus. So ein Dummkopf bin ich nicht. Ich erzähle meine Geschichte zu Ihrem Nutzen, nicht zu meinem. Meinerseits empfinde ich nichts als Scham und Dankbarkeit – Scham gegenüber den Menschen, die ich verletzt habe, und Dankbarkeit dafür, dass sie mich nicht verlassen haben, obwohl ich es verdiente. Die größte Hoffnung im Leben ist manchmal eine zweite Chance, das zu tun, was wir ursprünglich hätten richtig machen sollen, heißt es. Dies ist die Geschichte meiner zweiten Chance.

Erstes Kapitel

Der verlorene Sohn aus dem Lukas-Evangelium hat nicht nur sein gesamtes Geld verloren, sondern auch sich selbst. Beides trifft auch auf mich zu.

Aus dem Tagebuch von Luke Crisp

Mr. Adams, mein Englischlehrer in der siebten Klasse, sagte immer: »Wie dünn der Pfannkuchen auch sein mag, er hat trotzdem zwei Seiten.« *Jede Geschichte hat zwei Seiten.* Die Leute verwechseln diesen abgegriffenen Spruch mit Weisheit – als ließen sich alle Übel dieser Welt weginterpretieren, wenn wir nur die andere Seite der Geschichte betrachten würden. Sagen Sie das mal dem Massenmörder in Ihrer Gegend. Ich glaube, dieser Spruch entspringt schlicht moralischer Faulheit. Er ist ein Motto für Leute, die einen moralischen Kompass ohne Nadel bei sich tragen. Glauben Sie mir, *jedes* Übel hat seine Seite der Geschichte.

Ich teile Ihnen dies mit, weil ich nicht will, dass Sie glauben, ich wolle mich rechtfertigen, indem ich Ihnen *meine Seite* der Geschichte präsentiere. Welche Entschuldigungen ich mir damals auch zurechtgelegt habe – meine Entscheidungen waren falsch, und ich hatte Unrecht. Ich warne Sie schon im Vorfeld: Wenn Sie meine Geschichte lesen, werden Sie mich nicht mögen. Das verstehe ich. Mir gefällt nämlich ebenfalls nicht, wie ich damals war. Vermutlich kennen Sie die Geschichte vom verlorenen Sohn. Das ist auch meine Geschichte. Ich bin hier, um Ihnen meine Seite dieser Geschichte zu erzählen.

Zweites Kapitel

Nur wer nie geht, stolpert nie.

Aus dem Tagebuch von Luke Crisp

Falls die Saat meines Absturzes in meiner Jugend gesät wurde, ging sie erst in den Jahren auf, in denen ich die Wharton Business School an der University of Pennsylvania besuchte, wo sie sorgfältig von einem Gärtner gehegt wurde, von dem später noch die Rede sein wird. Zuvor lebte ich dort, wo ich geboren wurde, in Scottsdale, Arizona, einem gehobenen Vorort von Phoenix.

Meine Kindheit war ein wenig ungewöhnlich. Meine Mutter starb an Brustkrebs, als ich sieben war, woraufhin sich mein Vater aus Kummer in seine Arbeit versenkte. Mein Vater, Carl Crisp, war ein innovativer und brillanter Mann – ein unternehmerischer Visionär. Mit viel Fleiß gelang es ihm, ein internationales Unternehmen aufzubauen. Wenn Sie nicht gerade in einer Höhle in den Appalachen oder in einer Hütte in den Sümpfen der Everglades wohnen, haben Sie möglicherweise schon davon gehört: Crisp's Copy Centers. Derzeit sind über zweitausend Standorte über die gesamten USA und Kanada verteilt, und jeden Monat steigt die Zahl der Läden weiter.

Mein Vater hat sich zwar in die Arbeit gestürzt, aber ohne mich zu vernachlässigen. Vielmehr nahm er mich überallhin mit. Ich habe meine Kindheit an seiner Seite verbracht. Während sich die meisten anderen Jungs in meinem Alter im Baseball übten, lernte ich, wie man eine Tonerkartusche in einem Farbkopierer auswechselt.

Im Alter von sechzehn leitete ich meinen ersten Copyshop in Gilbert, Arizona. Ich bin ziemlich sicher, dass ich der einzige Zehntklässler an der High-School war, der einen selbst erarbeiteten BMW fuhr. Während ich aufs College ging, leitete ich zwölf Kopierläden. Mit einundzwanzig hatte ich mein Studium an der Arizona State University mit Auszeichnung abgeschlossen.

Die Leute sagen immer, dass ich meinem Vater sehr ähnlich sehe, was ich als Kompliment betrachte. Wir sind beide groß und ein wenig schlaksig und haben hellbraunes Haar. Aber da endet unsere Ähnlichkeit auch schon. Das auffälligste Merkmal meines Vaters sind seine intensiven, von buschigen Augenbrauen teilweise überdeckten dunklen Augen. Er sagte mir immer, das Geheimnis für Erfolg sei eine »laserartige Konzentration«, und er hatte die Augen dafür. Er durchschaute mich stets.

Drittes Kapitel

Im Kalender sehen alle Tage gleich aus, aber sie haben nicht das gleiche Gewicht.

Aus dem Tagebuch von Luke Crisp

Wenn ich den Tag benennen sollte, an dem mein Leben eine Wendung nahm, würde ich ihn sechs Wochen nach meinem Abschluss an der Arizona State University im Dezember legen. Mein Vater und ich hatten gemeinsam an einer Präsentation gearbeitet und fuhren zum Essen in unser Lieblingsrestaurant DiSera's, ein bekanntes italienisches Nobelrestaurant, das auf halbem Wege zwischen unserem Haus und dem Verwaltungsgebäude von Crisp's lag. Wir aßen dort fast jede Woche, und der Besitzer, Lawrence »Larry« DiSera, war ein enger Freund meines Vaters. Wir hatten sogar unseren eigenen Tisch in dem Restaurant. Er stand unter einem Gemälde, das eine junge, vollbusige Toskanerin beim Weinstampfen zeigte. Zu besonderen Anlässen – an Geburtstagen und bei Festen – kam Larry persönlich an unseren Tisch und spielte für uns etwas auf der Mandoline.

Aber der Abend, an dem sich mein Leben änderte, war nicht mein Geburtstag, und wir feierten auch sonst nichts. Wir aßen lediglich. Irgendwann zwischen Antipasti und Primi Piatti sagte mein Vater: »Ich finde, du solltest einen MBA machen.«

Die Bemerkung kam wie ein Meteor aus heiterem Himmel. Ich war froh, dass ich wieder bei Crisp's war und arbeiten konnte; ich hatte schon das College als unnötige Verzögerung empfunden. Einen Moment lang sah ich ihn nur an. »Wieso?«

»Ich glaube, das wäre gut für dich.«

Ich hoffte, dass er es nicht ernst meinte. Aber sein Verhalten zeigte mir, dass es ihm durchaus ernst damit war. Er hatte den gleichen Blick, den er gehabt hatte, als er vorschlug, dass ich unsere Läden in Phoenix als Gebietsmanager übernehmen sollte.

»Ich würde lieber in der realen Welt lernen, wie man Geschäfte macht«, erwiderte ich. »Du hast auch keinen MBA, und es hat dir nicht geschadet.«

»Mehr als du glaubst«, antwortete er.

»Du hast eines der größten Unternehmen Amerikas gegründet. Wie kannst du da sagen, es hätte dir geschadet?« Ich unterstrich mein Argument, indem ich einen Bissen von dem Caprese nahm. Als ich fertig mit Kauen war, fügte ich hinzu: »Außerdem haben wir genug damit zu tun, uns auf unseren Börsengang vorzubereiten.«

»Deswegen meine ich, dass du nicht warten solltest«, sagte er.

»Du willst, dass ich an die Arizona State University zurückgehe?«

»Ich habe an eine Uni in einem anderen Bundesstaat gedacht. Vielleicht Harvard oder Wharton.«

Unsere Unterhaltung schien in die falsche Richtung abzudriften.

»Was ist falsch daran, hier zu bleiben?«, fragte ich. »Die ASU bietet eine tolle Ausbildung in Wirtschaftswissenschaften. Und dann gibt es noch die Thunderbird.«

»Das sind gute Business Schools«, bestätigte mein Vater. »Nur glaube ich, dass es ganz gut für dich sein könnte, wenn du eine Weile eigene Wege gehst. Wenn du in den Osten gehst, könntest du dadurch ein Gefühl für das Klima außerhalb des Südwestens bekommen.«

Bis dahin hatte ich stets zu Hause bei meinem Vater gewohnt.

»Du klingst ja, als wolltest du mich loswerden.«

Mein Vater lächelte. »Schon möglich«, sagte er. »Ich habe in letzter Zeit viel nachgedacht. Es ist die Aufgabe von Eltern, ihren Kindern Wurzeln und Flügel mitzugeben. Ich habe dir Wurzeln gegeben – vielleicht zu viele –, aber nicht hinreichend kräftige Flügel. Ich glaube, ich muss dich ein wenig aus dem Nest stoßen. Ich will, dass du fliegst.«

»Oder in meinen Tod stürze«, entgegnete ich.

Er grinste. »Das wird nicht passieren.«

»Ich dachte eigentlich nicht, dass ich meine Arbeit hier so schlecht mache«, sagte ich.

»Schlecht? Ich könnte nicht stolzer auf dich sein. Du hast mit neunzehn erfolgreich ein Multimillionen-Dollar-Geschäft geleitet. Es ist nicht so, dass du meine Erwartungen nicht erfüllt hast, es geht mir noch nicht mal ums Geschäft. Es geht um dein Leben. Ich will, dass du Möglichkeiten hast, die ich nicht hatte. Ich will nicht, dass du irgendetwas bereust.«

»Ich bereue aber nichts«, sagte ich.

Er sah mich kurz an und seufzte. »Vielleicht tu ich's dann an deiner Stelle. Du hattest nicht die Kindheit, wie sie die meisten deiner Klassenkameraden hatten.«

»Ich will ihre Kindheit nicht. Mir gefällt mein Leben so, wie es ist. Ich arbeite gern bei Crisp's.«

»Da draußen gibt es eine Welt, die viel größer ist als Crisp's.«

»Du willst nicht, dass ich bei Crisp's arbeite?«

»Das habe ich nicht gesagt. Ich möchte schon, dass du das Unternehmen eines Tages übernimmst, das weißt du doch. Aber ich will, dass du dich mit weit offenem Blick dafür entscheidest. Es kann sein, dass Crisp's am Ende genau das ist, was du willst – oder vielleicht auch nicht. Aber wofür du dich auch entscheidest, du hast dann zumindest die Wahl. Das will ich dir nicht nehmen.«

»Wenn ich in den Osten gehe, wer kümmert sich dann um alles hier?«

»Das macht Henry bis zu deiner Rückkehr.« Henry Price war Dads Finanzchef und die Nummer zwei bei Crisp's. »Ich bin sicher, dass ihm die Aufstiegsmöglichkeit gefallen wird.«

Daran hatte ich keinen Zweifel. Henry war mir immer als ehrgeizig erschienen.

»Und wer kümmert sich um dich?«

Mein Vater sah mich an, und ich konnte eine Mischung aus Trauer und Stolz in seinem Gesicht erkennen. »Das habe ich befürchtet«, meinte er sanft. »Du hast immer auf mich aufgepasst statt umgekehrt. Ich komme schon zurecht. Außerdem hab ich Mary.«

Mary war die persönliche Assistentin meines Vaters. Sie hatte schon vor dem Tod meiner Mutter für meinen Vater gearbeitet – damals, in den frühen Tagen von Crisp's, als es erst drei Läden gab und sie noch zum örtlichen Büroartikelgroßhändler fuhren, um dort neue Kartons mit Kopierpapier zu holen. Mary war Ende fünfzig, Single, kinderlos und freundlich. Sie besaß kein Hochschuldiplom, aber was ihr an Wissen fehlte, machte sie durch ihre Loyalität gegenüber meinem Vater wett. Ich hatte sie immer eher als Mutter denn als Assistentin empfunden.

Mein Vater wandte sich wieder seinem Essen zu, während ich über seinen Vorschlag nachdachte. Nach ein paar Minuten atmete ich langsam aus. »Ich überleg es mir.«

Ohne aufzublicken sagte mein Vater: »In Ordnung. Bis dahin müssen wir die landesweite Konferenz vorbereiten. Also beeil dich mit dem Essen, auf uns wartet Arbeit.«

Viertes Kapitel

Unter den entsprechenden Bedingungen kann ein winziger Funke ein Inferno auslösen, das möglicherweise eine ganze Stadt erfasst. Eine Idee kann das auch.

Aus dem Tagebuch von Luke Crisp

Der während dieses Gesprächs erzeugte Funke entzündete ein Feuer. Noch vor Beginn der nächsten Woche hatte ich meine Bewerbung bei der Wharton Business School eingereicht. In der Verwaltung der Wharton saß ein Investor, mit dem mein Vater seit langem befreundet war und der die Dinge beschleunigen konnte, und einen Monat später stiegen mein Vater und ich an Bord eines Flugzeugs nach Philadelphia, wo ich mein Bewerbungsgespräch führen sollte.

Trotz meines anfänglichen Widerstands gefiel mir, was ich sah. Vermutlich hatte mein Vater recht – ein Teil von mir wollte sich hinauswagen und sehen, was es da draußen sonst noch gab. Ich wurde zum Studium zugelassen und immatrikulierte mich mit operativem Controlling und Datenverwaltung als Hauptfach.

Eine Woche nach meiner Aufnahme flog ich erneut nach Philadelphia, um mir eine Unterkunft zu suchen. Ich fand ein Apartment im Sansom Place, einem Hochhaus, von dem aus man den Campus schnell zu Fuß erreichen konnte, und im folgenden August studierte ich wieder.

Obwohl ich über zwanzig war, hatte ich in den ersten Wochen

Heimweh. Ich lebte zum ersten Mal allein, und Philadelphia war eine fremde neue Welt für mich. Die traditionsreiche Stadt war voll von Menschen, und den größten Teil des Jahres war es dort kalt – so ganz anders als Arizona mit seiner trockenen Wüstenhitze. Wie gesagt, hatte ich mir ein eigenes Apartment im Sansom gemietet, eine zweischneidige Sache. Positiv war, dass ich meine Privatsphäre besaß. Aber leider hatte ich zu viel davon. In den ersten Wochen litt ich unter Einsamkeit. Ich ahnte nicht, wie sehr sich das bald ändern sollte.

In meiner fünften Woche an der Wharton saß ich in einem Kurs über Führungskommunikation, als sich eine hübsche junge Frau, die zwei Stühle weiter auf meiner rechten Seite saß, plötzlich zu mir herüberlehnte, wobei ihr langes braunes Haar auf den leeren Stuhl zwischen uns fiel. »Hallo, ich bin Candace«, sagte sie. Sie hatte schöne, dunkle, mandelförmige Augen und war eine dieser Frauen, die man möglicherweise anstarren würde, wenn man wüsste, dass es niemand bemerkt.

Ich sah reflexartig hinter mich, um nachzusehen, ob sie jemand anderen meinte. Sie lächelte. »Ich spreche mit dir«, sagte sie. »Wie heißt du?«

»Luke.«

»Hallo Luke. Ein paar Freunde von mir treffen sich heute Abend im Smokey Joe's zu einer Lerngruppe. Willst du dich uns anschließen?«

»Was ist Smokey Joe's?«

»Ein lokaler Treff, ziemlich bekannt. Du musst neu in Philly sein.«

»Total neu«, bestätigte ich.

»Ich auch. Magst du kommen?«

»Ja, klingt toll.«

»Gut. Wo wohnst du?«

»Im fünfzehnten Stock des Sansom Place West.«

»Wir sind Nachbarn. Ich wohne im dritten Stock. Wir können uns in der Lobby treffen und gemeinsam hingehen.«

»Um wie viel Uhr?«

»Gegen sechs?«

»Toll.«

»Toll«, wiederholte sie und lehnte sich in ihrem Stuhl zurück.

Ich ertappte mich dabei, dass ich während des gesamten restlichen Kurses lächelte.

Fünftes Kapitel

Kluge Menschen können erfrischend oder ermüdend sein. Manchmal beides.

Aus dem Tagebuch von Luke Crisp

An jenem Abend begab ich mich gegen fünf vor sechs nach unten in die Lobby des Gebäudes, in dem ich wohnte. Candace war nicht da. Gegen zehn nach sechs fragte ich mich, ob sie mich versetzen würde. Ich wollte gerade zurück in mein Apartment fahren, als sie aus dem Aufzug kam.

Ich erkannte sie nicht sofort, weil sie sich umgezogen und die Haare nach hinten gebunden hatte. Sie trug eine teuer aussehende Jeans sowie eine kurze blaue Wildlederjacke, die ihr bis zur Taille reichte und ihre Figur betonte. Sie kam mit einem breiten Lächeln auf mich zu. »Entschuldige, dass ich mich verspätet habe. Meine Mitbewohnerin ist weinend nach Hause gekommen, und ich konnte sie nicht einfach sich selbst überlassen.«

»Kein Problem«, meinte ich. »Du sagtest, dass es um eine Lerngruppe geht. Soll ich meine Bücher mitnehmen?«

Sie lächelte schief. »Eigentlich ist es gar keine richtige Lerngruppe«, gestand sie. »Ich weiß nicht, warum wir sie so nennen. Vielleicht, weil wir uns dann nicht ganz so schlecht fühlen wegen all der Zeit, die wir verplempern. Wir haben uns größtenteils am ersten Wochenende während der Einführungsveranstaltungen kennengelernt, und seither treffen wir uns.« Ich folgte ihr nach draußen, wo wir uns Richtung Westen wandten. »Zum Smokey Joe's geht's hier lang.«

Die Luft war frisch, und die Sonne verbarg sich hinter einer tief hängenden Wolkendecke. Während wir gingen, fragte Candace: »Woher kommst du, Luke?«

»Aus Scottsdale, Arizona.«

»Scottsdale!«, rief sie. »Scottsdale Fashion Square.«

»Bist du mal dagewesen?«

»Mehrere Male. Ich liebe Arizona. Normalerweise wohne ich im Phoenican.«

»Das liegt nur knapp fünf Kilometer von meiner Wohnung entfernt – gleich am Camelback Mountain.«

»Ich bin den Camelback hochgewandert«, sagte sie. »Das ist eine schöne Gegend.«

»Ja«, bestätigte ich. »Und woher kommst du?«

»Aus Cincinnati. Überwiegend. Während meiner Kindheit ist meine Familie häufig umgezogen. Aber für mich ist Cincinnati mein Zuhause.«

»Wie kommst du dazu, Wirtschaft zu studieren?«

»Um es mit den Worten von Willie Sutton zu sagen: ›Da ist das Geld.‹«

»Wer ist Willie Sutton?«

»Er war zurzeit der Weltwirtschaftskrise ein berühmter Bankräuber. Als man ihn fragte, warum er Banken ausraubt, antwortete er ...«

»... Da ist das Geld«, kam ich ihr zuvor.

Sie lächelte. »Genau.«

»Was für eine Art von Lokal ist das Smokey Joe's denn?«, wollte ich wissen.

»Na ja, eine typische Studentenkneipe. Präsident Ford hat es als ›siebzehntes Institut für Höhere Bildung an der University of Pennsylvania‹ oder so ähnlich bezeichnet. Sie selbst nennen sich Pennstitution. Ich weiß nicht recht, was das bedeutet. Es ist einfach ein guter Ort zum Abschalten.«

»Klingt witzig.«

»Ich hoffe, dass es das auch ist«, meinte sie etwas zaghaft. »Ich sollte dich vor meinen Freunden warnen. Sie sind manchmal ein wenig ... heftig.«

»Heftig?«

»Ja, wie ein Verkehrsunfall. Aber zumindest sind sie nicht langweilig. Sie sind nie langweilig.«

»Das ist gut.«

»Ja, das ist gut«, bestätigte sie, um dann hinzuzufügen: »Meistens.«

* * *

Das Smokey Joe's lag auf dem Campus am University Square, rund zehn Minuten zu Fuß von meinem Apartment entfernt. Das Lokal sah so aus, wie man es von einer Studentenkneipe erwartet. Es hatte niedrige Decken, eine Holzvertäfelung und gerahmte Fotos an der Wand. Außerdem war es laut und voller Studenten. Und es gab eine Jukebox, auf der man Schallplatten aus den achtziger Jahren abspielen konnte.

Candace sah sich um, bis uns eine rothaarige Frau von der gegenüberliegenden Seite des Raumes zuwinkte. Candace nahm meinen Arm. »Wir sind da drüben.«

Wir drängten uns durch die Kneipe zur Ostecke, wo eine Gruppe von fünf Studenten an einem Tisch vor einer halb aufgegessenen Pizza und zwei großen Glaskrügen Bier saß. Der Mann am Kopf des Tisches sah ein wenig wie James Dean aus. Er hatte goldbraune Haare und trug ein baumwollenes Oxfordhemd mit aufgerollten Ärmeln, das bis zur Brust aufgeknöpft war. Er warf mir einen kühlen Blick zu.

»Hallo zusammen. Das ist Luke«, sagte Candace.

Alle winkten und nickten kurz bis auf den, der James Dean

ähnelte. Der musterte mich einen Moment lang, bevor er sagte: »Heiliger Lukas. Ich bin Sean. Trink einen Schluck Bier.«

»Danke«, erwiderte ich.

Candace und ich setzten uns. Candace sagte: »Das sind Marshall, Suzie, Lucy und James.«

»Hallo«, sagte ich.

»Wie heißt du mit Nachnamen, Luke?«, fragte Sean.

»Crisp.«

»Crisp wie Crisp's Copy Centers?«, erkundigte sich James, ein dünner Mann mit dunklem Teint und dunkelbraunem, lockigem Haar.

»Ja, genau wie die«, antwortete ich und stellte bewusst keine Verbindung her.

»Das ist kein gewöhnlicher Name«, stellte Lucy fest, die uns eingangs zugewinkt hatte. Sie war eine prachtvolle Rothaarige mit schönen smaragdgrünen Augen, vollen Lippen und einer wohlgeformten Figur. Eine ihrer Hände lag auf Marshalls Arm, weshalb ich annahm, dass sie ein Paar waren. »Bist du irgendwie mit den Besitzern von Crisp's verwandt?«

»Das Unternehmen gehört meinem Vater«, sagte ich.

Candace sah mich erstaunt an.

»Carl Crisp ist dein Vater?«, schrie Marshall regelrecht. »Ich hab den Artikel gelesen, der im vergangenen April über ihn in *Forbes* erschienen ist. Also das ist ein echter Kapitalist. Er hat mehr Leute ruiniert als Hurrikan Katrina.«

»Und wer ist dein Vater«, schoss ich zurück. »Che Guevara?«

Alle außer Marshall lachten.

»Che Guevara. Das ist gut«, meine Sean und wirkte beeindruckt. »Dann bist du eindeutig einer von uns. Wir sind die Früchte des Kapitalismus und die Ausgeburten der Privilegien. Wir haben alles, und wir haben nichts.« Er hob sein Glas. »Auf die Champagnerträume und die Seelen aus Pappe.«

Ich musste bei dem Satz lächeln und fragte mich, wie präzise er sich damit selbst beschrieb.

»Seelen aus Pappe«, wiederholte Suzie, eine ausgesprochen dünne junge Frau mit kurzem blondem Haar.

»Also, Mr Crisp«, sagte Sean und ließ den Blick auf mir ruhen. »Was ist der Sinn des Lebens?«

Candace verdrehte die Augen, und Lucy meinte: »Das fragt er jeden.«

Ich fühlte mich ein wenig unbehaglich. »Darauf weiß ich noch keine Antwort, Sean. Ich freu mich einfach, hier zu sein.«

»Das gefällt mir«, sagte Candace.

»Ja, das unerforschte Leben«, meinte Sean. »Die Aussage hat was. Nun, James hier sagt, er sei ein Wiedergeborener, was immer das heißen mag ...«

»Das heißt, dass ich ein Christ bin«, schaltete sich James ein.

»Wie gesagt: Was immer das heißen mag«, gab Sean zurück. »Sich über Weihnachten lustig zu machen ist so, als würde man Kühe mit einem Maschinengewehr jagen.« James schüttelte nur den Kopf. »Also Lucy hier ist eine Agnostikerin, auch wenn das für sie nur ein bombastischer Begriff ist ...« – Lucy schlug ihn spielerisch – »... und Marshall ist ein Hedonist.«

»Ein *altruistischer* Hedonist«, korrigierte ihn Marshall.

»Was ist ein altruistischer Hedonist?«, fragte ich.

Marshall antwortete: »Wir glauben, dass die einzigen Dinge im Leben, nach denen es sich zu streben lohnt, die Schönheit und das Vergnügen sind – die ehrliche Erfüllung der Sinne. Aber wir erkennen auch an, dass Altruismus ebenfalls eine bestimmte Art von Vergnügen erzeugt.«

»Mir ist noch nicht klar, was Suzie ist«, sagte Sean.

»Eine moralische Kapitalistin«, erklärte Suzie.

»Das ist ein Oxymoron«, entgegnete Marshall.

»Und was bin ich?«, fragte Candace.

»Du«, meinte Sean langsam, »bist auf der Hut.«

Candace zuckte die Schultern. »Im Gegensatz zu dir.«

»Und was bist du?«, fragte ich Sean.

Er lächelte. »Ich bin zutiefst oberflächlich.«

»Das heißt, dass er nicht weiß, was er ist«, sagte Suzie.

»Das heißt«, widersprach Sean, »dass ich nicht arrogant genug bin, um zu behaupten, ich wüsste, worin der Sinn des Lebens besteht, wenn es so etwas denn gibt.«

»Hast du tatsächlich die Worte ›nicht arrogant‹ verwendet, um dich zu beschreiben?«, fragte Candace.

»Der Vollständigkeit halber: Ich vermute, dass ich ebenfalls ein Kapitalist bin. Darum rennen wir ja auch dem MBA hinterher wie der Esel hinter der Karotte, oder?«, sagte ich.

»Ich liebe Karotten«, verkündete Lucy und wandte sich mir zu. »Ich bin Veganerin.«

»Moment mal«, schaltete sich Marshall ein. »Das schließt Hedonismus nicht aus. Würdest du sagen, dass dein Kapitalismus ein Mittel oder ein Ziel ist?«

»Ein Mittel wofür oder ein Ziel für was?«, fragte ich.

»Lass es mich so formulieren«, erwiderte Marshall. »Wenn du eine Milliarde Dollar hättest, würdest du dann noch weiter arbeiten?«

Ich dachte nach. »Wahrscheinlich.«

»Dann bist du genauso ein Hedonist wie ich.«

»Wie bist du denn zu dem Schluss gekommen?«, fragte Candace.

»Ich sage nur, dass einer, dessen höchstes Ziel darin besteht, Geld um des Geldes willen zu machen, die extremste Form eines Hedonisten darstellt, der sich am obskursten aller Vergnügen erfreut.«

»Marshall hat recht«, meinte Sean. »Der moderne Kapitalismus hat eine neue Ästhetik geschaffen, eine strahlende neue Spezies Mensch, die nicht das wertschätzt, was man mit Geld kaufen kann, sondern nur das Geld selbst. Es ist so, als würde man ein Festessen zubereiten, um es dann nur zu betrachten.«

»Das kann auch Spaß machen«, fand Candace.

»He, du«, sagte Sean und zeigte mit dem Finger auf Candace, »red nicht so viel.«

Candace verdrehte erneut die Augen.

»Solche Leute gab es schon immer«, bemerkte ich. »Da braucht man nur Dickens zu lesen.«

»Das stimmt«, nickte Sean. »Unsere Kultur hat nichts erfunden. Sie adaptiert lediglich ungeniert die einstigen Fehlschläge anderer Kulturen, wischt sie ab und bezeichnet sie als neu. Philosophisch ist das faszinierend: Die Relativisten haben jahrhundertelang behauptet, dass der Weg das Ziel ist, und diese neue Sorte von Kapitalisten lebt das. Erschaffen und anhäufen. Das ist poetisch.«

»Ich wüsste nicht, warum sich jemand damit abplagen sollte«, warf Lucy ein. »Es ist zu viel Arbeit. Ich sage, dass man arbeiten sollte, um zu leben, nicht leben, um zu arbeiten. Gerade genug, um sich die Freuden des Lebens leisten zu können.«

»Was weißt du schon von Arbeit?«, stichelte Marshall.

»Frag mich, was ich über die Freuden weiß«, konterte sie und lehnte sich gegen ihn.

»Nun, das wirft interessante Fragen auf«, sagte Candace. »Wie viel ist genug? Sind wir für die Gier oder für das Gute geboren worden? Und schließlich: Was heißt gut?«

»*Das* ist die richtige Frage«, befand Sean. »Gier ist gut.«

»*Gott* ist gut«, meldete sich James zu Wort. Er hatte so wenig gesagt, dass ich seine Anwesenheit fast vergessen hatte.

»Es mag dich überraschen«, sagte Sean und wandte sich James zu, »aber erstens widerspreche ich dir gar nicht, mein doppelt geborener Freund. Wenn du an Gott glaubst und daran, dass Gott gut ist, dann wäre es falsch, das Gute, dass Er geschaffen hat, nicht anzuerkennen. Es wäre, als würde man den Baum verehren, aber seine Früchte meiden. Gott ist im Streben nach den Freuden dieser Welt zu finden.«

»Also bist du heute ein Hedonist«, stellte Marshall fest.

»Ein Hedonist und ein Gläubiger. Denk mal drüber nach. Wenn du an den einen allmächtigen Schöpfer glaubst, dann sieh dir an, was Er geschaffen hat: Die sinnlichen Freuden – Essen, Trinken, Fleischeslust –, das sind seine Schöpfungen, nicht unsere, und sie sind zu unserem Genuss erschaffen worden. Und das ist der einzige Gott, den zu verehren sich lohnt, der eine, der uns erschaffen hat ...«

»Oder den *wir* erschaffen haben«, unterbrach ihn Marshall.

»... oder den wir erschaffen haben«, stimmte ihm Sean zu. »Der Gott, der will, dass wir wahre Freuden erleben. Alles darunter ist Masochismus. Und das ist Lucys Geschäft, nicht meins.«

Lucy grinste.

»Sie muss eine Masochistin sein, wenn sie bei Marshall bleibt«, sagte Suzie.

Sean hob sein Bierglas. »Auf die Gier, den Hedonismus und den Einen Wahren Gott, der sie der Welt gegeben hat.«

Candace hatte recht. Ihre Freunde waren alles andere als langweilig.

Sechstes Kapitel

Was für einen Unterschied es macht, einen Freund zu haben …

Aus dem Tagebuch von Luke Crisp

Candace und ich verließen das Smokey Joe's ein paar Stunden später. Es war dunkel draußen und kühler geworden, was uns zu einem schnelleren Schritttempo zwang.

»Also, was hältst du von meinen Freunden?«, fragte Candace.

»Sie sind interessant.«

»Interessant auf gute oder interessant auf schlechte Art?«

»Mit ihrem Geplänkel mithalten zu wollen ist, als befände man sich auf einem geistigen Laufband«, antwortete ich.

Sie lachte los, und ihr Lachen hatte einen süßen, frohen Klang. »Genau. Manchmal hat man das Bedürfnis, sich sinnlos zu betrinken, wenn man mit ihnen zusammen ist. Ich nehme sie nie allzu ernst, aber ab und zu sagen sie etwas, über das es sich lohnt nachzudenken.«

»Ich nehme mal an, dass Sean der Anführer ist?«

»Mehr oder weniger.«

»Erzähl mir was über ihn.«

»Sean ist der Sohn eines sehr vermögenden Bostoner Investmentbankers. Er ist ausgesprochen weltgewandt, weißt du? Er ist so was wie ein College-Schamane; er hat ein erstaunliches Gespür – kennt jede Party und kommt überall rein. Er ist sympathisch, findest du nicht?«

Ich nickte. »Er ist sehr charismatisch.«

»Ja, das ist er. Ich bin mir sicher, dass er dich mochte.«

»Woher willst du das wissen?«

»Wenn nicht, würdest du es merken, glaub mir.« Sie strich sich das Haar aus dem Gesicht. »Lucy und Suzie stehen beide auf ihn.«

»Ich dachte, Lucy würde mit Marshall gehen.«

»Tut sie auch. Aber ich bin mir ziemlich sicher, dass das eine Verlegenheitslösung ist. Alle Mädchen wollen Sean.«

»Du auch?«

»Anwesende ausgenommen. Sean ist nicht gerade ein Fundament, auf das man bauen kann, wenn du weißt, was ich meine.«

»Gehen sie alle an die Wharton?«

»Nein. Lucy macht gerade ein Grundstudium an der Uni, Suzie ebenso. Ich glaube, sie studiert im Hauptfach Kunst. Sean und Marshall haben sie in einem Club kennengelernt.«

»Und was ist mit James? Er scheint nicht recht zu Sean und Marshall zu passen.«

»Nein. Ich weiß nicht, warum er sich mit ihnen abgibt. James kommt aus einer Militärfamilie, also ist da kein Geld im Hintergrund. Er studiert mit einem Stipendium an der Wharton, und er arbeitet nebenbei. Ihm gehört ein Büroreinigungsunternehmen.«

»Er wirkt ernster als die anderen.«

»Das ist er auch. Er versäumt viele unserer Treffen, um wirklich zu studieren. Er ist auch der Einzige aus der Gruppe, der in die Kirche geht, worüber sich Sean gern lustig macht.«

»Aber warum ist er dann mit ihnen zusammen?«

»Wie gesagt, ich weiß es nicht so genau. Vielleicht glaubt er, er könnte ihre Seelen retten.«

»Das scheint nicht zu funktionieren«, sagte ich.

»Nein, das glaube ich auch nicht.«

»Was ist mit dir«, fragte ich. »Bist du religiös?«

»Eigentlich nicht. Ich gehe ab und zu in die Kirche, zu Weihnachten, Ostern und so. Und du?«

»Als ich klein war, ja. Als meine Mutter noch lebte.«

»Du hast deine Mutter verloren?«

»Mit sieben.«

Sie sah mich teilnahmsvoll an. »Das tut mir leid. Das muss entsetzlich gewesen sein.«

»Das war es.« Ich drehte mich zu ihr hin. »Und, wie hast du Seans Frage beantwortet? Was ist der Sinn des Lebens?«

»Ich glaube«, sagte sie bedächtig, »dass der Sinn des Lebens genau das ist, als was man ihn definiert.«

* * *

Wir erreichten unseren Wohnblock und gingen hinein. Vor dem Fahrstuhl blieben wir stehen.

»Sag mir eines«, fragte ich sie. »Warum hast du mich eingeladen, heute Abend mitzukommen?«

Sie lächelte. »Ich weiß nicht. Du bist mir im Kurs einfach aufgefallen. Irgendetwas an dir hat mich fasziniert.« Sie fügte hinzu: »Hinter dir steckt mehr.«

»Mehr?«

»Ich weiß nicht, wie ich es ausdrücken soll. Festigkeit.«

Ich grinste leicht. »Festigkeit also? Willst du damit sagen, dass ich dick bin?«

»Nein, ich sage, dass du Substanz hast. Ich habe mit genug hohlen Menschen gelebt, um das zu wissen.«

»Das nehme ich als Kompliment.«

»Ich hab's auch so gemeint«, sagte sie. »So, jetzt bin ich dran. Warum hast du meine Einladung akzeptiert?«

»Leider wird meine Antwort alles, was du gerade gesagt hast, vollständig widerlegen.«

»Ja?«

»Ich fand, dass du schöne Augen hast.«

Ein breites Lächeln huschte über ihr Gesicht. Einen Augenblick später öffnete sich die Fahrstuhltür, und wir stiegen beide ein. Ich drückte auf die Knöpfe für ihr und für mein Stockwerk. Als wir den dritten Stock erreichten, beugte sie sich vor und küsste mich flüchtig auf die Wange.

»Danke noch mal, dass du mitgekommen bist. Ich seh dich dann im Kurs.« Sie verließ den Fahrstuhl und drehte sich noch einmal um. »Gute Nacht, Luke.«

»Gute Nacht, Candace.«

Sie winkte mir zum Abschied zu, während sich die Türen schlossen. Wharton gefiel mir bereits erheblich besser.

Siebtes Kapitel

Das Gesetz der Zentrifugalkraft scheint für die menschliche Befindlichkeit genauso zu gelten wie für die Newtonsche Mechanik – *je schneller sich unser Leben dreht, desto mehr Dinge neigen dazu auseinanderzufliegen.*

Aus dem Tagebuch von Luke Crisp

Nach jenem ersten Abend begannen Candace und ich, uns drei- bis viermal die Woche zu sehen. Ich war fasziniert von ihr. Sie war aufgeweckt, allerdings eher clever als akademisch intelligent. Sie vertraute mir an, dass sie in den meisten ihrer Kurse Probleme hatte, dem Stoff zu folgen.

Candace stellte mir zahlreiche Fragen zu meiner Kindheit, aber sie erzählte nicht viel über sich selbst. Doch ich hatte weniger den Eindruck, dass sie irgendetwas verheimlichen wollte, als vielmehr den, dass sie keinen Wert darauf legte, von sich zu berichten. Eigentlich wusste ich über ihre Vergangenheit nur, dass sie häufig umgezogen war und dass sich ihre Eltern ein Jahr vor Beginn ihres Collegestudiums hatten scheiden lassen, was eine für sie zutiefst schmerzliche Erfahrung gewesen war. Als ich sie besser kennenlernte, begann ich ihre Bemerkung zu verstehen, dass meine »Festigkeit« sie anziehe. Sie schien Angst vor dem Ungewissen zu haben – besonders in finanzieller Hinsicht. Seans Einschätzung, sie sei »auf der Hut« traf es ziemlich genau. Sie war zuversichtlich *und* auf der Hut, wenn das möglich ist. Einem Menschen wie ihr war ich noch nie begegnet.

Rückblickend wird mir klar, dass mich meine Gefühle für Candace derart unmerklich befielen, dass ich nicht sagen kann, wann ich mich wirklich in sie verliebte. Aber Anfang November wusste ich, dass es mich erwischt hatte. Ich war vermutlich noch nie zuvor richtig verliebt gewesen. Das heißt nicht, dass es vorher keine Frauen oder zumindest Mädchen in meinem Leben gegeben hatte; das hatte es, und ich hatte mich auch schon in einige verknallt. Aber meine Gefühle für Candace waren etwas Neues, Mächtiges. Und sie wurden immer stärker. Ehe ich mich versah, verbrachte ich jede freie Minute mit ihr, und wenn ich nicht mit ihr zusammen war, dachte ich an sie. Möglicherweise hatte es etwas damit zu tun, dass ich ohne Mutter aufgewachsen war, denn ihr fürsorgliches Wesen zog mich an. Als ich mich einmal am Papier schnitt, ergriff sie sofort meine Hand und küsste meinen Finger. Ich war hingerissen. Ich war von ihr hingerissen.

Ich habe den Ausspruch gehört, dass schon einige Männer am Riff der Weiblichkeit zerschellt sind. Ich bin nicht untergegangen, aber ich bin immerhin gestrandet. Sechs Wochen nach unserer ersten Begegnung beschlossen wir, dass wir ab sofort fest zusammensein wollten.

Die »Lerngruppe« traf sich auch weiterhin jede Woche, und Sean und ich wurden ebenfalls Freunde. Diese Beziehung war erfrischend. Außer meinem Vater hatte ich seit Jahren keinen engen Freund mehr gehabt.

* * *

Der Verlauf meines Studiums spiegelte das Auf und Ab der Gezeiten der akademischen Welt wider. Ich trieb, über beide Ohren verliebt, einfach mit. Und während ich mich in meiner neuen Welt zu verstricken begann, schien mein früheres Leben in immer weitere Ferne zu rücken. Ich stand zwar täglich mit meinem

Vater per E-Mail und SMS in Kontakt, allerdings waren es normalerweise nur kurze Nachrichten, die wir einander schickten. »Wie geht's?«, »Was ist mit dem Geschäft?«, »Wie läuft's an der Uni?« Gelegentlich streifte er ein Ereignis in einem der Copyshops, aber nicht so oft, wie ich gedacht hatte. Es ging mehr um die Menschen als um die Gewinne. Das hätte mich nicht verwundern sollen, denn schließlich hatte er mich fortgeschickt, damit ich das Leben außerhalb von Crisp's entdeckte, und er hatte nicht die Absicht, seine eigenen Pläne zu durchkreuzen.

* * *

Ende November ging Crisp's mit 100 Millionen Aktien an die Börse. Henry hielt mich an jenem Tag vier- bis fünfmal per SMS über die Angebote auf dem Laufenden. Der Ausgabekurs lag bei einem Dollar pro Aktie, und bis zum Börsenschluss war er auf 3,42 Dollar gestiegen.

Die sieben von der Wharton wussten es, bevor ich es sagte. Sie hatten sich bereits in der üblichen Ecke im Smokey Joe's versammelt, als Candace und ich eintrafen.

»Dann ist dein alter Herr also ein paar hundert Millionen schwer«, stellte Marshall fest, als wir an den Tisch kamen. Candace und ich setzten uns.

»Offenbar«, sagte ich.

»Dafür kriegt man 'ne Menge Calzones«, meinte Sean. »Glückwunsch.«

»Na«, fragte Marshall und beugte sich zu mir vor. »Wie groß ist denn dein Anteil an der Beute?«

»Wie kommst du darauf, dass ich einen Anteil bekomme?«

»Hast du irgendwelche Geschwister?«, fragte Lucy.

»Nein.«

»Heiliges Kanonenrohr!«, rief Marshall. »Eines Tages gehört

das alles dir. Ich glaube, ich sollte anfangen, netter zu dir zu sein.«

»Was motiviert dich überhaupt zu studieren, wenn du einen derartigen Rettungsschirm hast?«, erkundigte sich Suzie.

»Ich hätte nichts dagegen, mich da schlau zu machen«, sagte Marshall. »Wenn du Glück hast, kratzt der alte Herr bald ab.«

Ich spürte, wie mir die Röte ins Gesicht schoss, und fuhr ihn an: »Halt doch einfach die Klappe!«

Marshall, von der Dummheit seiner Bemerkung eingeholt, sah mich ausdruckslos an. »Entschuldige, ich wollte nicht ...«

»Du bist ein Idiot«, wies ihn Sean zurecht. »Es ist sein Vater.« Sean drehte sich zu mir hin. »Tut mir leid, Mann. Hör nicht auf das, was er sagt.«

Marshall erbleichte. »Ich hab's nicht ernst gemeint.«

Ich stand auf. »Lass uns gehen«, sagte ich zu Candace.

»Luke«, bemühte sich Marshall, »es war ein blöder Witz.«

»Du bist ein blöder Witz«, gab Candace zurück.

Wir verließen die Kneipe. James folgte uns. »He, Luke«, rief er. »Tut mir leid. Du weißt ja, wie Marshall ist. Ich bin sicher, dass er es nicht so gemeint hat.«

»Natürlich hat er das«, entgegnete Candace. »Und warum entschuldigst du dich für Marshall? Er und Sean verspotten dich jedes Mal, wenn du den Mund aufmachst.«

»Sie machen doch nur Spaß«, versicherte James. Er wirkte ernsthaft besorgt um meine Gefühle.

»Schon gut«, beruhigte ich ihn schließlich. »Ich brauch nur ein wenig frische Luft.«

Er sah erleichtert aus. »Gut«, sagte er und klopfte mir auf die Schulter. »Und Glückwunsch. Der Erfolg hätte keinen netteren Kerl treffen können.«

Nachdem er in die Kneipe zurückgegangen war, meinte Candace: »Wer hätte gedacht, dass sich ausgerechnet James über den

Erfolg deines Vaters freut. Er hätte von allen den meisten Grund, neidisch zu sein.«

»Er ist ein guter Mensch«, sagte ich. »Er erinnert mich an meinen Vater. Pass auf, er wird es noch weiter bringen als wir alle.«

Achtes Kapitel

Als Junge träumte ich von einem Weihnachten im Stile der Currier-&-Ives-Drucke, und ich stellte mir vor, wie ich eine Kiefer durch unberührte kristallene Schneeverwehungen nach Hause schleifte.

Leider traf man in Phoenix eher auf einen Kaktus als auf eine Kiefer, aber das macht nichts. Wie beim Himmelreich geht es bei Weihnachten weniger um das Wetter als darum, wer einem Gesellschaft leistet.

Aus dem Tagebuch von Luke Crisp

In jenem Dezember flog ich nach Hause. Ich kam zum ersten Mal seit Beginn meines Studiums zurück. Ich fragte Candace, ob sie mich nicht begleiten wolle, aber sie hatte ihrer eigenen Familie gegenüber Verpflichtungen. In diesem Jahr verbrachte sie Weihnachten bei ihrem Vater, der sonst die Festtage über allein gewesen wäre.

»Das kann ich ihm nicht antun«, sagte sie. »Außerdem ist es noch ein wenig früh, unsere Eltern kennenzulernen.« Sie muss die Enttäuschung in meinem Gesicht gesehen haben, weil sie mich auf die Wange küsste und hinzufügte: »Aber auch nicht so viel zu früh.«

* * *

Es war schön, wieder nach Hause zu kommen. Der milde Winter von Arizona bildete einen willkommenen Kontrast zur Eiseskälte von Philadelphia. Mein Vater hatte seinen einzigen Bruder Paul und dessen Frau Barbara zum Weihnachtsessen eingeladen, wie immer, seit das letzte ihrer Kinder vor sechs Jahren geheiratet hatte und aus dem Staat weggezogen war. Mein Vater hatte außerdem noch seine Assistentin Mary eingeladen, die praktisch mit zur Familie gehörte.

Wie üblich, ließ sich mein Vater unser Essen liefern, mit Ausnahme des Truthahns und der Füllung, die seine eigene Spezialität waren. Wir setzten uns zum Essen an den langen Tisch im Speisezimmer, der häufiger für Geschäftstreffen als zum Essen benutzt wurde.

Nachdem wir Platz genommen hatten, fragte mich Barbara: »Na, wie läuft es denn mit dem Studium?«

»Gut«, antwortete ich.

»Luke macht seine Sache prima«, sagte mein Vater.

»Und wie sieht's mit der romantischen Seite aus?«, fragte Barbara, und vermutlich war es das, was sie mit ihrer ersten Frage gemeint hatte.

»Ich habe eine Freundin«, verriet ich.

»Oh. Hat sie einen Namen?«

»Candace.«

»Candace. Das ist ein schöner Name.«

»Woher kommt sie?«, fragte Paul.

»Aus Cincinnati.«

»Hast du irgendwelche Pläne?«, fragte Barbara.

Ohne aufzusehen erwiderte ich: »Ich habe eine Menge Pläne.«

»Du weißt, was ich meine.«

Ich grinste. »Nein. Noch nicht.«

»Aber ihr habt über eine Heirat gesprochen.«

»Wir haben geredet.«

Mein Vater sah mich überrascht an.

»Wunderbar«, meinte Barbara. »Einfach wunderbar. Lass es uns wissen, wenn etwas passiert.«

»Ihr werdet zu den Ersten gehören, die es erfahren«, versprach ich.

Mein Vater sagte noch immer nichts, aber ich spürte, dass er sich freute.

* * *

Als Nachspeise aßen wir Pekannusskuchen. Dann unterhielten wir uns beim Kaffee, bis es dunkel wurde. Nachdem alle gegangen waren, legte mir mein Vater die Hand auf die Schulter. »Ich will dir etwas zeigen.«

»Wie läuft das Geschäft?«, fragte ich, während ich hinter ihm aus dem Zimmer ging.

»Ganz okay«, sagte er in einem Ton, der auf das Gegenteil hindeutete. »Wir wachsen noch immer in diesem wirtschaftlichen Umfeld«, sagte er. »Die Aktionäre sind glücklich.«

»Aber du hörst dich nicht sehr glücklich an«, meinte ich.

»Ich bin mir nicht sicher, ob ich wirklich bereit war, an die Börse zu gehen. Es ist eine Sache, ein Familienunternehmen zu leiten, aber etwas völlig anderes, wenn man Aktionären gegenüber Rechenschaft ablegen muss.«

Wir gingen in sein Arbeitszimmer.

»Du hast doch die Aktienmehrheit«, sagte ich. »Du kannst tun, was du willst.«

Er lächelte. »So einfach ist das nicht. Es gibt da eine treuhänderische Verantwortung. Aktionäre haben Rechte.«

»Dann bereust du den Börsengang?«

»Manchmal. Aber ich kann die Vorteile nicht von der Hand weisen. Die Kapitalspritze hat uns eine exponentielle Wachstumssteigerung ermöglicht. Außerdem«, sagte er und sah mir in die Augen, »werde ich nicht für immer hier sein, um die Dinge zu leiten.«

»Klar wirst du das«, widersprach ich. »Du bist unsterblich.«

Er lächelte erneut. Dann zog er etwas von einem Bord – eine Ledermappe, auf die seine Initialen eingeprägt waren, CC. Sie überlappten sich, ähnlich wie auf einem Brandeisen. Er reichte mir die Mappe. »Bitte schön.«

»Was ist das?«, fragte ich.

»Wie ich bereits sagte, ich werde nicht für immer hier sein, um die Dinge zu leiten. Das hier sind meine detaillierten Anweisungen für den Fall, dass mir etwas zustößt. Ich habe dich zum Testamentsvollstrecker ernannt.«

Ich sah ihn angstvoll an. »Warum gibst du mir das jetzt?«

Er las die Besorgnis in meinem Gesicht und tat sie beiläufig ab. »Keine Angst. Du kennst mich doch, ich gehe immer auf Nummer sicher. Besser übervorsichtig sein als zu leichtsinnig. Wir Crisps sind nicht gerade für unsere Langlebigkeit bekannt. Ich bin bereits zwei Jahre älter als mein Vater zum Zeitpunkt seines Todes und sechs Jahre älter als mein Großvater, als er starb.«

»Ich mag nicht darüber sprechen«, sagte ich.

»Ich weiß. Und ich bin nur ...« Sein Gesichtsausdruck hellte sich auf. »Es ist wie die Durchsage der Stewardess: ›Für den unwahrscheinlichen Fall einer Notwasserung ...‹ Ich habe genau aufgezeichnet, wie mit meinen Vermögenswerten verfahren werden soll: den Lebensversicherungspolicen, dem persönlichen Eigentum, den Wohltätigkeitsaktionen usw., usw. Auch, wie ich unsere leitenden Manager behandelt sehen möchte.« Mein Vater sorgte immer für seine Mitarbeiter. »Du solltest auch wissen, dass ich einen Treuhandfonds für dich eingerichtet habe, auf den zuzugreifen du bereits alt genug bist.«

»Ich bin gut versorgt«, wehrte ich ab. »Du bezahlst doch schon alles.«

»Ich weiß, es ist nur juristischer Blödsinn, aber der Treuhandfonds läuft komplett auf deinen Namen, deshalb solltest du darüber informiert sein.« Er wusste, dass ich nicht fragen würde, darum fügte er von sich aus hinzu: »Er umfasst eine Million Dollar.«

Ich gab ihm die Mappe zurück. »Wie wäre es, wenn wir uns einfach darauf einigen, dass dir nie etwas passiert?«

Er grinste. »Einverstanden. Magst du ein wenig Schach spielen?«

»Na, dann pass mal auf«, erwiderte ich. »Das ist dein Untergang, alter Mann.«

»Nach all dem Geld, das ich in deine Ausbildung gesteckt habe, will ich das doch sehr hoffen.«

Ich hatte fast vergessen, wie sehr ich das Zusammensein mit meinem Vater genoss.

Neuntes Kapitel

Alles Menschliche entwickelt sich. Immer.
Das gilt für unser Herz und unsere Sehnsüchte
ebenso wie für unseren Körper.

Aus dem Tagebuch von Luke Crisp

Weihnachten war wie im Fluge vergangen, und ich befand mich wieder in der Kälte von Philadelphia. Was auch immer man sagen mag – die Liebe wächst nicht mit der Entfernung, sie kühlt durch sie ab wie eine aus dem Feuer gezogene Glut. Ich könnte sagen, dass ich dieses Phänomen nie zuvor erlebt hatte, aber das würde nicht stimmen. Die Abwesenheit meiner Mutter war das Einzige, woran ich als Junge denken konnte, und inzwischen war sie mir kaum noch bewusst.

Während ich immer tiefer in meine neue Welt eintauchte und mein Vater immer stärker von der Lenkung eines börsennotierten Unternehmens gefordert war, veränderte sich unsere Beziehung. Man könnte sagen, dass sie *abkühlte.* Es geschah so langsam, dass ich es noch nicht einmal bemerkte.

Ich sagte, dass mein Vater das Unternehmen »lenkte«, aber tatsächlich wurde er eher hinterhergeschleift. In den wenigen E-Mails von ihm, in denen er Crisp's erwähnte, klangen seine Bemerkungen eher nach Pflicht als nach Leidenschaft – und mein Vater war in Geschäftssachen stets leidenschaftlich gewesen. »Ohne Leidenschaft sind wir zur Mittelmäßigkeit verurteilt«, sagte er gern. Und ehrlich gesagt, brannte auch ich immer weniger darauf, Crisp's eines Tages zu leiten.

Während meine Beziehung zu meinem Vater schwächer wurde, intensivierte sich die zu Candace. Ebenso meine Freundschaft mit Sean. Wenn ich nicht mit Candace zusammen war, dann meist mit ihm. Vermutlich hatten beide etwas zu bieten, was ich suchte. Sean war jemand, der wusste, wie man lebte. Er arbeitete ebenso hart daran, sich zu amüsieren, wie die meisten anderen Menschen an ihrer Karriere. Am Ende unseres Frühjahrssemesters organisierte er eine Reise nach Saint-Barthélemy, einer Insel, die zu den Kleinen Antillen in der Karibik gehört. Ich wusste nichts darüber, aber Sean kannte sich aus, und er malte ein Bild der Insel, wie es kein Reisebüro vermocht hätte: prächtige weiße Sandstrände vor einem ebenso herrlichen blauen Meer, exklusive Boutiquen, ein Überfluss an den feinsten französischen Speisen und die tollsten Frauen diesseits des Atlantiks.

Sean forderte die sieben von der Wharton auf, ihn zu begleiten. Marshall und Lucy kamen mit, aber Suzie hatte andere Pläne, und James fehlte das Geld, um mitzukommen. Candace ebenfalls, aber da ich nicht ohne sie reisen wollte, bot ich an, ihre Kosten zu übernehmen. Sie fand es peinlich, dass ich für sie bezahlen wollte, und sträubte sich. Doch schließlich konnte ich sie überreden, mein Angebot anzunehmen.

Am Morgen unserer Abreise trafen wir fünf uns bei Sean. Er hatte rund eineinhalb Kilometer vom Campus entfernt ein kleines Haus gemietet, das er Chez Sean nannte. Wir wollten gerade zum Flughafen aufbrechen, als es an der Tür klingelte.

»Geht mal jemand hin?«, bat Sean.

»Mach ich«, sagte ich. Als ich die Tür öffnete, sah ich mich meinem Vater gegenüber. Einen Moment lang starrte ich ihn überrascht an. »Dad. Was machst du denn hier?«

Er lächelte. »Ich hatte einen Termin in Philadelphia und dachte, dass ich mal auf einen Sprung vorbeischaue und dich überrasche.«

»Puh. Ja, das ist dir gelungen. Woher wusstest du, dass ich hier bin?«

»Reines Glück. Als ich zu deiner Wohnung ging, hat mir einer der Studenten gesagt, dass du hier bist.«

Angesichts unserer bevorstehenden Abfahrt wusste ich nicht recht, was ich sagen sollte. Nach einem Moment fragte er: »Darf ich reinkommen?«

»Entschuldige, natürlich. Eigentlich wollten wir gleich zum Flughafen aufbrechen. Wir fliegen nach Saint-Barthélemy.«

»Nach Saint-Barthélemy, oh. Entschuldige, das wusste ich nicht.«

»Ich hätte es dir sagen sollen. Es war quasi eine spontane Entscheidung.«

Er wirkte ein wenig verlegen. »Na, dann sollte ich vielleicht einfach wieder gehen.«

»Nein. Wir haben noch ein wenig Zeit. Komm rein, ich mach dich mit den anderen bekannt.«

Ich führte meinen Vater in den Küchenbereich, wo unser Gepäck stand und alle außer Sean versammelt waren. Candace und Marshall standen sofort auf.

»Candace, das ist mein Vater.«

Sie ging zu ihm hin. »Ich bin Candace«, sagte sie und lächelte ihn süß an.

»Es ist mir eine Freude, Candace. Luke hat mir schon viel von Ihnen erzählt.«

»Er hat mir auch schon viel von Ihnen erzählt«, meinte sie. »Ich freue mich wirklich, Sie endlich kennenzulernen.«

Ich zeigte zu den anderen. »Und das sind Marshall und Lucy.«

Mein Vater winkte. »Hallo.«

Lucy winkte zurück. Marshall ging zu meinem Vater hin. »Es ist mir eine Ehre, Sie kennenzulernen, Sir. Ich haben mindestens ein halbes Dutzend Artikel über Sie gelesen.«

»Glauben Sie nichts von dem, was Sie lesen«, erwiderte mein Vater leichthin.

In diesem Moment kam Sean mit einem Bier in der Hand herein. »Wer war's?«, fragte er. Als er meinen Vater sah, stellte er sein Bier auf die Theke. »Mr Crisp«, sagte er. »Willkommen.«

»Das ist Sean«, stellte ich ihn vor. »Er wohnt hier.«

Man sagt, dass manche Menschen ein gutes Urteilsvermögen haben – die Fähigkeit, durch die Maske und Verstellung eines Menschen hindurch bis in seine Seele zu blicken. Wenn jemand diese Gabe hatte, dann war es mein Vater. Ich nahm einmal an einem geschäftlichen Treffen meines Vaters mit einem potenziellen Investor teil. Bereits nach einer Viertelstunde dankte mein Vater dem Mann, dass er ihm seine Zeit geschenkt hatte, und sagte, er sei nicht interessiert. Als wir wieder allein waren, fragte ich meinen Vater, was an dem Geschäft nicht stimme. »Nichts«, sagte er. »Aber ich traue dem Mann nicht.« Zwei Jahre später las ich in unserer Lokalzeitung über eben diesen Geschäftsmann, dass er wegen Betrugs verurteilt worden war.

Vor dem Hintergrund dieser Geschichte hätte mir die Reaktion meines Vaters auf Sean zu denken geben sollen. Mein Vater runzelte die Stirn und verspannte sich ein wenig, wie er es immer tat, wenn er etwas hörte, was ihn skeptisch stimmte. Trotzdem war mein Vater stets höflich. Er streckte die Hand aus. »Schön, Sie kennenzulernen, Sean.«

»Ganz meinerseits«, meinte Sean. »Es ist mir eine Ehre.« Ich glaube, dies war das erste Mal, dass ich Sean habe nervös werden sehen.

Mein Vater wandte sich wieder mir zu. »Na, dann werde ich euch mal nicht länger aufhalten, damit ihr aufbrechen könnt.«

»Gut«, sagte ich und begleitete meinen Vater an die Tür. Alles an dieser Situation war unbehaglich. Auf der Veranda drehte er sich zu mir um. »Geht es dir gut?«

»Alles bestens«, versicherte ich. »Das hier tut mir leid. Wenn ich gewusst hätte ...«

»Nein, es ist meine Schuld. Ich hätte vorher anrufen sollen.«

»Tja, danke, dass du vorbeigekommen bist.«

»Pass auf dich auf«, sagte er.

»Okay. Viel Glück bei deinem Termin.«

Er sah mich an, als wolle er etwas sagen, aber dann drehte er sich um und ging zu seinem Auto. Ich winkte ihm hinterher, als er wegfuhr. Dann ging ich wieder hinein, um mein Gepäck zu holen. Wir mussten unseren Flug erwischen.

Zehntes Kapitel

Jemand sollte ein Medikament gegen Gewissensbisse erfinden. Er würde Milliarden damit verdienen.

Aus dem Tagebuch von Luke Crisp

Im Juni schrumpften die sieben von der Wharton auf sechs: Suzie brach ihr Studium ab, um für das Transportunternehmen ihres Vaters zu arbeiten. Ungefähr zur gleichen Zeit gab ich Seans wiederholten Bitten nach, vom Campus weg zu ihm ins Chez Sean zu ziehen. Candace war von Anfang an dagegen.

»Willst du wirklich mit Sean zusammenwohnen?«, fragte sie.

»Du bist also nicht damit einverstanden?«

»Mit Sean ist es wie mit der Strahlung – nur in kleinen Dosen verträglich.«

»Also hast du Angst, dass mir die Haare ausgehen?«

»Das mit den Haaren könnte ich noch verkraften. Nein, ich mache mir Sorgen um deine Seele.«

»Meine Seele?«, lachte ich.

»Wenn du viel Zeit mit Sean verbringst, wird er zwangsläufig auf dich abfärben.«

»Du machst viel zu viel Wind um die Sache«, entgegnete ich. »Was soll schon passieren?«

Sie verschränkte die Arme. »Du könntest wie Sean werden.«

»Es ist nur für ein Jahr. Wie sehr könnte ich mich in einem Jahr schon ändern?«

»Das möchte ich nicht herausfinden«, erwiderte sie.

Trotz des Missbehagens von Candace zog ich zwei Wochen später ins Chez Sean. Das Zusammenleben mit Sean eröffnete mir den Blick auf eine völlig neue Weltsicht. Sean besaß eine natürliche Intelligenz und war vielleicht sogar ein Genie, aber durch und durch faul – eine gefährliche Mischung. Er bekam gute Benotungen, ohne je zu studieren. Er schämte sich seiner Faulheit nicht, sondern war vielmehr stolz darauf und verkündete, er sei den »armen arbeitenden Trotteln« ethisch überlegen, »die ihre Seele dem Teufel des Marktes verkauft haben«. An der Tür seines Kühlschranks haftete ein Schild mit der Aufschrift

> Das Leben ist dazu da, gelebt zu werden –
> nicht gefürchtet, verkauft oder geschunden.
> Fürchte dich nicht vor dem Tod. Fürchte dich vor dem ungelebten Leben.

Am Abend meines Einzugs brachte er einen Trinkspruch aus. »Soll sich die Masse doch an ihr jämmerliches Leben stiller Hoffnungslosigkeit klammern. Sollen sie doch bedeutungslos vor sich hin rotten. Wir, mein Freund, werden uns unter den Lebenden befinden.«

Im Laufe des kommenden Jahres sollte ich erfahren, was er unter »den Lebenden« verstand.

* * *

Als ich zwölf Jahre alt war, erzählte mir mein Vater von einem Experiment mit einem Frosch. »Wenn man einen Frosch in kochendes Wasser wirft«, sagte er, »springt er sofort heraus. Aber wenn man den Frosch in einen Topf mit warmem Wasser setzt und die Temperatur langsam erhöht, bemerkt er die Veränderung nicht und kocht schließlich zu Tode.«

Ich glaube, Sean begriff dieses Prinzip instinktiv. Er war das Feuer, und ich war sein Frosch. Die Veränderungen in meinem Leben vollzogen sich allmählich. Sie begannen mit beiläufigen Einladungen zu einer Party hier, einem Fest da. Rückblickend bin ich mir sicher, dass Sean mich ganz bewusst nicht zu den wilderen mitgenommen hat, weil er wusste, dass ich mich dort unbehaglich fühlen und dann möglicherweise nicht mehr mitkommen würde. Aber jede Party, zu der ich ging, schien ein wenig wilder zu werden, und ich ebenfalls.

Es gehörte zu Seans persönlicher Philosophie, alles auszuprobieren, was ihm begegnete, und im erhabenen Namen der Freiheit drängte er mich, es ihm nachzutun. Meist machte ich es dann doch nicht, sondern ignorierte seine Verführungen. Meist, aber nicht immer.

Mein erstes Versagen bestand darin, zu viel zu trinken. Sowohl mein Vater als auch ich tranken gelegentlich Alkohol, aber nie unmäßig viel. Das änderte sich. Sean trank zu Hause viel, und ich begann schließlich, mich ihm anzuschließen. Anfangs nur ein wenig, dann immer mehr. Auf den Partys, zu denen er mich mitnahm, tranken alle stark, und bald tat ich das ebenfalls. Zum ersten Mal in meinem Leben wachte ich in einem fremden Haus auf, ohne zu wissen, wie ich dort hingekommen war.

An einem langweiligen Dienstagabend betranken Sean und ich uns im Chez Sean. Es gab keinen besonderen Anlass dafür – wir hörten nur einfach nicht auf zu trinken. Am nächsten Morgen hatte ich gemeinsam mit Candace einen Kurs, und ich ging spät mit brummendem Schädel dorthin und wünschte mir sehnlichst, dass jemand das Licht dämpfen möge. Als ich mich setzte, meinte Candace: »Du riechst wie eine Hausbar.«

»Ich habe geduscht«, erwiderte ich.

»Es ist, als würde es dir aus allen Poren kommen. Der ganze Raum stinkt schon danach.«

Ich blickte mich um. Ein paar andere Studenten sahen zu mir hin. Ich wandte mich wieder ihr zu und zuckte die Schultern. »Na und? Ich habe gestern Abend eben einfach zu viel getrunken.«

»Warum trinkst du an irgendeinem x-beliebigen Dienstag?«

»Sean und ich ...«

»Sean«, sagte sie, als brauche sie keine weitere Erklärung. Während des restlichen Kurses sprach sie kein Wort mehr mit mir.

* * *

Spät an jenem Abend rief mich mein Vater zum ersten Mal seit Monaten an.

»Wie geht es dir?«, fragte er mit angespannter, ernster Stimme.

»Mir geht es gut«, antwortete ich vorsichtig. »Und dir?«

»Wie kommst du mit dem ganzen Druck an der Uni zurecht?«

Sein Tonfall beunruhigte mich. »Mir geht's gut«, wiederholte ich. »Warum?«

»Chuck hat mich gerade angerufen. Er hat mir erzählt, dass du an diesem Morgen im Kurs betrunken warst.« Chuck war der Freund meines Vaters, der geholfen hatte, meine Zulassung zur Wharton zu beschleunigen.

»Ich war nicht betrunken.«

»Warum sollte Chuck mir das dann erzählen?«

»Du lässt deinen Freund hinter mir her spionieren?«

»Natürlich nicht. Er hat es von deinem Professor gehört.«

»Ich hab dir doch gesagt, dass ich nicht betrunken war.«

»Er meint, der ganze Unterrichtsraum habe nach Schnaps gerochen.«

»Schon möglich«, sagte ich. »Aber ich war nicht betrunken. Ich hatte nur am Abend zuvor eine Menge getrunken.«

»Was ist los, Luke?«

»Nichts ist los. Ich habe bloß zu viel getrunken. Es ist ja nicht so, als würdest du nichts trinken.«

»Ich gehe aber nicht mit einer Schnapsfahne in eine Vorstandssitzung. Wie oft trinkst du?«

»Was soll das Verhör?«, schnauzte ich ihn an. »Ich bin alt genug, um meine eigenen Entscheidungen zu fällen, ohne dass du mich kontrollierst.«

Meine Reaktion schien ihn zu verblüffen. Er schwieg einen Moment lang und sagte dann: »Du hast recht. Du liegst mir nur am Herzen.«

Ich atmete tief durch. »Es tut mir leid«, lenkte ich ein, »aber es geht mir bestens.« Es folgte ein weiteres Schweigen. Schließlich sagte ich: »Ich muss jetzt gehen.«

»Ich liebe dich, Luke.«

»Schon gut«, erwiderte ich und legte auf.

Unsere Beziehung hatte sich stärker verändert, als es mir bewusst war. Oder vielleicht hatte auch ich mich stärker verändert, als es mir bewusst war. So hatte ich nie zuvor mit meinem Vater gesprochen. Ich legte mein Handy hin und vergrub den Kopf in den Händen.

Sean hatte mein Gespräch zufällig mitgekriegt und kam mit einer Dose Bier in der Hand ins Zimmer. »Wer war das?«

»Mein Vater. Jemand von der Wharton hat ihn angerufen und ihm erzählt, dass ich heute Morgen im Kurs betrunken war.«

»Du warst nicht betrunken. Du warst ein wenig verkatert, aber nicht betrunken.«

»Ich habe meinen Vater angeschrien.«

Sean grinste. »Willkommen in meiner Welt.«

Mir gefiel nicht, wie das klang. »Meine Welt ist das nicht.«

»So was passiert«, meinte er.

»Mir nicht«, entgegnete ich. »Hast du überhaupt irgendeinen Kontakt zu deinen Eltern?«

»Zu meiner Mutter. Sie zahlt meine Rechnungen. Mein Vater hat sich von mir losgesagt.«

»Was ist passiert?«

»Die übliche Geschichte. Er war nie da, während ich aufwuchs, und wenn er da war, haben wir miteinander gestritten. Vor ein paar Jahren hatten wir an Heiligabend im Beisein von vielleicht fünfzig Gästen von ihm eine heftige Auseinandersetzung. Ich nannte ihn einen Finanz-Geier. Darauf hat er mir erklärt, was für eine Enttäuschung ich für ihn als Sohn sei.

Ich sagte: ›Glaubst du vielleicht, dein Sohn zu sein ist keine Enttäuschung?‹ Darauf er: ›Schön, wie du meinst. Ab sofort will ich nichts mehr mit dir zu tun haben.‹«

Ich konnte mir beim besten Willen nichts Schlimmeres vorstellen. »Was hast du darauf gesagt?«

Er sah mich finster an. »Ich habe ihm gedankt.«

»Du hast ihm gedankt?«

»Es war mir ernst damit. Es war befreiend. Ich hatte es satt, dass er mein Leben organisierte und mir vorschrieb, was ich zu tun und wie ich zu sein hatte. Ich hatte es einfach satt, dass an sein Geld immer Bedingungen geknüpft waren. Ich hatte dem Teufel meine Seele nicht verkauft, ich hatte sie vermietet.«

»Wie hat deine Mutter reagiert?«

»Meine Mutter war seine erste Vorzeigefrau. Inzwischen war er hinter der zweiten Vorzeigefrau her, daher ist sie ihm genauso wenig grün wie ich.« Er trank einen Schluck von seinem Bier. »Was ist mit dir? Hat Daddy für dich auch schon alles geregelt? Hat er den Masterplan?«

»Mein Vater zwingt mich nicht dazu, irgendetwas zu tun«, widersprach ich.

»Aber er hat dich dicht am Unternehmen gehalten, nicht

wahr? Dich zum Nachfolger herangezogen? Zu seinem Ebenbild.«

Ich antwortete nicht.

»Das hab ich mir gedacht«, sagte Sean. »Ich sage nicht, dass er wie mein Vater ist. Ich sage nur, dass es ein Naturgesetz ist – Väter ziehen sich ihre Söhne nach ihrem Bilde. Es ist ein jüdisch-christlicher Archetypus. Man sieht ihn in der Kathedrale ebenso wie auf dem Baseballfeld der Little League. Du siehst es täglich an der Wharton.« Er schlug mir auf die Schulter. »Wenn du hier fertig bist, ist das dann die nächste Nummer? Dass du nach Hause gehst, um dich um den Familienladen zu kümmern?«

»Das ist es, was mein Vater will.« Ich kam mir vor wie ein Kind.

»Und was willst *du?*«

Langsam schüttelte ich den Kopf. »Ich bin mir nicht mehr sicher.«

Sean beugte sich dicht zu mir vor. »Das ist brandgefährlich, mein Freund. Die Unentschlossenen werden von der Schwungkraft der Entschlossenen fortgerissen. Ich sehe es schon vor mir: Du machst deinen Abschluss an der Wharton und kehrst dann in die Wüste zurück, lässt dich mit einem Frauchen nieder, legst im Garten hinter dem Friedhof Beete an und schaust zu, wie du auf dem häuslichen Todesmarsch fett und arthritisch wirst.«

»So läuft es also?«, fragte ich, über seinen Zynismus verärgert.

»Soweit ich es sehen kann. Die Menschen leben heutzutage nicht wirklich länger, sie sterben nur langsamer. Wir haben den amerikanischen Traum gegen eine Kreditkarte für den örtlichen Baumarkt eingetauscht. Was für ein Schwachsinn.«

»Was hast du denn nach deinem Abschluss vor?«

»Ich habe vor«, antwortete er, »mich mit Marshall und Lucy in sieben Ländern zu betrinken.«

»Warum sieben?«

»Das ist meine Glückszahl. Bis dahin werde ich wohl all den Dreck ausgekotzt haben, den sie mir in den letzten achtzehn Jahren kapitalistischer Indoktrination in den Rachen gestopft haben. Danach betrinke ich mich dann nur noch aus reiner Verkommenheit.« Er sah mich an. »Du solltest uns begleiten. Du hast noch eine Menge Zeit, um den langsamen Tod zu sterben.«

»Du bist trostlos heute Abend.«

»Komm mit uns.«

»Ich hab Candace.«

»Nimm sie mit. Zeig ihr das Leben, bevor sie Kreaturen gebiert, die sie mehr liebt als dich, und du zum Lastesel degradiert wirst.«

»Du bist mehr als trostlos.«

»Du weißt, dass ich die Wahrheit sage. Gib dem Leben eine Chance.«

»Du klingst wie eine Dauerwerbung für die Internationalen Hedonisten«, entgegnete ich. »Lasst uns essen, trinken und fröhlich sein, denn morgen könnten wir sterben.«

»Es gibt kein ›könnten‹ dabei. Morgen *werden* wir sterben.« Er zeigte mit der Hand, in der er die Bierdose hielt, auf mich. »Die einzige wirkliche Sünde, die es in diesem Leben gibt, besteht darin, Möglichkeiten zu vergeuden. Unsere restlichen Sünden sind nur Teil des Lernprozesses. Gott, wenn es ihn denn geben sollte, hat seine Freude an unserer Leidenschaft. Es ist das Lauwarme, das er ausspeit. Du kannst es in der Bibel nachlesen.« Sean beugte sich dicht zu mir vor. »Ich kenne dich, Luke. Du bist etwas Besonderes. Marshall und Lucy mögen wie Freidenker reden, aber sie sind es nicht. Am Ende wird man sie mit den übrigen Konformisten an den Strand der Tatsachen gespült finden. Aber du, mein Freund, hast das Potenzial, mit der Zeit, die dir beschieden ist, etwas Spektakuläres anzustellen – den unterjochten, verzweifelten Massen ein Leuchtfeuer zu sein, ein Licht auf dem Hügel der Möglichkeit. Das bist du der Welt schuldig.«

Ich lachte über seine Schmeichelei. »Ich habe der Welt nichts zu bieten.«

Seans Gesichtsausdruck wurde ernst. »Lass dir das von niemandem je einreden. Verkauf deine Seele nicht den Teufeln der Unklarheit. Was ist mit *deinen* Träumen? Weißt du überhaupt noch, worin sie bestehen?«

Ich antwortete nicht, was vermutlich auch eine Antwort war.

»Die Welt gehört dir, Luke. Schau sie dir wenigstens an, bevor du sie abschreibst.«

Ich stand auf. »Ich geh schlafen«, sagte ich.

Sean starrte mich an. »Denk darüber nach, ob du nicht mitkommen willst. Denk einfach darüber nach.«

Elftes Kapitel

Als Spezies liegt uns weniger an der Wahrheit als an der Verwirklichung unserer Absichten. Wir wollen die Wahrheit in Wirklichkeit gar nicht wissen. Wir dürfen es nicht. Warum sonst würden wir so hart daran arbeiten, uns vor ihr zu verstecken?

Aus dem Tagebuch von Luke Crisp

Der Alkohol war nicht mein einziges neues Laster. Sean war ein selbsternannter Frauenschwarm, was meiner Beobachtung nach auch zuzutreffen schien. Aus irgendwelchen Gründen umschwärmten ihn die Frauen, und er war stets bereit, seinen Überschuss zu teilen. Anfangs lehnte ich seine Angebote ab, weil ich Candace treu bleiben wollte, was Sean naiv fand. »Du bist nicht verheiratet. Du bist noch nicht einmal verlobt«, sagte er und fügte später hinzu: »Wenn sich ein Mann nicht in jungen Jahren austobt, tut er es, wenn er alt ist.«

Wenn man lange genug auf etwas einschlägt, zerbricht es schließlich. Eines Abends, etwa sechs Monate nach meinem Einzug bei Sean, geschah es. Candace war an diesem Abend beschäftigt, und darum ging ich mit Sean zu einer Party an der University of Pennsylvania, von der er erfahren hatte. Ich trank zu viel und verbrachte die Nacht schließlich mit einer Studentin, von der ich noch nicht einmal den Namen kannte. Am nächsten Morgen erwachte ich mit einem tiefen Schamgefühl. Als ich Sean mitteilte, dass ich Candace die Sache beichten wolle, fuhr er mich an: »Sei nicht blöd. Was soll das denn bitte schön bringen?«

»Sie will die Wahrheit bestimmt wissen«, sagte ich.

»Ist das wirklich der Grund? Oder versuchst du nur, ihr deine Qualen aufzuladen?«

»Was meinst du damit?«, fragte ich.

»Du verwandelst lediglich *deine* Gewissensbisse in *ihren* Liebeskummer und zerstörst damit das Beste, was du momentan am Laufen hast. Du warst betrunken. Wenn du schon nicht bereit bist, mit dir selbst nachsichtig umzugehen, dann verschone wenigstens sie!«

Ich habe es Candace damals nicht erzählt, aber ich glaube, dass sie etwas vermutete. An jenem Abend sah sie mich beim Essen mit einem eigenartigen Gesichtsausdruck an, als habe sich etwas geändert, ohne dass sie es genau festmachen konnte. »Du bist heute Abend nicht du selbst«, sagte sie.

»Es ist nichts«, entgegnete ich heftig genug, um sie vom Gegenteil zu überzeugen. »Ich habe nur Kopfschmerzen.«

»Brauchst du eine Tablette?«

»Ist schon okay«, wehrte ich ab.

»Ich habe dich gestern Abend angerufen. Du bist nicht rangegangen.«

Ich stocherte in meinem Essen herum und wich ihrem Blick aus. »Ich war mit Sean unterwegs«, erklärte ich. »Wir haben etwas getrunken.«

»Ich habe dich auch heute Morgen angerufen. Wo bist du gewesen?«

»Ich habe dir doch gesagt, dass wir etwas getrunken haben. Ich habe eben meinen Rausch ausgeschlafen.«

Ich muss schuldbewusst ausgesehen haben, weil sie mich eine Minute lang musterte und dann fragte: »Gibt es noch etwas, was du mir erzählen willst?«

Ärger über ihre Frage stieg in mir hoch, und ich schnauzte sie an: »Allmählich reicht es mir mit dem Verhör.«

Sie zuckte zusammen. »Tut mir leid. Ich wünschte einfach, dass du aufhören würdest, so viel zu trinken.«

»Ich weiß«, sagte ich.

»Sean ist nicht gut für dich.«

»Ich weiß«, wiederholte ich.

Wir wandten uns wieder unserem Essen zu, als wäre nichts geschehen.

Zwölftes Kapitel

Schuldgefühle machen aus uns allen Fremde.

Aus dem Tagebuch von Luke Crisp

Als sich die Abschlussprüfungen näherten, erfüllten mich unzählige Emotionen, die alle den Abgrund zu vertiefen schienen, der sich zwischen meinem Vater und mir aufgetan hatte.

Natürlich trugen die Zeit und die Entfernung zu dem Graben, der zwischen uns klaffte, bei, aber ich musste erst einmal erheblich weiser und älter werden, um den eigentlichen Grund zu verstehen. Vielleicht war es ein Archetypus, so wie Adam, der sich vor Gott versteckt, nachdem er vom Baum der Erkenntnis gekostet hat. Aber irgendwie glaube ich, dass ich mich vor meinem Vater wegen dem versteckte, was aus mir geworden war. Obwohl ich nach außen hin alles abstritt, sowohl vor mir selbst als auch anderen gegenüber, empfand ich wegen meiner Entscheidungen riesige Schuldgefühle. Und Schuldgefühle entfremden uns immer voneinander. Die Wahrheit war, dass ich mich davor fürchtete, von meinem Vater abgelehnt zu werden, und ihn deswegen als Erster ablehnte.

* * *

Einen Monat vor meinem Abschluss rief mich Mary an, die Assistentin meines Vaters. »Luke, hier ist Mary. Dein Vater hat mich gebeten, dich wegen deines Abschlusses anzurufen. Wir müssen für ihn die Reisevorbereitungen treffen.«

Ich zögerte. »Macht euch keine Mühe deswegen.«

»Keine Mühe wegen was?«

»An der Abschlusszeremonie teilzunehmen. Das ist nicht so wichtig. Ein paar Tage später bin ich ohnehin zu Hause.«

Mary klang verärgert. »Für deinen Vater ist es aber wichtig. Er ist sehr stolz auf dich.«

»Sag ihm, dass ich das zu schätzen weiß, aber wenn es recht ist, würde ich lieber keine große Sache daraus machen.«

Sie schwieg einen Moment lang und meinte dann: »Gut, ich werde es ihm sagen.«

Ich weiß nicht, ob ich meinen Vater verletzt habe oder ob er einfach meinen Wunsch respektierte, aber er rief mich nicht an, um mich umzustimmen.

* * *

Ein paar Stunden nach unserer Abschlusszeremonie versammelten wir sechs von der Wharton uns zu einem letzten Treffen im Smokey Joe's.

»Also, was läuft heute Abend?«, fragte Marshall, der ein großes Glas Bier in den Händen hielt. Lucy stand hinter ihm, die Arme um ihn geschlungen.

»In der Delancey Street steigt eine Party«, schlug Sean vor. »Eine Nacht der puren Ausschweifungen.« Er wandte sich an James. »Du wirst da wohl nicht hingehen wollen.«

»Danke für die Warnung«, meinte James.

Ich war ein wenig überrascht, James überhaupt zu sehen, da er sich eine ganze Weile nicht hatte blicken lassen.

»Was meinst du?«, fragte ich Candace. »Willst du hin?«

Sie runzelte die Stirn. »Vergiss nicht, dass meine Mutter in der Stadt ist.«

»Sicher, ja«, sagte ich. Ich hatte keine Lust, den Abschlussabend mit Candaces Mutter zu verbringen, und Candace hatte das eigentlich auch nicht.

»Komm mit, Luke«, forderte mich Marshall auf. »Lassen wir's krachen an unserem letzten Abend.«

»Ja, Luke, leb deine dunkle Seite aus«, schloss sich Sean an. »Ich bin dein Vater, Luke.«

»Na, komm schon«, sagte Lucy. »Wir werden uns bestimmt amüsieren.«

Ich sah Candace um Erlaubnis bittend an.

»Mach, was du willst«, meinte sie.

»Gut«, sagte ich zu Sean. »Ich bin dabei.«

»Toll«, erwiderte er.

»Super!«, rief Marshall. »Das letzte Gastspiel der sieben von der Wharton minus James. Und Candace. Und allen anderen, die nicht aufkreuzen.«

* * *

Als wir alle das Smokey Joe's verließen, packte mich James an der Schulter. »He, gehst du wirklich zu der Party?«

»Ja. Warum kommst du nicht mit uns mit?«

»Nein, so ein Mist macht mir keinen Spaß.«

»Welcher Mist denn?«

»Die Leute kotzen. Prügeln sich. Wachen an seltsamen Orten mit noch seltsameren Menschen auf. Ich dachte daran, ein paar Leute zusammenzutrommeln, Steaks zu grillen und *24* zu gucken.«

»Du hast dir das ja alles schon genau zurechtgelegt«, sagte ich.

»Warum kommst du nicht auch?«, fragte er. »Wird bestimmt nett.«

»Tut mir leid, ich bin schon verabredet.«

»Ich leg noch was drauf«, versuchte es James. »Ich mache Pilze in Burgundersauce. Es geht nichts über meine Pilze in Burgunder.«

»Tut mir leid, James.«

»Ich kann dich wirklich nicht dazu überreden?«

»Nein. Lass uns morgen früh Pfannkuchen essen. Wir gehen ins IHOP, ich lad dich ein.«

Er wirkte niedergeschlagen. »Morgen früh? Glaubst du, dass dir dann danach ist?«

»Eben nicht zu früh«, sagte ich.

Er zwang sich zu lächeln. »Okay, Mann. Aber ruf mich an, wenn du es dir noch anders überlegst.«

»Mach ich, danke.«

Als ich ihm nachsah, sagte mir eine innere Stimme, dass ich mit ihm gehen sollte. Beinahe hätte ich es getan. Ich hätte es tun sollen. Unserer beider Leben wären anders verlaufen, wenn ich es getan hätte.

Dreizehntes Kapitel

Man sagt, dass Leben das ist, was einem widerfährt, während man seine Pläne ändert. Das Gleiche gilt für den Tod.

Aus dem Tagebuch von Luke Crisp

Ausnahmsweise war die Party überhaupt nicht so, wie Sean behauptet hatte. Wie üblich war er um elf betrunken und verließ die Party mit einer jungen Blondine, die aussah, als sei sie kaum achtzehn. Lucy und Marshall gingen eine halbe Stunde später ebenfalls. Ich blieb noch und trank weiter und hörte irgendeiner Frau zu, die mir erzählte, warum sie mit ihrem Freund Schluss gemacht hatte – eine quälend lange Einleitung, um mich zu informieren, dass sie zu haben und verzweifelt war. Ich wünschte, mit James oder auch mit Candace gegangen zu sein. Es war ein vertaner Abend.

* * *

Am nächsten Morgen wurde ich dadurch wach, dass Candace mich schüttelte. »Luke, wach auf.«

Ich drehte mich um und öffnete die Augen. Die Morgensonne schien grell durch mein Fenster, und der Kopf brummte mir von zu viel Bier. Dann bemerkte ich, dass Sean, Marshall, Lucy und Candace alle um mich herumstanden.

»Was macht ihr hier?«, wollte ich wissen.

»Hast du das mit James gehört?«, fragte Candace.

»James? Wir wollten uns eigentlich heute Morgen auf ein paar Pfannkuchen treffen.«

Candace sah zu Marshall hinüber. Ihr Gesichtsausdruck beunruhigte mich.

»Was macht ihr hier?«, wiederholte ich. »Was ist los?«

Sean blickte mich mit trüben Augen an. »James hatte einen Unfall.«

Ich sah zwischen ihnen hin und her. »Was?«

»Gestern Abend«, erklärte Marshall. »Er ist von einem Betrunkenen angefahren worden.«

Schlagartig wurde ich munter. »Geht es ihm gut? Wo ist er?«

»Er ist tot«, informierte mich Candace.

Ich setzte mich auf. »Tot? Ich war … Ich war doch eben noch mit ihm zusammen. Wir wollten Pfannkuchen essen.« Ich sah von einem zum anderen. »Das kann nicht sein.«

»Es ist wahr«, sagte Candace.

Mir wurde schlecht. »Nein, das kann nicht sein.« Meine Augen füllten sich mit Tränen.

Candace setzte sich neben mich auf das Bett. »Es tut mir leid, Schatz.«

»Wenn ich mit ihm gegangen wäre …«, setzte ich an.

»Wenn du mit ihm gegangen wärest, dann wärest du möglicherweise auch getötet worden«, schaltete sich Marshall ein. »Er wurde von irgendeinem betrunkenen Typen angefahren, der seinen Abschluss gefeiert hat. Er hat hart gearbeitet, ist zur Kirche gegangen, hat an Gott geglaubt. Nichts davon hat ihn gerettet.«

»Die Guten sterben früh«, meinte Sean.

»Das ist nicht gerecht«, sagte Candace.

»Es geht dabei nicht darum, was gerecht und was ungerecht ist«, erwiderte Sean, »sondern darum, was ist und was nicht ist. Der Tod kann jederzeit kommen. Ob man es nun akzeptiert oder nicht, der Tod kommt trotzdem. Die Frage ist nur, wie man damit umgeht.«

* * *

Drei Tage nach unserem Abschluss nahmen wir an James' Beerdigung in Philadelphia teil. Er wurde mit Talar bestattet; er war der erste in seiner Familie, der einen College-Abschluss gemacht hatte. Die Zeremonie war schlicht und kurz und berührte mich zutiefst. Die ganze Zeit musste ich mit den Tränen kämpfen. Candace hielt mich während der Aussegnung fest an der Hand. Anschließend gingen Candace und ich zu James' Eltern, um mit ihnen zu reden.

»Unser herzliches Beileid«, sagte Candace zu ihnen. »James war ein guter Mensch.«

Die Augen seines Vaters waren verquollen und gerötet. »Er war ein guter Sohn«, sagte er. »Wir waren sehr stolz auf ihn.«

Alles, was mir einfiel, war: »Gott segne Sie.« Dann wandte ich mich ab. Danach gingen wir alle zu Sean und saßen in benommener Trauer im Wohnzimmer. Unser übliches Geplänkel und Gelächter war verstummt. Sean holte eine Flasche Bourbon und schenkte uns ein. Als wir die Flasche ausgetrunken hatten, sagte ich zu Sean: »Wir werden dich nach Europa begleiten.«

Candace sah mich an. »Was?«

»Wir werden mit ihnen nach Europa reisen«, bekräftigte ich.

Selbst durch ihren Kummer hindurch wirkte sie gequält. »Können wir darüber noch reden?«

»Nein. Ich habe mich entschieden.«

»Ich kann mir eine Reise nach Europa nicht leisten.«

»Das brauchst du auch nicht«, beruhigte ich sie. »Ich habe einen Treuhandfonds. Ich bezahl das für dich.«

Sie sah mich einen Moment lang an und entgegnete dann: »Das kannst du nicht machen.«

»Doch, das kann ich«, beharrte ich. »Sieh dir James an. Er hat sein Leben auf später verschoben und nie die Chance bekommen, es zu leben. Wir haben keine Zeit zu vergeuden. Wir müssen jetzt anfangen zu leben.« Ich wandte mich wieder Sean zu. »Ich komm mit. Meine Entscheidung steht.«

»Bravo«, sagte Sean.

Candace seufzte. »Also gut, wenn du fährst, fahre ich auch.«

»Dann ist es abgemacht«, schlug ich ein. »Wir fahren beide. Jetzt muss ich es nur noch meinem Vater sagen.«

Vierzehntes Kapitel

Heute habe ich meinem Vater das Herz gebrochen.

Aus dem Tagebuch von Luke Crisp

In Phoenix ist es im Sommer brütend heiß, aber als ich an der Zentrale von Crisp's auf den Parkplatz fuhr, schwitzte ich vermutlich ebenso vor Nervosität wie wegen der Hitze. Mein Vater hatte das siebenstöckige Gebäude zwei Jahre vor meinem Studium an der Wharton gebaut und darin die Verwaltungsabteilungen von Crisp's angesiedelt. Zum ersten Mal in meinem Leben fühlte ich mich beklommen, als ich durch die Eingangstüren des Unternehmens schritt.

Es war fast ein Jahr vergangen, seit ich meinen Vater das letzte Mal gesehen hatte. Ich wusste nicht recht, wie er darauf reagieren würde, dass ich Crisp's aufgeben und stattdessen für unbestimmte Zeit auf Vergnügungsreise durch Europa gehen wollte, aber ich war mir ziemlich sicher, dass er es nicht gut aufnehmen würde.

Ich nahm den Fahrstuhl in den siebten Stock und atmete tief durch, bevor ich ihn verließ. Als ich das Büro betrat, kam Mary mit ausgebreiteten Armen hinter ihrem Schreibtisch auf mich zu und drückte mich an sich. »Luke, es ist so schön, dich zu sehen.«

»Es ist auch schön, dich zu sehen«, erwiderte ich und ließ mich umarmen.

»Ich werde deinem Vater sagen, dass du hier bist. Er hat gerade eine Telefonkonferenz. Er freut sich so darauf, dich zu sehen. Wir alle freuen uns.«

»Ich mich auch«, sagte ich und hatte den Eindruck, dass meine Worte unaufrichtig klangen. »Es ist schön, zu Hause zu sein.«

Als Mary den Telefonhörer nahm, hörte ich hinter mir eine laute Stimme. »Was ist denn mit der Security los? Die lassen wohl jeden dahergelaufenen Typen rein.« Ich drehte mich um und sah Henry grinsend ins Büro kommen. »Willkommen zurück, mein Junge.«

Henry war Mitte vierzig, klein und athletisch gebaut. Als ich ihn das letzte Mal gesehen hatte, verlor er gerade die Schlacht um seine Haare. Jetzt prunkte wie durch Zauberhand ein voller Haarschopf auf seinem Kopf.

»Schöne Locken«, meinte ich.

»Mein neues Toupet«, sagte Henry und neigte den Kopf ein wenig, um sein Haarteil zu präsentieren. »Ich kann sogar damit schwimmen.«

»Jetzt musst du dir die Frauen mit Gewalt vom Leib halten.«

»So war's gedacht«, bestätigte Henry und streckte mir die Hand entgegen. »Glückwunsch zu deinem Abschluss. Der erste MBA in der Familie.«

»Ja. Aber ich glaube, dass sie auch ziemlich gut ohne einen klargekommen ist.«

»Meistens«, entgegnete Henry. Ich hatte keine Ahnung, was er damit meinte, aber ich ließ es dabei bewenden.

»Luke.«

Ich drehte mich um und sah meinen Vater in der Tür zu seinem Büro stehen. Ich war erstaunt, wie anders er auf mich wirkte – wie viel älter. Es war inzwischen mehr Zeit verstrichen, als ich bemerkt hatte. Er kam langsam durch den Raum auf mich zu. Wir umarmten uns. Nachdem wir uns losgelassen hatten, fragte ich: »Fühlst du dich gut?«

»Mir geht es prächtig«, antwortete er. »Ich bin nur noch ein wenig angeschlagen vom Squashspiel heute Morgen. Los, komm rein, lass uns reden.«

Ich folgte ihm in sein Büro, und er schloss die Tür hinter uns. Alles außer meinem Vater sah ganz genauso aus wie zum Zeitpunkt meiner Abreise. Ich setzte mich auf einen gepolsterten Ledersessel vor seinem Schreibtisch, und er kam zu mir und setzte sich vor mir auf die Kante seines Schreibtisches.

»Ich bin so stolz auf dich, Luke. Unser erster MBA.«

»Das ist keine große Sache«, wehrte ich ab.

»Das ist eine sehr große Sache«, entgegnete er, und sein Blick war voller Stolz. »Ich habe mich so auf deine Rückkehr gefreut. Und ich bin bereit loszulegen.«

Ich sah ihn an. »Loszulegen?«

Ein breites Lächeln überzog sein Gesicht. »Mit der Übergabe. Ich bin bereit, dir das Unternehmen Schritt für Schritt zu übergeben.«

Ich faltete die Hände im Schoß und wusste nicht recht, was ich sagen sollte. Als ich nichts sagte, veränderte sich sein Gesichtsausdruck.

»Du freust dich nicht darüber? Ich dachte, du würdest glücklich sein, wenn du ...«

»Ich bin noch nicht bereit dafür.«

»Unsinn. Du bist seit Jahren dafür bereit. Du bist in diesen Läden groß geworden. Du kennst sie besser als jeder andere außer mir. – Und ich bin bereit, die Zügel zu übergeben.«

»Dad ...« Ich sah ihn einfach an. Seine Miene schlug in Besorgnis um. »Weißt du, ich will das nicht machen.«

Mein Vater starrte mich verständnislos an. »Es muss ja nicht sofort passieren.«

»Ich meine *überhaupt.*«

Ein Schatten huschte über sein Gesicht. »Was meinst du damit?«

»Ich will mich nicht an Crisp's ketten.«

Er blickte mich einen Moment lang schweigend an, bevor er sagte: »Ich verstehe nicht. Was willst du denn dann tun?«

»Ich will *leben.*«

»Ich verstehe noch immer nicht«, meinte er.

»Ich will wirklich leben. Ich will das Leben erfahren. Ich habe gearbeitet, seit ich zwölf bin.«

Er wirkte irritiert.

»Habe ich dir von meinem Freund James erzählt?«, fragte ich.

Mein Vater schüttelte den Kopf. »Dein Mitbewohner?«

»Nein, James war ein anderer Freund von mir. Er war sehr ernsthaft, arbeitete hart, war religiös. Er war der Drittbeste unserer Abschlussklasse.«

Mein Vater starrte mich an und fragte sich zweifellos, was James mit unserem Gespräch zu tun hatte. »Nein. Du hast mir nie von ihm erzählt.«

»Am Abend nach unserem Abschluss wurde er von einem betrunkenen Autofahrer getötet.«

»Das tut mir leid.«

»All die Arbeit und die Aufopferung sind umsonst gewesen«, erklärte ich. »Er hat sein Leben vergeudet.«

»Ich würde das nicht als vergeudetes Leben bezeichnen.«

»Als was würdest du es dann bezeichnen?«

»Als alles andere als vergeudet. Wenn jemand ein anständiges Leben führt, trägt er etwas zu der gesamten menschlichen Familie bei – so kurz dieses Leben auch sein mag.«

»Du bist ein Idealist, Dad. Aber insgesamt betrachtet hätte er sein Leben besser genießen sollen, statt stundenlang für nichts und wieder nichts in der Bibliothek zu hocken und über seinen Büchern zu brüten.« Ich schüttelte langsam den Kopf. »Ich habe immer geglaubt, dass man sein Leben so führen sollte. Aber das tue ich nicht mehr. Das Leben ist dafür da, gelebt und nicht mit Schinderei verbracht zu werden. Ich bin nicht ein solcher Dummkopf.«

»Du meinst so ein Dummkopf wie ich.«

»Du drehst mir die Worte im Mund herum«, widersprach ich. »Du bist nicht der Hampelmann von jemandem. Du hast dein Leben so gelebt, wie es für dich gepasst hat. Ich will es genauso machen.«

Mein Vater antwortete nichts darauf.

»Als du darauf bestanden hast, dass ich Arizona verlasse, hast du als Grund genannt, du wolltest nicht, dass ich etwas bereue. Du wolltest, dass ich die größeren Zusammenhänge sehe. Damals wollte ich nicht gehen, aber du hattest recht. Ich habe die größeren Zusammenhänge gesehen. Und die Welt in ihrer Ganzheit ist erheblich größer als das größte Unternehmen. Ist es nicht das, was du versucht hast, mir beizubringen? Zu fliegen? Ein Leben ohne Reue zu leben?«

Mein Vater sah mich weiter schweigend an, bevor er mich fragte: »Und was soll ich mit dem Unternehmen machen?«

»Verkauf es. Kassiere den Lohn für all deine harte Arbeit. Du könntest endlich frei von Crisp's sein und dein Leben genießen.«

»Du redest, als wäre Crisp's eine Gefängnisstrafe.«

»Ist es das nicht?«

Nach einem Augenblick antwortete er: »Nein. Und ich habe nie in Erwägung gezogen, es zu verkaufen. Dies war stets ein Familienunternehmen. Für dich und vielleicht eines Tages für deine Kinder.«

»Was, wenn ich es nicht will?«

Er wiegte den Kopf. »Ich könnte es nie einfach verlassen. Crisp's ist eine Familie. Manche meiner Mitarbeiter haben ihr gesamtes

Arbeitsleben bei mir verbracht. Ich kann sie nicht einfach jemand anderem übergeben. Ich muss sicherstellen, dass für sie gesorgt wird.«

»Das ist ein Teil des Problems, Dad. Crisp's ist *keine* Familie. Und es ist keine Wohltätigkeitsorganisation. Es ist ein Unternehmen. Wenn ich etwas in meinem MBA-Studium gelernt habe, dann das. Wenn du diese Grenzen vergisst, werden dich die Leute jeden wachen Moment mit Beschlag belegen. Sie werden dich aussaugen.

Einer meiner Professoren war früher Chef eines großen Kosmetikunternehmens. Er erzählte uns, er habe bemerkt, dass es Zeit sei zu gehen, als er mehr Zeit damit verbrachte, sich um die Probleme seiner Mitarbeiter zu kümmern als um die der laufenden Geschäfte. Crisp's zu verkaufen wird das Beste sein, was du je getan hast. Du wirst sehen, dass es da draußen noch eine Welt gibt – du hast verdient, sie zu genießen, bevor es zu spät ist.«

»Lasst uns essen, trinken und fröhlich sein, denn morgen könnten wir sterben«, sagte mein Vater leise.

»Nicht *könnten*, Dad, sondern *werden*. Wie James. Wie Mom.«

Meine Worte trafen meinen Vater. Er blickte eine Minute lang zu Boden, bevor er fragte: »Was hast du vor?«

»Erst einmal gehe ich mit meinen Freunden auf große Reise.«

»Für wie lange?«

»Das weiß ich nicht. Bis ich genug davon habe.«

»Wie willst du das finanzieren?«

»Ich habe meinen Treuhandfonds.«

»Und was, wenn das Geld aufgebraucht ist?«

»Es sind eine Million Dollar. Die werden nicht aufgebraucht.«

»Geld ist irgendwann immer aufgebraucht. Eine Million Dollar reichen nicht so lange, wie du glaubst.«

»Es wird lange genug reichen«, meinte ich.

Er starrte auf seinen Schreibtisch. »Ich kann dich nicht daran hindern, darauf zuzugreifen, aber ich bin dagegen.«

»Tut mir leid, Dad, aber ich muss das tun.«

Er wirkte fassungslos. »Ich habe mein Leben damit zugebracht, etwas zu schaffen, was ich dir hinterlassen kann.«

»Und das ist dir gelungen. Aber du hast mir etwas viel Größeres als ein Unternehmen gegeben. Du hast mir Freiheit geschenkt.«

Er legte die gefalteten Hände vor den Mund und schloss die Augen. Es sah aus, als würde er beten. In dieser Position verharrte er eine ganze Weile, bevor er mich wieder ansah. Er atmete tief ein und dann langsam wieder aus.

»Gut«, sagte er schließlich. »Tu, was du tun musst. Aber sei vorsichtig, mein Sohn.«

»Ich will nicht vorsichtig leben«, widersprach ich. »Das ist ein Teil des Problems. Die Menschen klammern sich so fest an ihr Leben, dass sie den Spaß herauspressen. Ich will einfach leben.«

»Ich will bloß nicht erleben, dass du zu Schaden kommst.«

»Das wirst du nicht.«

Seine Augen füllten sich mit Tränen, und ich konnte sehen, dass ihn dies verlegen machte. »Ich hatte mich so auf deine Rückkehr gefreut.«

»Es tut mir leid, Dad.«

Er atmete tief ein. »Ich kann dich nicht dazu überreden dazubleiben?«

Ich schüttelte langsam den Kopf.

»Dann gibt es vermutlich nichts mehr zu sagen. Ich nehme an, du weißt, wie du an das Geld kommst.«

»Ich schau noch bei Mike vorbei.« Ich stand auf und ging zur Tür. Dann drehte ich mich noch einmal zu ihm um. »Bye«, sagte ich.

Von seinen Gefühlen überwältigt, konnte er nicht sprechen, und nickte nur.

Schnell verließ ich sein Büro und das Gebäude. Ob ich nun fliegen oder abstürzen würde, ich hatte das Nest endgültig verlassen.

Fünfzehntes Kapitel

Wenn man nicht gerade Ingenieur, Arzt oder Mathematiker ist, lässt sich der Wert einer Entscheidung weniger am Ergebnis als an der Absicht messen.

Aus dem Tagebuch von Luke Crisp

Ich wollte gerade mit meinem Auto aus der Parkbucht herausfahren, als Henry an meine Scheibe klopfte. Ich hielt das Auto an und ließ das Fenster herunter.

»Was ist da gerade passiert?«, wollte er wissen. »Seit dem Tod deiner Mutter habe ich deinen Vater nicht mehr derart erschüttert gesehen.«

»Ich habe ihm gesagt, dass ich das Unternehmen nicht leiten will.«

Henry wirkte ein wenig überrascht, aber er nickte verständnisvoll. »Das kann ich verstehen. Es ist eine schwere Bürde.«

»Genau das habe ich ihm gesagt. Aber er hat es nicht sonderlich gut aufgenommen.«

»Nein, das kann ich mir vorstellen. Er hat die Übernahme durch dich schon seit Jahren geplant. Möglicherweise schon seit deiner Geburt.«

»Glaubst du, dass er es packt?«

»Dein Vater? Natürlich wird er das. Er ist ein Stehaufmännchen. Man baut kein Großunternehmen ohne Plan B auf.«

»Henry, du kennst ihn. Warum macht er das? Warum leitet er weiter das Unternehmen? Er könnte sein Leben genießen, die Welt sehen, eine neue Liebe finden.«

»Weißt du, genau die Frage habe ich ihm gestellt, aber er hat mir nie eine klare Antwort darauf gegeben. Ich bin mir nicht sicher, ob er eine hat. Dein Vater kommt aus einem anderen Umfeld als du oder ich. Er kommt aus einer Welt des Mangels, in der man ums Überleben kämpfen musste. Vor allem aber ist dein Vater ein Weltverbesserer. Er ist seit dreißig Jahren das Kindermädchen des Unternehmens.«

»Ich weiß. Ich habe ihm gesagt, dass Crisp's kein Wohltätigkeitsunternehmen ist. Er sollte die Firma verkaufen, seinen Gewinn nehmen und neu anfangen.«

»Genau das habe ich ihm auch gesagt – dass er das GuV-Ergebnis verbessern, verkaufen und das Leben dann wirklich genießen soll –, aber er will ja nicht hören. Er könnte sich eine Jacht kaufen und um die Welt segeln.« Henry neigte den Kopf. »Wer weiß, vielleicht hört er jetzt ja auf dich.«

»Vielleicht«, sagte ich.

»Und was tust du jetzt?«, fragte Henry.

»Ich werde anfangen zu leben. Reisen.«

»Weißt du schon, wohin?«

»Überall hin. Wir beginnen mit New York, dann geht's weiter nach Europa.«

»Schön für dich, Luke. Pass auf dich auf. Und mach dir um eines keine Sorgen: Ich werde mich um deinen Vater kümmern.«

»Danke.«

Er klopfte auf das Dach meines Autos. »Sag nichts davon. Und keine Sorge, alles wird gut laufen.«

* * *

Noch während der Fahrt rief ich Candace an.

»Wie war's?«, fragte sie.

»Nicht gut«, antwortete ich. »Mein Vater hatte geplant, dass ich das Unternehmen sofort übernehme. Ich habe ihn wirklich verletzt.«

»Das tut mir leid.«

»Mir auch. Er hat das nicht verdient.«

Nach einem Moment bat sie: »Komm schnell nach New York. Du fehlst mir.«

»Du fehlst mir auch.«

»Sean hat unser Zimmer schon über seine Kreditkarte gebucht.«

»Richte ihm meinen Dank aus. Ich werde meine neue Kreditkarte erst in ein paar Tagen haben.«

»Einen Augenblick«, sagte Candace. »Sean will mit dir sprechen.«

»Du schuldest mir was, Mann«, sagte Sean.

»Ich weiß. Ich zahl es dir zurück.«

»Wie ist es mit dem alten Herrn gelaufen? Wie du es erwartet hast?«

»Schlechter. Er ist davon ausgegangen, dass ich das Ruder sofort übernehme.«

»Das hab ich dir doch gesagt. Es ist archetypisch. Atlas versucht, die Welt an Herkules zu übergeben. Nur warst du intelligent genug, es abzulehnen.«

»Im Moment fühle ich mich nicht sonderlich intelligent.«

»Aber er hat dich nicht aufgehalten.«

»Nein. Der Treuhandfonds läuft auf meinen Namen, sodass er ohnehin nichts daran ändern kann. Ich hasse es bloß, ihn zu enttäuschen.«

»Du wirst dich schon bald genug besser fühlen«, versicherte Sean. »Mach dir keine Sorgen um deinen Vater. Es ist nicht das, was er erwartet hat, aber er wird schon einlenken. Er will, dass du glücklich bist, stimmt's?«

»Und wenn er nicht einlenkt?«, fragte ich.

Sean lachte. »Damit befasst du dich, wenn's so weit ist.«

* * *

Ich fuhr zum Büro von Mike Semken, dem Finanzverwalter unserer Familie, und teilte ihm mit, dass ich die Stadt verließ und Zugang zu meinem Treuhandfonds benötigte. Er sagte, eine Debitkarte für ein Konto zu beschaffen, dauere ein paar Tage, aber er werde sie mir schicken, sobald sie eintreffe.

Nachdem ich Semkens Büro verlassen hatte, ging ich in eine der Kneipen, die ein paar von Crisp's Mitarbeitern und ich früher aufzusuchen pflegten, und nahm einen Drink, um meine Nerven zu beruhigen. Dann fuhr ich zum Flughafen Sky Harbor und stieg in eine Maschine nach New York, um mich dort mit dem Rest der Clique zu treffen.

* * *

Wir fünf, Candace und ich, Sean, Marshall und Lucy hatten Zimmer im Four Seasons Hotel zwischen der Park und der Madison Avenue gebucht. Ich kam vor ihnen an und schlief, bis Candace an meine Tür klopfte. Sie schlang die Arme um mich.

»Geht es dir gut, Schatz?«

»Ist schon okay.«

Sie sah mir in die Augen. »Wir sind hier, also lass uns glücklich sein.« Dann küsste sie mich. »Ich werde gut auf dich aufpassen, das verspreche ich.«

* * *

Es überraschte mich nicht, dass Sean New York wie seine Westentasche kannte – von den besten Restaurants bis zu den exklusivsten Clubs. Er kannte sogar den besten Hamburger-Imbiss, eine merkwürdige Kneipe, die in der Lobby des Le Parker Méridien Hotels gegenüber der Fifty-Sixth Street hinter einem Vorhang verborgen lag.

Candace und ich verbrachten den Tag mit Sightseeing, und am Abend trafen wir uns mit den anderen zum Essen in einem Restaurant namens Per Se. Dort saßen wir an einem Tisch, von dem aus wir über den Central Park blicken konnten. Candace und ich teilten uns ein Degustationsmenü zum Festpreis von 295 Dollar, in dem der Wein noch nicht enthalten war.

»Das ist zu teuer«, sagte Candace und legte ihre Speisekarte hin.

»Sean bezahlt es doch«, erwiderte ich.

Er zeigte mit dem Finger auf mich. »Du zahlst mir das zurück.«

»Keine Sorge, in ein paar Tagen habe ich meine Karte.«

»Es ist trotzdem zu teuer«, beharrte Candace.

»Nicht für uns«, widersprach ich.

»Aber ...«

Ich unterbrach sie. »Wir werden genau das tun. Ich will kein Wort mehr über Geld hören. Ich hab reichlich davon. Du und ich werden *wirklich* leben.«

Candace wirkte nicht überzeugt, aber sie willigte ein. »Okay, ich sag kein Wort mehr. Es macht mir bloß ein schlechtes Gewissen, dein Geld auszugeben.«

»Das stimmt, es ist mein Geld.« Ich legte einen Finger an ihre Lippen. »Kein Wort mehr. Kein Blick mehr auf Preisschilder. Genieß es einfach. Versprich es mir.«

Sie atmete langsam aus. »Ich verspreche es.«

* * *

Am nächsten Tag verbrachten Candace und ich den Großteil des Nachmittags im Metropolitan Museum of Art und aßen anschließend im Jean-Georges am Central Park West 1. Sean beharrte darauf, dass Candace und ich das Sieben-Gänge-Menü von Chefkoch Vongerichten wählten: Kaviar auf Ei, karamellisierter Blumenkohl mit Kapern-Rosinen-Emulsion, Suppe aus jungem Knoblauch mit Thymian sowie eine Menge weiterer Delikatessen, von denen ich noch nie gehört, geschweige denn gekostet hatte.

Kulinarische Schwelgereien hatten in meiner Erziehung keine große Rolle gespielt. Mein Vater hatte einen schlichten Geschmack und war mit einem guten Kartoffelsalat ebenso zufrieden wie mit Beluga-Kaviar – ja, wahrscheinlich sogar zufriedener. Sean machte mich mit einer völlig neuen Welt bekannt.

An unserem letzten ganzen Tag in Manhattan führte ich Candace zum Shoppen auf der Fifth Avenue aus. Wir hielten am Flagship-Store von Apple, bei FAO Schwarz (Candace wollte ein Stofftier), Saks, Prada und Louis Vuitton, wo ich einige Gepäckstücke für unser Europa-Abenteuer kaufte. Wir beendeten unsere Shoppingtour bei Tiffany, wo ich Candace nur deshalb eine silberne Kette kaufte, damit sie die Verpackungsschachtel in Tiffany-Blau bekam. Dann schickte ich sie ins Hotel zurück und ging zu Harry Winston, um ihr einen Diamant-Solitär-Ring mit Smaragdschliff zu kaufen. Ich war mir nicht sicher, wann ich ihr den Heiratsantrag machen würde, aber für mich gab es keinen Zweifel, dass es irgendwann während unserer Reise passieren sollte, und ich wollte darauf vorbereitet sein.

Lucy war krank, als sie in New York ankam, und verbrachte die meiste Zeit im Bett. Candace und ich waren wenig angetan davon, wie Marshall sich um sie kümmerte, nämlich so gut wie gar nicht. An unserem vorletzten Abend in New York schalt Candace ihn wegen seiner Nachlässigkeit.

»Was soll ich denn tun?«, entgegnete er verärgert. »Mit ihr im Zimmer hocken? Sie hat einen Zimmerservice. Was braucht sie denn sonst noch?«

* * *

An unserem letzten Abend in New York aßen wir alle, Lucy eingeschlossen, im Le Bernardin im Theaterviertel und besuchten anschließend die Broadwayshow *Mamma Mia!* An ihrem Ende beglückte Sean das übrige Publikum mit dem lauthals verkündeten Urteil, dass die Show »eine widerwärtige und langweilige Produktion« sei, »dafür gemacht, verbitterten Frauen mittleren Alters das Geld aus der Tasche zu ziehen«. Außerdem wolle er die Produzenten darauf verklagen, ihm die verschwendete Zeit zu erstatten.

Sechzehntes Kapitel

Und nun beginnt also mein großes Auslandsabenteuer. Hier ist ein passendes Zitat, das ich gefunden habe:

»Wenn du tatsächlich so aussiehst wie auf deinem Passfoto, dann bist du vermutlich nicht gesund genug zum Reisen.«

Aus dem Tagebuch von Luke Crisp

Von New York aus flogen wir fünf vom JFK zum Flughafen Charles de Gaulle in Paris. Ins Ausland zu reisen war für mich ein Abenteuer. Außer auf einer zweitägigen Geschäftsreise nach Montreal, zu der mich mein Vater mitgenommen hatte, als ich zehn war, hatte ich die Vereinigten Staaten noch nie verlassen.

Von Paris aus nahmen wir einen Pendlerflug nach Saint-Tropez, einem Hafenstädtchen an der Côte d'Azur, in dem sich die Prominenten tummelten. Mit seinen gelben, orangefarbenen und grünen Fassaden und seinen eleganten Boutiquen vor dem strahlend blauen Meer glich der Ort der Farbpalette eines Malers.

Ich war nicht erstaunt darüber, dass Sean in Frankreich ebenso zu Hause war wie in Philadelphia, New York oder sonst irgendeiner Stadt. Er war unser Reiseführer und hatte für uns im Château de la Messardière Zimmer gebucht, einem Fünf-Sterne-Hotel, das an einem Hang über der Bucht von Pampelonne liegt. Unsere Suite verfügte über einen Balkon, von dem aus man über den weißen Sandstrand der Bucht blicken konnte.

»Sieh mal, all dieser Lavendel«, sagte Candace und beugte sich über den Hotelbalkon. Ich hatte sie noch nie so aufgeregt gesehen. »Ist das nicht schön?«

Ich fand, dass *sie* das Schönste in Sichtweite war. Sie trug ein leichtes Sommerkleid, und die Ozeanbrise ließ den Stoff ihres Kleides ebenso wie ihre Haare flattern. Voller Zufriedenheit sah ich erst sie an und dann über die Bucht. »*Dies hier* ist Leben.«

»Ich habe schon immer hier herkommen wollen«, gestand Candace. »Hier wurde Brigitte Bardot entdeckt. Man sagt, dass man in Saint-Tropez mehr berühmte Gesichter sieht als irgendwo sonst auf der Welt.«

Ich blickte auf den Strand unter uns und das Meer von braungebrannten Sonnenanbetern. »Das würde mich nicht wundern«, meinte ich. »Sieh dir all die schönen Menschen an.«

»Du«, sagte sie, packte mich am Kinn und drehte mein Gesicht wieder zu sich hin, »schau gefälligst mich an! Das, was die da unten anhaben, reicht zusammengenommen noch nicht mal für einen Spüllappen.«

Wir küssten uns. Dann ging ich zum Bett und legte mich hin. Candace nahm unseren Reiseführer vom Tisch, blätterte eine Weile darin und drehte sich dann wieder zu mir um. »Einen Euro für deine Gedanken.«

»Ich habe mich gerade gefragt, was mein Vater denken würde, wenn er mich jetzt sehen könnte.«

»Und, was glaubst du, würde er denken?«

»Ich würde gern glauben, dass er stolz wäre auf seinen Sohn, der sich die Welt ansieht. Aber ich weiß es nicht.«

»Gib der Sache Zeit«, riet sie.

Ich streckte mich auf dem Bett aus und schob mir ein Kissen unter den Kopf. »Davon haben wir jetzt jede Menge.«

Sie setzte sich neben mich auf das Bett und strich über meine Brust. »Hast du was dagegen, wenn ich mir die Zehennägel machen lasse?«

»Natürlich nicht. Ich penn einfach ein wenig. Ich hab 'nen Jetlag.«

Es klopfte. Candace ging hin und öffnete die Tür. Am Türrahmen lehnte Sean.

»Hi«, sagte Candace. »In welchen Zimmern seid ihr?«

»Wir haben noch nicht eingecheckt«, antwortete er. »Ich muss mit Luke sprechen.«

»Da ist er.« Candace trat zur Seite.

»He, Bruder.« Sean kam herein und schloss die Tür hinter sich.

»Was gibt's?«, fragte ich.

»Ich muss mir deine Visa-Card borgen. Meine Karte funktioniert nicht.«

Ich sah ihn an. »Warum funktioniert deine Karte nicht?«

»Ich weiß nicht. Aber es ist noch zu früh in Amerika, um meine Mutter anzurufen. Ohne Karte lassen sie uns nicht einchecken.«

»Ich dachte, du würdest dir eine Suite mit Marshall und Lucy teilen.«

»Das tue ich auch.«

»Warum nimmt es Marshall dann nicht auf seine Karte?«

»Weil er sein Limit überschritten hat. Darum leiht er sich jetzt bis zum Ende des Monats etwas von mir. Und er bezahlt für Lucy.«

»Dann bezahle ich für euch alle«, stellte ich fest.

»Ganz schön viel«, räumte Sean ein.

»Sag ihnen, dass sie es auf meine Karte buchen sollen«, sagte ich.

»Das habe ich bereits versucht. Du musst runtergehen und es ihnen persönlich mitteilen.«

Die sorglose Art, in der er das sagte, beunruhigte mich irgendwie. »Du hast versucht, meine Karte damit zu belasten?«

»Natürlich. Du schuldest mir noch immer was von New York.«

»Ich weiß«, nickte ich. Ich stand auf und folgte ihm nach unten in die Lobby. Dort saß Marshall auf einer Couch und blätterte in einem französischen Magazin. Lucy stand beim Empfangstresen und passte auf das Gepäck auf. Sie sah blass aus, was mich nicht verwunderte, da der letzte Flug ein wenig turbulent gewesen war.

Ich gab am Empfangstresen meine Kreditkarte ab und checkte die drei ein. Ich überreichte ihnen die Schlüssel, dann gingen wir gemeinsam zum Fahrstuhl. Lucy mühte sich mit ihrem Gepäck ab. Keiner der Männer bot ihr seine Hilfe an, also nahm ich ihr einen ihrer Koffer ab.

»Danke«, sagte Lucy. »Die Ritterlichkeit ist noch nicht ausgestorben.«

»Nein«, meinte Marshall, »nur durch die Frauenbewegung tödlich verwundet worden.«

Lucy würdigte ihn keines Blickes.

»Also, was machen wir heute Nachmittag?«, fragte ich.

»Ich hab schon alles geplant«, gab Sean bekannt. »Zunächst gegen wir runter zur La Tarte Tropézienne. Das ist die feinste Konditorei in Saint-Tropez und vielleicht eine der besten in Frankreich. Dort wurde die mit Creme gefüllte Tarte Tropézienne kreiert.«

Woher weiß er diese Sachen nur?, dachte ich.

»Heute Abend gehen wir dann ins exklusive Les Caves du Roy. Der Club ist fantastisch – stellt euch eine Mischung aus Las Vegas und einer französischen Grotte vor. Um reinzukommen, muss man schön sein.« Er drehte sich zu Marshall hin. »Möglicherweise musst du heute Abend zu Hause bleiben.«

Marshall zuckte die Schultern. »Von mir aus.«

»Anders als in Amerika«, fuhr Sean fort, »wissen die Leute hier wirklich, wie man tanzt.«

* * *

Les Caves du Roy ist einer der bekanntesten Nachtclubs von Frankreich. Am Eingang wachten schlecht gelaunte, muskulöse Türsteher, um die Paparazzi von den Promis fernzuhalten, die dort ein und aus gingen. Ich weiß nicht, wie Sean es hinkriegte, aber er verschaffte uns Zutritt. Der Club war in orientalischem Stil eingerichtet. Er hatte in Goldbrokat gehüllte barocke Säulen und zahlreiche abgeschiedene Ecken und Winkel.

Lucy stand mit weit aufgerissenen Augen da. »Ich glaube, ich habe Bono gesehen«, sagte sie.

»Wo?«, fragte Marshall.

»Da drüben.«

»Wo?«

»Der Mann, der an dem Tisch an der Wand sitzt.«

»Das ist nicht Bono«, meinte Marshall abfällig. »Der sieht ganz anders aus.«

Lucy starrte weiter hin. »Oder vielleicht ist es Sting.«

»Bono und Sting sehen sich überhaupt nicht ähnlich.«

»Nun, vielleicht, weil er sich verkleidet hat.«

Marshall verdrehte die Augen. »Wie gut, dass ich dumme Frauen mag.«

Getreu seinem ursprünglichen Plan betrank sich Sean dermaßen, dass Candace und ich ihn schließlich zurück ins Hotel bringen mussten. Er übergab sich im Taxi, woraufhin der Fahrer einen Anfall bekam. Ich kann kein Französisch, aber ich musste nicht verstehen, was er sagte. Schließlich gab ich ihm fünfzig Euro Trinkgeld, um ihn zu beruhigen.

Die folgende Woche verbrachten Candace und ich die meiste Zeit fern von den anderen am Strand, wo wir in der Sonne lagen, lasen und Champagner oder Cognac tranken. Candace allerdings bevorzugte meist fruchtige Drinks, zu denen auch einer namens Saint-Tropez gehörte. Abends trafen wir uns mit der restlichen Clique zu irgendeinem exotischen Essen.

Am Nachmittag unseres zehnten Tages in Saint-Tropez kam Sean zu mir an den Strand. Ich war gerade allein und las einen Thriller von Vince Flynn. Candace war vor einer Stunde auf unser Zimmer gegangen, um sich zu duschen und uns einen Tisch in einem Restaurant zu reservieren.

»Es ist Zeit abzureisen«, sagte Sean. Er war außer Atem und hatte merkwürdige Sachen an. Er trug eine Baskenmütze und eine dunkle Sonnenbrille von Vuarnet.

»Wovon sprichst du?«

Seine Stimme klang schrill. »Ich mein's ernst. Wir müssen weg. Ich habe ein Auto, das auf uns wartet.«

Obwohl die Sonnenbrille seine Augen verdeckte, war seine Angst offensichtlich. Es war das erste Mal, dass ich ihn aufgewühlt erlebte.

»Wir müssen einfach aufbrechen. Ich erklär's später.«

Ich musterte ihn einen Moment lang und fragte dann: »Wohin fahren wir?«

»Nach Cannes. Es liegt weniger als hundert Kilometer entfernt von hier. Beeil dich, das Auto wartet.«

Sein fordernder Ton verärgerte mich. »Hör mal, Candace und ich werden dich da einfach treffen.«

»Nein, das geht nicht«, sagte er schnell. »Wir müssen alle zusammen los.«

Ich sah in an und fragte mich, was er vorhatte. Für sein Benehmen gab es zweifellos einen Grund. »Also gut. Ich hole Candace.«

»Das Auto parkt in der Straße südlich vom Hotel. Geh durch die südliche Tür und dann runter zur Straße.«

»Warum parkst du den Wagen nicht einfach vor dem Eingang?«

»Das können wir nicht machen.«

»Was ist denn los, Mann?«

»Nichts. Wir müssen einfach weg hier. Wo ist Candace?«

»Sie ist auf dem Zimmer.«

»Sag ihr, dass wir zwanzig Minuten haben. Denk dran, nicht durch die Lobby rauszugehen. Geh zur Hintertür raus und nimm den Weg zur nächsten Straße, in der Nähe der Bäckerei, in der wir gestern waren.«

»Ich muss noch auschecken.«

»Nein«, fuhr er mich an. Er muss gemerkt haben, wie angstvoll er klang, weil seine Stimme ruhiger wurde. »Das kannst du auch noch online von Cannes aus machen. Geh *nicht* in die Lobby runter.«

»Wir werden ein paar Minuten brauchen«, sagte ich. »Wir müssen erst noch packen.«

»Beeil dich einfach«, drängte er. »Bitte.« Er blickte sich um und entfernte sich dann von mir.

Noch erstaunlicher als das Gespräch war der Umstand, dass er tatsächlich *bitte* gesagt hatte.

Ich unterschrieb unsere Rechnung für die Strandbar, sammelte meine Sachen zusammen und ging hinauf in unser Zimmer. Candace war im Bad und schminkte sich. »Hallo Schatz«, sagte sie. »Ich habe für uns einen Tisch im Hof der Auberge des Maures reserviert. Der Portier meinte, wir sollten das Lammfleisch probieren.«

»Das müssen wir verschieben«, sagte ich. »Anscheinend verlassen wir die Stadt. Sean hat unten ein Auto, das auf uns wartet.«

Sie kam aus dem Badezimmer. »Was?«

»Sean sagt, dass wir aufbrechen müssen.«

»Warum?«

»Das weiß ich nicht, aber irgendetwas stimmt nicht. Er hat Angst. Richtige Angst.«

»Angst wovor?«

Ich hob die Schultern. »Keine Ahnung.«

»Warum fahren sie nicht einfach ohne uns?«

»Das habe ich auch gesagt, aber er meinte, dass wir alle aufbrechen müssen. Die Art, wie er das sagte, hat mich irritiert.«

»Glaubst du, dass irgendjemand hinter ihm her ist?«

»Schon möglich.«

Sie ging zurück ins Badezimmer. »Vermutlich ein eifersüchtiger Ehemann.«

»Wer auch immer es sein mag, Sean ist völlig aus dem Häuschen.«

* * *

Wir packten unsere Sachen und schlüpften aus dem Hintereingang des Hotels nach draußen, wie Sean es verlangt hatte. Lucy winkte uns zu, als wir uns dem Lieferwagen näherten. Der Fahrer verstaute unser Gepäck rasch hinten im Wagen und stieg ein. Sean saß zusammengesackt auf dem Rücksitz und wirkte so nervös wie eine Gazelle im Löwengebiet. Sobald wir eingestiegen waren, sagte Sean zum Fahrer: »Auf geht's. *Dépêche-toi.*«

Der Wagen fuhr schnell auf die Fahrbahn und dann durch die bunte Stadt auf die Fernstraße. Seltsamerweise sagte keiner von uns etwas über unseren plötzlichen Aufbruch, obwohl ich merkte, dass Sean mehrmals in den Rückspiegel des Fahrers schaute. Ich blickte mich ebenfalls um und fragte mich, ob wir verfolgt wurden – und ich fragte mich, in was er sich da selbst oder vielleicht auch uns verwickelt hatte.

Erst als wir auf der Autobahn waren, entspannte er sich. »Ihr werdet Cannes lieben«, versicherte er leise. »Das Filmfestival ist vorbei, aber die Promis bleiben meist noch eine Weile dort.«

»Wir werden berühmte Leute sehen?«, fragte Lucy.

»Darauf kannst du wetten«, bekräftigte Sean. »Viele berühmte Leute.«

Ich sah zu Candace hinüber. Sie blickte mich an und zuckte die Schultern. Ich fragte mich, ob wir je herausbekommen würden, was geschehen war.

Siebzehntes Kapitel

Wir leben das Leben von Prominenten.

Aus dem Tagebuch von Luke Crisp

Auf dem Weg nach Cannes informierte uns Sean, dass die Prominenten, die zum Festival gekommen waren, auf Jachten oder in Fünf-Sterne-Hotels wie dem wohnten, das er für uns gebucht hatte, das InterContinental Carlton Cannes. Es lag an der berühmten Promenade de la Croisette, ganz in der Nähe des Festivals.

Als wir eincheckten, überreichte mir der Mann am Empfang ein Zahlungsformular, das ich unterschreiben musste. Mir blieb fast die Luft weg, als ich den Zimmerpreis sah. »Verzeihen Sie«, fragte ich. »Ist das hier korrekt?«

»Ist was korrekt?«, gab er meine Frage mit schwerem französischem Akzent zurück.

»Der Preis.«

»Ja, Sir. Das ist der korrekte Preis für die Suite.«

Die Suiten kosteten fast 2800 Euro pro Nacht. Ich drehte mich zu Sean um. »Wusstest du, dass es so viel kostet?«

Er zuckte die Schultern. »Wir sind in Cannes«, erwiderte er, als erklärte das alles.

Was die Sache verschlimmerte, war der Umstand, dass ich noch immer für Sean & Company bezahlte. Auf dem Weg nach Cannes hatte mich Sean informiert, dass er das Problem mit seiner Kreditkarte noch immer nicht habe beheben können. Er sagte, seine Mutter sei in Geldsachen idiotisch, es könne eine weitere Woche dauern, bevor das Problem behoben sei.

Der Mann am Hoteltresen wirkte verärgert. »Gibt es ein Problem, Sir?«

»Nein«, erwiderte ich und unterschrieb das Formular. Die Hotelpagen brachten unser Gepäck auf unsere Zimmer, dann trafen wir uns alle in der Carlton Bar im Erdgeschoss.

»Unsere Suite ist wunderschön«, berichtete Candace. »Wir haben einen Blick aufs Meer.«

»In welcher Suite seid ihr?«, wollte Lucy wissen.

»In der Grace Kelly.«

»Wir sind in der Cary Grant«, sagte Lucy. »Sie sind unglaublich.«

»Die Preise ebenfalls«, bemerkte ich, noch immer ganz benommen von dem Schock, den mir das Zahlungsformular versetzt hatte.

»Im Preis inbegriffen sind die Dienste eines Butlers und eines Zimmermädchens«, erwiderte Marshall. »Man bekommt das, wofür man bezahlt.«

Wofür *ich* bezahle, dachte ich.

»Hast du das Gedränge der Leute vor dem Hotel gesehen?«, fragte Sean. »Sie stehen den ganzen Tag da und warten darauf, einen Blick auf die Promis werfen zu können. Eine Frau hat mich um ein Autogramm gebeten.«

»Du hast sie vermutlich nicht darüber informiert, dass du kein Promi bist.«

»Warum sollte ich das tun?«, entgegnete Sean. »Ich treffe mich heute am späteren Abend mit ihr.«

Candace schüttelte den Kopf. Dann sagte sie: »Ich habe einen echten Prominenten gesehen.«

»Wen?«, fragte Lucy.

»Matt Damon.«

»Damon! Wo?«, fragte Lucy und sprang von ihrem Stuhl auf.

»Er ist weg«, sagte Candace. »Er ist in ein Auto gestiegen, als wir gerade reinkamen.«

»Warum hast du's mir nicht gesagt?«

»Weil ich dich kenne. Ich wollte nicht, dass du dich blamierst. Oder uns.«

Wie üblich verdrehte Marshall die Augen.

»Was trinkst du da?«, fragte ich Sean.

»Einen Lady-Carlton-Cocktail. Er wurde nach einer Engländerin benannt, die fünfundzwanzig Jahre lang in diesem Hotel wohnte.«

Fünfundzwanzig Jahre bei diesem Preis. Sie hätten das gesamte Hotel nach ihr benennen sollen.

* * *

Wir blieben nur für vier Nächte in Cannes, worüber ich angesichts der Kosten froh war. Sean hatte sein Kreditkartenproblem noch immer nicht gelöst, aber er versicherte mir täglich, dass bald alles in Ordnung gebracht sein würde.

Von Cannes fuhren wir nach Monte Carlo, wo wir im Hôtel de Paris logierten, einem legendären Palast an Monacos Place du Casino. Sean wollte die Churchill-Suite buchen, die teuersten Räumlichkeiten des Hotels, doch ich erhob Einspruch. Die Junior-Suite mit Blick aufs Kasino kostete bereits über tausend Euro die Nacht – was im Vergleich zu unseren Räumen in Cannes allerdings immer noch ein Schnäppchen war.

Kaum eine Stunde, nachdem wir eingecheckt hatten, stattete mir Sean einen Besuch ab. »He, kannst du Marshall und mir fünf Tausender geben?«

»Wofür?«

»Ich spiel ein wenig Chemin de fer.«

Candace stand neben mir und musterte Sean skeptisch. Der lächelte.

»Sieh mal, es ist ein gutes Geschäft für dich«, meinte er. »Wenn ich verliere, zahl ich's dir zurück. Wenn ich gewinne, teile ich meinen Gewinn mit dir. Ist das noch zu überbieten?« Dann fügte er hinzu: »Das Gleiche gilt für Marshall.«

»Was ist mit Lucy?«, fragte Candace.

»Sie bleibt auf dem Zimmer. Sie ist wieder krank.«

»Wir nehmen sie zum Essen mit«, sagte Candace.

»Ich bezweifle, dass sie dazu Lust hat. Sie hat die letzte halbe Stunde lang gereihert.«

»Warum bleibt Marshall nicht bei ihr?«, fragte Candace.

Sean grinste. »Du träumst wohl.«

Ich nahm mein Portemonnaie und zog ein Bündel Scheine hervor. »Ich hab viertausend«, sagte ich.

»Vier genügen. Danke, Amigo.« Er wandte sich zum Gehen, aber dann hielt er inne. »Moment, ich brauche noch ein bisschen was extra. Das Kasino hat eine Kleiderordnung, und ich habe kein Jackett dabei. Vielleicht sollte ich einfach deine Kreditkarte mitnehmen. Einen Block entfernt vom Hotel gibt es einen Armani-Laden.«

»Du mit meiner Kreditkarte«, entgegnete ich. »Ich bin vielleicht verrückt, aber bescheuert bin ich nicht.«

Er machte eine abfällige Handbewegung. »Egal. Ich bin sicher, dass sie Leihjacketts haben.«

»Hör mal«, sagte ich, »du führst doch sicher Buch über all das Geld, oder?«

Er lächelte. »Ich dachte, dass du das tun würdest.«

Ich hob die Brauen.

»Ich mache bloß Spaß. Natürlich mach ich das. Wir sind im Casino de Monte Carlo, wenn du dich uns noch anschließen willst.«

»Candace und ich bleiben heute Abend hier.«

»Bravo«, meinte er, wandte sich um und ging.

Ich schloss die Tür hinter ihm.

»Du musst aufhören, ihn mit Geld zu versorgen«, sagte Candace.

»Ich versorge ihn nicht mit Geld, ich leihe es ihm.«

»Bist du sicher?«

Ich warf ihr einen finsteren Blick zu. »Er kann es doch zurückzahlen, oder?«

»Wenn nicht, würdest du es nicht wissen.«

Damit hatte sie nicht ganz unrecht. »Wir werden es wohl noch herausfinden«, meinte ich.

Achtzehntes Kapitel

Es heißt, dass man mit jemandem reisen soll, wenn man ihn kennenlernen will. Danach wird man ihn entweder lieben oder sich von ihm trennen. Das mag stimmen.

Aus dem Tagebuch von Luke Crisp

Wir waren erst eine Woche in Monte Carlo, als Sean darauf bestand, dass wir nun unbedingt nach Paris reisen müssten. So schön Monte Carlo auch war, beugte ich mich seinen Plänen – teilweise, weil ich genug davon hatte, dass mich Sean ständig um Spielgeld anging, aber noch mehr deshalb, weil Paris mir als idealer Ort erschien, Candace einen Heiratsantrag zu machen. Candace und ich waren uns während der vergangenen Wochen sogar noch näher gekommen, und ich war mir jetzt sicherer als je zuvor, dass ich den Rest meines Lebens mit ihr verbringen wollte.

Sean schlug vor, dass wir im Four Seasons George V. abstiegen. Es liegt in einem der elegantesten Quartiers von Paris und in der Nähe des Arc de Triomphe, des Place de la Concorde und des Eiffelturms. Candace atmete tief ein, als wir die Hotellobby betraten, die so war, wie ich es mir erhofft hatte. Das Hotel war mit hellen Tapisserien, Marmorsäulen und frischen Blumen ausgestattet und roch nach Geranien.

»Luke, das ist unglaublich«, sagte sie.

»Nichts ist zu gut für mein Mädchen«, erwiderte ich.

Sie lehnte sich an mich und meinte: »Außer dir.«

Als wir unser Zimmer betraten, entfachte dies noch mehr Begeisterung bei Candace. Unser Zimmer hatte eine königsblaue Stofftapete und Kristallleuchter und war wie die Lobby mit frischen Blumen dekoriert. Pro Nacht kostete das Zimmer rund 2000 Euro. Rückblickend sehe ich die Veränderung, die ich vollzogen hatte. In meinem bisherigen Leben wäre es mir nie in den Sinn gekommen, mehr als ein paar hundert Euro pro Nacht für ein Hotelzimmer auszugeben, aber die Suiten in Cannes für 2800 Euro die Nacht hatten meine Sichtweise verzerrt. Ich empfand die Zimmerpreise tatsächlich als günstig. Zumindest hätte ich das, wenn ich nur eins hätte bezahlen müssen. Ich hatte zwei nebeneinander liegende Räume gebucht, und es machte mich beklommen, dass Seans Zimmer noch immer auf meine Rechnung ging. Seine Schulden bei mir schossen in die Höhe, und ich hatte immer noch keinerlei Anhaltspunkt dafür, dass er sein Kreditkartenproblem behob oder Anstalten traf, mir etwas zurückzuzahlen.

Wie üblich, hatte Sean unser Tagesprogramm vorbereitet. Wir aßen im *Bristol*, einem eleganten Restaurant, das seine Deko mit den Jahreszeiten ändert. Dort probierte ich zum ersten Mal weiße Trüffel – ein aromatischer Pilz, der zuweilen teurer ist als Gold. Ich kann seinen Geschmack ebenso wenig beschreiben wie den von Salz.

In den nächsten Tagen trennten Candace und ich uns von der Gruppe und besuchten all die bekannten Sehenswürdigkeiten, um derentwillen Amerikaner nach Paris kommen. Wir unternahmen eine Flussrundfahrt auf der Seine und verbrachten jeweils fast einen ganzen Tag im Louvre und im Musée d'Orsay.

An unserem ersten Freitagabend in Paris bestand Sean darauf, dass wir Les Bains Douches aufsuchten, einen beliebten Nachtclub an der Champs-Élysées und eine der heißesten Adressen von Paris. Es endete damit, dass nur wir drei Männer übrigblieben, da Candace von der Lauferei am Tage müde war und sich Lucy wieder unwohl fühlte.

»Les Bains Douches bedeutet ›die Bäder‹«, erklärte Sean während der Taxifahrt zum Club. »Er wurde an dem Ort errichtet, wo früher ein türkisches Bad stand.«

Als wir zum Eingang des Clubs gingen, sagte Sean zu mir: »Gib dem Mann einen Fünfziger.«

Ich sah ihn an. »Wofür?«

»Die Türsteher sind bekannt dafür, Leute ohne jeden Grund abzuweisen. Wenn du kein Model oder Mick Jagger bist, musst du zahlen, um mitzumischen.«

Zögernd gab ich dem Türsteher 50 Euro, aber wir mussten dennoch fast vierzig Minuten draußen warten, bevor wir hineinkamen. Aber das war noch nicht das Schlimmste. Bei weitem nicht. Wir aßen im Thai-Restaurant des Clubs, doch als uns die Kellnerin die Rechnung brachte, blieb mir fast die Luft weg. Sie hatte eine Flasche Champagner zu 750 Euro auf die Rechnung gesetzt.

Als ich die Rechnung anzweifelte, war ich sofort von drei Türstehern umringt, die mich in ein Hinterzimmer schleppten und dort zwangen, den gesamten Betrag mit meiner Debitkarte zu bezahlen. Mein Vater sagte immer: »Die Leute sind nur darauf aus, dir dein Geld abzunehmen.« Ich lernte schnell, wie recht er hatte, wobei manche Leute geschickter darin sind als andere.

Um diese Demütigung wegzuspülen, fing ich an, mit Marshall zu trinken. Ich hatte keine Ahnung, wo Sean war. Das Letzte, was ich von ihm gesehen hatte, war, dass er den Club mit zwei italienischen Frauen im Arm verließ.

Gegen zwei Uhr morgens stieß mich Marshall an. »Luke, sieh mal die da.« Er fixierte eine exotisch aussehende Französin in einem freizügigen Kleid. Sie sah zu ihm hin und setzte ein verführerisches Lächeln auf. Er erhob sich sofort. »*Mon bel ange.* Das, mein Freund, ist das Einzige auf der Welt, was mich dazu bringen könnte, Französisch zu lernen.«

»Und was ist mit Lucy?«, fragte ich.

»Sie kann kein Französisch«, meinte er mit herablassendem Lächeln. »Kümmer dich nicht um mich, ich werde schon irgendwie heimkommen.« Er ging durch den Raum auf die Frau zu.

Ich wünschte, ich wäre bei Candace im Hotel geblieben. Ja, allmählich wünschte ich, dass ich in Arizona geblieben wäre. Ich trank aus und ging zurück zum Hotel.

Neunzehntes Kapitel

Die Wahrheit ist geduldig. Sie kann sich das leisten, denn letztlich setzt sie sich durch.

Aus dem Tagebuch von Luke Crisp

Als ich zurück ins Four Seasons kam, schlief Lucy bei Candace in unserem Zimmer. Ich schaltete das Licht im Flur an, und Lucy rieb sich die Augen. Dann setzte sie sich auf und blickte sich um.

»Wo ist Marshall?«, fragte sie.

»Noch unterwegs«, erwiderte ich.

Sie sah mich mit einem schmerzlichen Gesichtsausdruck an. »Ist er mit einer anderen Frau zusammen?«

Obwohl ich es lieber nicht getan hätte, nickte ich. Lucy stand auf und ging in ihr eigenes Zimmer.

Candace sah mich nur an und runzelte die Stirn. »Komm her, Schatz«, sagte sie.

* * *

Ein paar Stunden später wurden wir durch das Geschrei wach, das aus Lucys und Marshalls Zimmer nebenan drang. Lucys Stimme wurde durch Schluchzer unterbrochen. Ich sah auf die Uhr. Es war kurz vor fünf Uhr morgens.

»Hast du sie je derart aufgebracht gehört?«, fragte ich.

»Ja«, sagte Candace. »Das ist bei denen Routine.«

Es war ein weiterer lauter Schrei zu hören, dem ein noch lauteres Weinen folgte. Dann hörte ich, wie eine Tür zugeknallt wurde.

»Ich glaube, soeben wurde die Routine durchbrochen«, meinte ich.

»Siehst du mal nach ihr?«, fragte Candace.

»Klar«, erwiderte ich, zog eine Jogginghose über und ging auf den Flur. Dort zog Lucy ihren Koffer zum Aufzug.

»Hallo«, sagte ich.

Sie drehte sich zu mir um. Ihre Augen waren verquollen und gerötet, und sie zitterte.

»Wohin gehst du?«, fragte ich.

»Überall hin, wo er nicht ist«, sagte sie.

Ich ging zu ihr. »Willst du reden?«

Sie wischte sich über die Augen und sagte dann: »Ja.«

Ich nahm sie mit in unser Zimmer. Candace hatte sich einen Morgenrock übergezogen und umarmte Lucy, als sie hereinkam. »Tut mir leid, meine Süße«, sagte sie. »Aber du hast das schon öfter durchgemacht. Es wird sich schon noch alles klären.«

»Nein, es wird sich nichts mehr klären«, widersprach sie. »Er hat mir gesagt, dass er mich nicht liebt. Er hat gesagt, dass ich ihm schon seit über einem Jahr gleichgültig bin. Er hat mich nur benutzt.«

Ich strich ihr sanft über den Rücken. »Marshall ist ein Drecksack. Die einzige Person, die ihn interessiert, ist er selbst. Du bist besser dran ohne ihn.«

»Nein, bin ich nicht«, entgegnete sie.

»Irgendwann schon, glaub mir«, versicherte ich. »Vielleicht erscheint es dir jetzt nicht so, aber sobald du dich von ihm gelöst hast, wird es dir erheblich besser gehen.«

Sie sah hoch, und ihr Blick wanderte zwischen uns hin und her. »Ich bin schwanger.«

Einen Moment lang schwiegen Candace und ich. Dann meinte Candace: »Oh.«

Darum ist ihr dauernd so übel, dachte ich.

»Ich weiß nicht, was ich tun soll«, schluchzte Lucy.

»Weiß er, dass du schwanger bist?«, fragte Candace.

»Ich habe es ihm vorhin gesagt. Deswegen hat er angefangen rumzuschreien. Er hat behauptet, ich wäre schwanger geworden, um ihn in die Falle zu locken.« Lucy weinte wieder. »Er hat gesagt, er bezweifelt, dass es überhaupt sein Baby ist.« Sie senkte den Kopf. »Dann hat er zu mir gesagt, dass er mich nicht liebt.«

Ich tätschelte ihr sanft die Hand. »Das tut mir wirklich leid. Er ist ein Idiot.«

»Ich bin der Idiot«, schluchzte sie. »Wie habe ich nur so dumm sein können?«

Candace überredete Lucy, erst mal bei uns zu bleiben. Ich legte für mich eine Decke auf das Sofa, und Lucy stieg zu Candace ins Bett, wobei ich mir nicht sicher bin, ob eine der Frauen schlafen konnte.

Lucy stand ein paar Stunden später leise auf, duschte sich kurz und kam dann angezogen aus dem Badezimmer. »Ich geh jetzt besser«, sagte sie.

»Warum bleibst du nicht einfach noch ein paar Tage bei uns?«, fragte Candace.

»Nein«, lehnte sie mit angespannter Stimme ab. »Ich kann nicht in seiner Nähe sein.«

»Wohin gehst du?«

»Nach Hause. Ich werde nach Hause gehen.«

»Wie wirst du zurück in die Staaten kommen?«, fragte ich.

»Ich weiß es noch nicht genau. Ich habe meine Tante gebeten, mir etwas Geld zu schicken.«

Ich nahm meine Brieftasche und zog zehn 100-Euro-Scheine daraus hervor. »Damit kommst du nach Hause.«

Sie sah mich dankbar an, beugte sich vor und küsste mich auf die Wange. »Danke. Danke, dass du so gut zu mir gewesen bist. Ich wünschte, ich hätte, was du und Candace habt.«

Ich begleitete sie nach unten in die Lobby und half ihr, ein Taxi zu bekommen. Als ich in unser Zimmer zurückkam, fragte Candace:

»Glaubst du, dass sie es packt?«

»Fürs Erste ja.«

»Ich hasse Marshall.«

»Ich weiß. Wie kann man nur so kalt sein?«

* * *

Später, am Nachmittag, Candace, Sean und ich aßen gerade im Hotelrestaurant zu Mittag, kam Marshall herein. Er wirkte gut gelaunt.

»Hallo Leute«, meinte er flapsig. »Was geht denn so ab?«

»Lucy ist nach Hause geflogen«, sagte ich.

»Ja, das hab ich mir schon gedacht.« Er setzte sich an den Tisch und sah in die Speisekarte. »Also, was ist gut?«

Candace und ich blickten ihn ungläubig an. »Das berührt dich nicht weiter?«, fragte Candace.

Er sah nicht von der Speisekarte auf. »Warum sollte es das? Sie ist nicht mein Problem.«

»Sie ist schwanger«, sagte Candace.

»Tja, sie hätte eben besser verhüten sollen.«

»Na toll«, erwiderte Candace. »Nach all der gemeinsamen Zeit wirfst du sie weg wie Müll.«

Ich sah zu Sean hin, den das Gespräch eher zu amüsieren als zu irritieren schien. Er war erst um acht Uhr morgens ins Hotel zurückgekehrt und hatte daher die Auseinandersetzung zwischen Lucy und Marshall nicht mitbekommen.

»Das geht dich nichts an«, entgegnete Marshall. »Sie hat ihren Weg selbst gewählt.«

»Du bist so eine Null«, meinte Candace.

Marshall zeigte mit dem Finger auf sie. »Halt den Mund.«

»Sprich nicht so mit ihr«, schaltete ich mich ein und beugte mich drohend zu ihm vor. Er duckte sich weg. »Du bist ein solcher Dreckskerl, Marshall. Bist es immer gewesen. Du beschönigst deinen Egoismus, als handelte es sich dabei um eine tiefe philosophische Einsicht, aber die Wahrheit ist, dass du ein Betrüger und ein Abzocker bist. Es wird Zeit, dass du verschwindest.«

Er lachte und wandte sich an Sean. »Ist dieser Kerl noch zu fassen?« Dann sah er wieder zu mir hin. »Das ist ein freies Land, Mann.«

»Frei vielleicht, aber nicht umsonst. Es kostet zweitausend Euro am Tag.«

»Ich geh nicht weg, Alter.«

»Nun, ich jedenfalls zahle nicht mehr für dich«, teilte ich ihm mit.

Er verzog das Gesicht. »Wovon redest du? Du zahlst nicht für mich. Das tut Sean.«

»Ach, wirklich?« Ich wandte mich Sean zu. »Stimmt das?«

»Ich zahl's dir zurück«, murmelte Sean.

Ich schüttelte den Kopf. »Ich mach es euch beiden leicht. Ich gebe Sean keinen einzigen Euro mehr, bis du verschwunden bist.«

»Wow«, sagte Sean und lehnte sich zurück. »Das ist aber hart.«

Marshall sah Sean in der Hoffnung an, von ihm unterstützt zu werden. Doch Sean zuckte nur mit den Schultern. »Tut mir leid, Mann«, sagte er. »Ich kann da nichts machen.«

Marshalls Gesicht wurde rot. »Du nennst *mich* einen Betrüger. Hast du Candace je von deinem One-Night-Stand mit der Studentin von der Uni Pennsylvania erzählt?«

Candace wurde blass und sah mich schockiert an.

Marshall grinste. »Ich glaube, nicht.«

»Stimmt das?«, fragte Candace.

Ich wusste nicht, was ich sagen sollte. Als ich nicht antwortete, stand sie auf und stürmte von unserem Tisch weg. Ich stand ebenfalls auf und blickte ihr nach, wobei ich überlegte, ob ich hinter ihr her rennen sollte oder nicht.

»Glashäuser und Steine«, kommentierte Marshall. Er sah wieder zu Sean hin. »Ich brauche Geld, um nach Hause zu kommen.«

»Ich bin pleite«, sagte Sean.

Marshall wandte sich an mich. »Ich brauche ein wenig Geld.«

Ich sah ihn zornerfüllt an. »Das kann ja wohl nicht dein Ernst sein.«

»Und was soll ich jetzt tun?«

»Das ist nicht mein Problem«, entgegnete ich.

Zwanzigstes Kapitel

Wie können so wenige Sekunden des Vergnügens so viele qualvolle Tage nach sich ziehen?

Aus dem Tagebuch von Luke Crisp

Candace sprach den restlichen Tag nicht mehr mit mir, und schließlich verbrachte ich die Nacht in Seans Zimmer. Am nächsten Morgen öffnete sie die Tür, als ich klopfte. Ihre Augen waren derart verquollen, dass sie fast zu waren. Sie sah aus, als habe sie die ganze Nacht hindurch geweint.

»Was willst du?«, fragte sie.

»Ich will dir sagen, wie leid es mir tut. Wie dumm ich war. Ich hatte getrunken ... Es war falsch. Ich liebe dich, Candace. Ich habe dich nie verletzen wollen.«

»Wie oft hast du sie getroffen?«

»Einmal. Nur das eine Mal. Ich war so betrunken. Ich weiß noch nicht mal ihren Namen.«

»Warum hast du es mir nicht erzählt?«

»Weil ich dir nicht wehtun wollte.«

»Nun, das hast du.«

Ich atmete langsam aus. »Ich wollte es dir sagen. Ich habe mich so schuldig gefühlt. Aber Sean hat es mir ausgeredet. Er sagte, dass es selbstsüchtig von mir sei zu versuchen, meine Schuldgefühle zu lindern, indem ich dir das Herz breche.«

Sie sah mich zweifelnd an. »Und du hast auf ihn gehört?«

Ich schüttelte den Kopf. »Ich weiß, es war dumm. Es tut mir wirklich leid. Ich weiß nicht, was ich sonst sagen soll. Ich flehe dich an: Bitte, gib mir noch eine Chance. Es wird nie wieder passieren, das verspreche ich.«

»Und warum sollte ich dir jetzt glauben?«

»Weil du weißt, dass ich dich liebe.« Ich sah sie voller Hoffnung an. »Und weil du mich liebst.«

Ihre Augen füllten sich mit Tränen.

»Es tut mir so leid«, wiederholte ich.

Sie wischte sich über die Augen. »Ich weiß.« Dann sah sie mich an. »Keine Geheimnisse mehr.«

»Keine Geheimnisse mehr«, versicherte ich ihr.

»Wenn du das noch einmal tust, gebe ich dir keine Chance mehr.«

»Es wird nicht noch einmal passieren.«

Sie ließ mich wieder ins Zimmer. So viel zum romantischen Paris.

Einundzwanzigstes Kapitel

Wir haben Sean seit Tagen nicht mehr gesehen. Keiner von uns beiden machte den Vorschlag, einen Suchtrupp nach ihm auszuschicken.

Aus dem Tagebuch von Luke Crisp

Ich war fertig mit Frankreich. Wir hatten Lucy und Marshall verloren, und offen gestanden wäre ich nicht sonderlich traurig gewesen, wenn ich auch Sean verloren hätte, der mir inzwischen über fünfzigtausend Dollar schuldete. Am schlimmsten war, dass ich fast Candace verloren hätte. Eigentlich hatte ich ihr in Paris einen Heiratsantrag machen wollen, und nun war ich froh, dass sie nicht nach Hause geflogen war. Ich hoffte, dass es in Italien besser laufen würde.

* * *

Am nächsten Morgen flogen wir drei von Paris nach Rom. Sean war vom Feiern in der vergangenen Nacht erschöpft, und Candace schwieg während des größten Teils der Reise.

Sean schlug vor, in der Residenza Napoleone III. abzusteigen, das genau das war, wonach es klang: In den 1830er Jahren hatte dort der spätere französische Kaiser Napoleon III. residiert. Angesichts der Preise dort hätte ich möglicherweise eine andere Unterkunft gesucht, wenn Candace und ich nicht gerade eine so problematische Situation durchgemacht hätten. Ich wollte ihr etwas Besonderes bieten.

In der folgenden Woche sahen wir nicht viel von Sean. Ich wusste nicht, wohin er ging, aber wir vermissten ihn nicht. Wir brauchten Zeit für uns, um unsere Beziehung zu kitten. Wir sahen uns die üblichen Sehenswürdigkeiten an, das Kolosseum und das Forum, die Spanische Treppe und den Trevi-Brunnen. Wir verbrachten einen Tag in Vatikanstadt, lauschten im Petersdom einem Chor und nahmen an einer Führung durch die Sixtinische Kapelle teil. Ab unserem dritten Tag in Rom fühlte sich unsere Beziehung wieder gut an.

Wir aßen an drei Plätzen: der Piazza Navona mit ihrem Brunnen von Bernini, der Piazza del Popolo mit ihrem ägyptischen Obelisken und der Piazza di Spagna mit ihrem Marmorboot, in dem das frische Brunnenwasser schäumte. Nach unserer ersten Woche in Italien fanden wir, dass wir genug von Rom gesehen hatten, und beschlossen, am nächsten Tag abzureisen; wir planten, mit dem Zug nach Florenz, Bologna und Venedig zu fahren. Wir hatten Sean noch immer nicht gesehen, und ich war offen gestanden so weit, einfach ohne ihn abzureisen.

Wir hatten gerade ein paar Stunden geschlafen, als jemand gegen unsere Tür hämmerte. Ich sah auf unseren elektrischen Wecker. Es war 2.46 Uhr. Ich schaltete die Nachttischlampe neben mir an und ging zur Tür. Durch den Spion in der Tür sah ich, dass Sean draußen stand.

»Wir schlafen. Hau ab.«

»Luke, mach auf. Es ist dringend.« Erstaunlicherweise klang er nicht betrunken.

»Einen Moment«, sagte ich. Ich ging zum Schrank und zog mir einen Bademantel über.

Candace war aufgewacht. »Wer ist das an der Tür?«

»Sean.«

»Wie spät ist es?«

»Fast drei.«

»Sag ihm, dass er weggehen soll.«

»Das hab ich ihm schon gesagt.« Ich ging zur Tür zurück und öffnete sie einen Spalt. »Komm schon, Sean. Es ist Viertel vor drei. Komm morgen früh wieder.«

»Bitte«, sagte er. Seine Stimme klang hoch und nervös – genau wie in Saint-Tropez. Ich öffnete die Tür und sah raus. Ich begriff nicht, was ich da sah. Sean stand an den Rahmen unserer Tür gelehnt. Er war bleich, und seine Stirn war schweißnass. Er hatte die Hand mit weißem Stoff umwickelt, der blutdurchtränkt war. Noch merkwürdiger war, dass rund fünf Meter hinter ihm auf beiden Seiten des Flures zwei Männer standen.

»Was ist los? Was ist mit deiner Hand passiert?«

»Sie haben mich gefunden.«

»Wer hat dich gefunden?« Ich sah zwischen den beiden Männern hin und her. »Sie?«

»Sie werden mich umbringen.«

»Wovon redest du?«

»Komm wieder ins Bett«, rief Candace. »Sag Sean, dass er morgen früh wiederkommen soll.« Sie drehte sich auf die andere Seite.

Ich trat in den Flur. »Was geht hier vor sich?«

Sean erklärte: »Weißt du noch, wie wir in Saint-Tropez abreisen mussten? Ich habe gespielt und bin dabei zu weit gegangen. Sie haben uns den ganzen Weg bis hierher verfolgt.«

»Wer hat dich verfolgt?«

»Ein paar Männer, denen ich in einer Bar begegnet bin.«

»Wie viel hast du verloren?«

»Zweihundert.«

»Sie sind dir wegen zweihundert Dollar bis hierher gefolgt?«

»Zweihundert*tausend*.«

Seine Worte machten mich fassungslos. »Du hast zweihunderttausend Dollar verloren?«

»Euro.«

»Euro. Das sind fast dreihunderttausend Dollar.«

»Tut mir leid, Mann, aber du musst mir helfen. Ich brauch das Geld.«

»Sean, du schuldest mir bereits mindestens fünfzig Riesen.«

»Du weißt, dass ich es dir zurückzahle.«

»Nein, das weiß ich nicht.« Ich schüttelte den Kopf. »Das ist zu viel Geld. Du musst deinen Vater anrufen.«

»Er würde es mir nicht geben.«

»Wenn er wüsste, dass dein Leben auf dem Spiel steht, würde er es dir schon geben.«

»Dann erst recht nicht«, erwiderte Sean.

»Dann ruf deine Mutter an.«

Er sah mir voller Angst in die Augen. »Die hat den Kontakt zu mir auch abgebrochen.«

»Was?«

»Sie hat den Kontakt zu mir abgebrochen.«

Jetzt hatte ich wirklich Grund, besorgt zu sein. »Das hast du mir nicht erzählt. Du hast mich angelogen.«

»Ich kann das Geld von meinem Onkel bekommen. Aber das wird ein Weilchen dauern.« Er beugte sich zu mir vor, die Augen angstvoll geweitet. »Du musst mir helfen, Mann. Wenn ich das Geld nicht bis morgen früh habe, schneiden sie mir die Finger ab. Wenn ich es nicht bis morgen Abend habe, bringen sie mich um.«

Ich sah wieder zu den zwei Männern hin. Ich zweifelte nicht daran, dass sie zur Gewaltanwendung fähig waren. »Du musst die Polizei rufen.«

In Seans Augen blitzte Panik auf. »Machst du Witze? Dann wäre mein Leben keinen Penny mehr wert.« Ich merkte, dass seine Hände zitterten. »Bitte, Luke. Lass es nicht zu, dass sie mich umbringen. Ich flehe dich an.«

Ich fuhr mir mit den Fingern durchs Haar. »Du redest von dreihunderttausend Dollar.«

»Du weißt, dass sie dich und Candace ebenfalls töten werden«, sagte er.

Meine Brust schnürte sich zusammen. »Wir haben nichts damit zu tun.«

»Sie wissen, dass wir zusammengehören. Wenn sie mich töten, seid ihr Zeugen.«

»Woher wissen sie von mir und Candace?«

»Sie sind doch direkt hier, Mann«, quiekste er. »Diese Kerle sind uns von Frankreich aus gefolgt. Sie wissen alles über uns. Du musst mir das Geld geben. Es ist unsere einzige Möglichkeit.«

Ich warf den Männern einen Blick zu und sah dann wieder Sean an. »Du blöder, verlogener Idiot«, sagte ich. »Du wirst mir jeden Penny zurückzahlen.«

»Jeden Penny. Ich verspreche es dir.« Er sah zu den Männern hin, die uns anstarrten. »Du musst es ihnen mitteilen.«

»Gut«, meinte ich. »Welcher hat das Sagen?«

»Der da«, sagte Sean und drehte sich zu einer Seite hin um. Ich ging mit Sean zu ihm. Der Mann auf der anderen Seite des Flurs kam zu uns herüber. Die Männer musterten uns so finster, dass es mich im Wortsinne eiskalt überlief.

»Ich werde ihm aus der Klemme helfen«, sagte ich. »Aber wir müssen warten, bis die Bank öffnet.«

Der kleinere der beiden Männer sprach mit einem starken Akzent, den ich nicht zuordnen konnte. »Ist Bank in Via Condotti. Wir bei Bank um halb neun. Wenn du nicht kommst Bank, wir töten Freund. Wenn du rufst Polizei, wir töten Freund und dich.«

»Es wird kein Problem geben«, versicherte ich. »Ich werde Ihnen das Geld holen.«

Der Mann blickte seinen Partner an. Dann griff er Sean am Arm und riss ihn nach hinten. »Du hoffen, er hat Geld.«

Sean sah mich voller Furcht an. »Er wird das Geld holen.«

»Sei nicht zu spät bei Bank«, sagte der Mann zu mir.

* * *

Den Rest der Nacht schlief ich nicht mehr. Gegen acht Uhr stand ich auf. Candace schlief noch, aber sie erwachte, als ich nach meinem Pass suchte. Ich konnte kaum glauben, wie verrückt das Ganze war. Ich konnte nicht glauben, dass ich mit solchen Leuten zu tun hatte. – So etwas geschah in Filmen, nicht im echten Leben. Ich war wütend auf Sean, dass er uns da reingezogen hatte. Ein Teil von mir wollte, dass Sean endlich einmal die Konsequenzen seiner Handlungen ausbaden musste. Aber ich hatte keinen Zweifel daran, dass sie ihn umbringen würden, und so sehr ich mich auch über Sean ärgerte, so fand ich doch, dass er das nicht verdient hatte.

Als ich die Schuhe anzog, regte sich Candace. »Wohin gehst du?«

Ich trat ans Bett und kniete mich neben sie hin. »Es ist noch früh. Ich konnte nicht schlafen«, erklärte ich. »Also habe ich beschlossen, einfach ein wenig spazieren zu gehen.«

»Ich komme mit dir mit«, sagte sie.

»Nein, es ist noch zu früh. Schlaf weiter.«

Sie gähnte. »Bist du sicher?«

»Ja. Schlaf einfach.«

»Gut.« Sie drehte sich um.

Ich sammelte meine Sachen ein, verließ das Zimmer und nahm ein Taxi zu der Bank, die mir die Männer genannt hatten. Sie parkten auf der gegenüberliegenden Straßenseite in einem Fiat Punto. Einer der Männer stieg aus dem Auto, als ich ankam.

Er sagte nichts, als wir in die Bank gingen. Ich konnte Sean auf dem Rücksitz des Autos sehen.

* * *

Ich hatte nicht bedacht, dass die Banken in Amerika noch geschlossen sein würden, als ich das Geld abheben wollte. Ich erklärte dem Mann das Problem, dann wartete ich bis fast drei am Nachmittag, um es erneut zu versuchen. Mein Magen war verkrampft. Die Abwicklung des Geldtransfers dauerte fast eine Stunde, und es war fast vier Uhr, als Sean und ich zum Hotel zurückkamen. Natürlich war Candace außer sich. Sie wartete in der Hotellobby auf uns.

»Wo bist du gewesen? Ich hatte Angst, dass dir etwas zugestoßen ist.«

»Ich musste ein paar finanzielle Angelegenheiten regeln ...«, meinte ich.

»Keine Geheimnisse mehr!«, rief sie. »Und sprich nicht mit mir, als wäre ich eine Idiotin. Ich habe einen MBA. Was für finanzielle Angelegenheiten?«

»Ich musste mir etwas Geld borgen«, sagte Sean.

»Ganz was Neues. Und das hat acht Stunden gedauert?«

»Dreihunderttausend Dollar«, erklärte ich.

Sie schnappte nach Luft. »Was?«

»Sean hat sich mit ein paar Spielern in Saint-Tropez eingelassen, und sie sind uns bis hierher gefolgt.«

»Es waren üble Typen«, sagte Sean.

»Sie hätten ihn umgebracht, wenn er das Geld nicht rausgerückt hätte.«

Sie funkelte Sean und dann mich an. »Du hättest sie das tun lassen sollen«, fauchte sie. Dann drehte sie sich um und stürmte in unser Zimmer.

Als sie gegangen war, teilte ich Sean mit: »Wir reisen ab.«

»Ich weiß, wohin wir als Nächstes fahren können«, sagte Sean. »Nach Dubai. Ich habe einen Freund mit Beziehungen. Wir können ein Zimmer im Burj-al-Arab für nur zwölfhundert die Nacht für einen Monat lang bekommen.«

Ich starrte ihn an. »Berührt dich das alles denn gar nicht?«

»Was alles?«

Ich schüttelte den Kopf. »Candace hat recht, ich hätte dich ihnen überlassen sollen. Wir kehren in die Staaten zurück. Ich habe genug von dem Drama, und ich habe genug davon, mich von dir aussaugen zu lassen.«

»Ich beschaff dir das Geld«, versprach Sean. »Das habe ich dir doch gesagt. Wohin gehst du?«

»An irgendeinen warmen Ort.«

»Mein Onkel wohnt in Vegas«, sagte Sean. »Wir können dort hinfahren, und ich besorg dir das Geld.«

Ich wollte ihn wirklich verlassen. Rückblickend hätte ich das auch tun sollen. Aber wenn einem jemand so viel Geld schuldet wie Sean mir, will man, dass er in der Nähe bleibt.

Zweiundzwanzigstes Kapitel

In der Bibel steht, dass Geld Flügel hat. Das stimmt nicht. Es hat Raketentriebwerke.

Aus dem Tagebuch von Luke Crisp

Am nächsten Nachmittag flogen wir von Rom nach Atlanta und von dort nach Las Vegas. Ich war froh, wieder in den Staaten zu sein. Candace wirkte ebenfalls erleichtert. Jetzt mussten wir nur noch mein Geld zurückholen und Sean loswerden.

Ich buchte zwei normale Zimmer im Bellagio, und Candace und ich legten uns sofort schlafen. Am nächsten Morgen erwachten wir um zehn. Candace duschte gerade, als Sean an die Tür klopfte. Ich zog meinen Bademantel über und öffnete.

»Gute Nachrichten«, sagte er und kam mit seinem üblichen Grinsen ins Zimmer.

»Du hast mit deinem Onkel gesprochen«, vermutete ich.

»Nein, besser, Mann. Ich habe eine Cabana im Rehab an Land gezogen.«

»Rehab«, wiederholte ich, »also Rehabilitation. Du suchst endlich jemanden wegen deines Trinkproblems auf?«

Sean lachte. »Du bist ein Idiot. Rehab ist ein Pool-Club im Hard Rock Hotel & Casino. Es ist weltberühmt für seine geilen Pool-Partys. Stell dir vor, zweitausend aufgedrehte schöne Frauen.«

»Du bist pleite«, sagte ich. »Wie viel hast du dafür bezahlt?«

»Ich hab's auf mein Zimmer schreiben lassen.«

»Du hast es auf mich schreiben lassen? Wie viel hat es gekostet?«

»Hörst du mir überhaupt zu? Hast du eine Vorstellung, wie viel Schmeicheleien es gekostet hat, eine Cabana an einem Freitagnachmittag zu bekommen? Du solltest mir die Füße küssen.«

»Wie viel?«, wiederholte ich.

»Drei Riesen«, antwortete er.

»Stornier das.«

»Das kann ich nicht. Es ist nicht rückzahlbar. Nur so hab ich den Deal abschließen können.«

»Ich will mein Geld«, sagte ich. »Du sprichst noch heute mit deinem Onkel.«

»Nur die Ruhe, Junge, ich krieg's schon noch.«

Ich schloss die Tür hinter ihm. Candace kam in ein Handtuch gewickelt aus dem Bad. »Was will er denn diesmal?«

»Er hat gerade eine Cabana gemietet, in einem Laden namens Rehab.«

»Das hab ich mal im Fernsehen gesehen«, sagte Candace.

»Es hat drei Riesen gekostet.«

»Du musst ihn abservieren.«

»Morgen«, erklärte ich. »Entweder er rückt mit meinem Geld raus, oder es ist aus.«

»Dann gehen wir ins Rehab? Macht es dir etwas aus, wenn ich im Venetian ein wenig shoppe? Ich brauche einen Bikini.«

»Nein. Ich begleite dich. Ich muss hier raus.«

* * *

Nachdem sich Candace einen Bikini und ein Strandkleid gekauft hatte, gingen wir zum Wynn Las Vegas rüber. Ich blieb vor dem Rolex-Shop stehen und betrachtete eine der Uhren im Schaufenster.

»So eine habe ich immer haben wollen«, sagte ich zu Candace

und zeigte auf eine Rolex President. Ich sah auf das Preisschild. »Zweiundzwanzigtausend Dollar.«

»Nach all dem, was du den anderen gegeben hast, kannst du ruhig auch mal was für dich selbst ausgeben. Gib mir die Karte. Ich kauf sie für dich.«

Ich gab ihr meine Karte und folgte ihr nach drinnen. Sie kaufte die Uhr und legte sie mir ums Handgelenk. »Jetzt bist du bereit für deine Cabana.«

Wir nahmen ein Taxi vom Wynn zum Hard Rock Hotel. Das Rehab war ein gewaltiger, von Palmen, Bananenbäumen und Bikinis umsäumter Pool. Es gab dort vermutlich genauso viel Alkohol wie Wasser. Wir wurden zu unserer Cabana geführt. Sean war bereits da und, den Gläsern auf dem Tisch nach zu urteilen, schon auf dem besten Weg, sich zu betrinken.

Ich wurde von einer hübschen Kellnerin im Bikini begrüßt. »Hallo Mr Crisp«, sagte sie. »Ich bin Dot. Ich bin heute Ihr Cabana-Girl. Wir haben bereits eine Rechnung für Sie angelegt. Darf ich Ihnen zum Einstieg ein paar Drinks bringen?«

Sean orderte: »Bring mir einen Tequila Sunrise.«

»Ich bekomme einen Scotch«, bestellte ich. »Einen doppelten.«

»Ich nehme eine Piña Colada«, verkündete Candace.

»Ich bin gleich wieder da«, sagte die Kellnerin.

Während sie sich entfernte, fragte ich Sean: »Hast du deinen Onkel angerufen?«

Er verzog das Gesicht. »Nun verdirb nicht alles. Ich habe dir doch gesagt, dass ich es tue.«

* * *

Candace und ich lehnten uns in unseren Sesseln zurück, während Sean wie ein Riffhai am Pool umherstreifte. Kurz darauf kam er mit einem halben Dutzend Mädchen zurück, zwei davon hatte er im Arm.

»Nun seht mal, was Daddy mitgebracht hat«, sagte er.

»Partyyyyy«, rief eines der Mädchen.

»He Mädels«, sagte Sean. »Das ist Luke, euer Gastgeber und Gönner.«

Eines der Mädchen, das klein und übermäßig gebräunt war und einen Bikini in strahlendem Orange trug, machte sich an mich heran. »Hallo Luke. Ich bin Sam.«

Candace ergriff meinen Arm. »Und ich bin Candace. Er ist schon vergeben.«

»Bist du dir da sicher?«, fragte mich das Mädchen, wobei sie Candaces Blick auswich.

»Klar bin ich mir sicher«, erwiderte ich. »Na gut«, meinte sie, ohne aufzuhören zu lächeln, und ging zu Sean zurück.

Ich verbrachte den Nachmittag damit, die Frauen dabei zu beobachten, wie sie mein Geld vertranken, während Sean immer wieder mit unterschiedlichen Frauen verschwand. Der letzte Tag, sagte ich mir fortwährend.

Am späten Nachmittag fand Candace, dass sie genug von der Sonne – oder von den betrunkenen Mädchen – hatte, wahrscheinlich beides. »Ich gehe zurück ins Hotel«, sagte sie.

Ich hatte ebenfalls genug. »Ich auch«, schloss ich mich ihr an. »Ich treff dich dann da. Ich muss noch Dot finden und abrechnen.«

Ein paar Minuten später kam Dot, um nach uns zu sehen. »Mr Crisp, kann ich Ihnen noch was bringen?«

»Nein, ich habe alles«, entgegnete ich. Tatsächlich war ich wütend. Gerade hatte ich Sean dabei beobachtet, wie er eine Pflanze mit einer hundert Dollar teuren Flasche Wein begoss. Während ich ihn ansah, wurde mir klar, wie sehr ich ihn hasste – und mich selbst, weil ich es zuließ, dass er mich benutzte. »Ich möchte abrechnen«, erklärte ich. »Buchen Sie einfach alles von meiner Karte ab.«

»Ich bin gleich wieder da«, sagte sie.

Kurz darauf kam Dot zurück. »Mr Crisp, wir haben ein kleines Problem.«

»Ein Problem?«

»Ihre Karte wurde zurückgewiesen.«

»Zurückgewiesen?«, fragte ich. »Das ist unmöglich, es ist eine Debitkarte.«

Sie zuckte die Schultern.

»Wie hoch ist unsere Rechnung denn überhaupt?«

»9855 Dollar.«

»Fast zehn Riesen?«

»Ich kann Ihnen einen detaillierten Kassenbon bringen. Ihre Freunde haben viel getrunken.«

»Meine Karte hätte trotzdem nicht zurückgewiesen werden sollen. Können Sie es erneut versuchen?«

»Das kann nicht schaden.« Einen Moment später kam sie bestürzt zurück. Ich bemerkte, dass ihr ein Sicherheitswachmann folgte. »Sie wurde wieder zurückgewiesen«, teilte sie mir mit. »Haben Sie noch eine Karte?«

»Nein, nur die eine. Irgendetwas stimmt da nicht. Ich muss telefonieren.« Während die beiden mich beobachteten, zog ich mein Handy heraus und wählte Semkens Büro. Seine Vorzimmerdame meldete sich.

»Semken Holmes Accounting.«

»Ich muss mit Mike sprechen.«

»Ich bedaure, Mr Semken befindet sich in einem Gespräch mit einem Klienten.«

»*Ich* bin ein Klient«, schnauzte ich sie an. »Hören Sie, ich bin Luke Crisp, und es ist dringend. Sie müssen sein Gespräch unterbrechen.«

»Tut mir leid, aber Mr Semken hat mich angewiesen, ihn nicht zu stören.«

»Dies ist ein Notfall«, schrie ich. »Sagen Sie ihm das.«

Sie erwiderte: »Ich werde sehen, ob er Ihren Anruf entgegennehmen kann.«

Es dauerte fast fünf Minuten, bevor sich Semken meldete.

»Hier ist Mike.«

»Mike, hier ist Luke Crisp.«

»Luke«, sagte er. »Wo in aller Welt sind Sie? Und worin besteht das Problem?«

»Ich bin in Vegas.«

»Da liegt Ihr Problem«, meinte er.

»Hören Sie, ich habe gerade versucht, meine Debitkarte zu benutzen, und sie wurde nicht akzeptiert.«

»Lassen Sie mich mal nachsehen, was da los ist.« Ich konnte hören, wie er etwas auf einer Computertastatur eingab. »Sie haben Ihr Kreditlimit überschritten.«

»Mein Kreditlimit? Es ist ein Sollkonto. Haben Sie nicht meinen gesamten Treuhandfonds überwiesen?«

»Ich habe das Guthaben überwiesen, wie von Ihnen angeordnet. Das Kontoguthaben ist verbraucht. Lassen Sie uns mal sehen. Sie haben einige beträchtliche Abhebungen vorgenommen. Hier ist allein eine in Höhe von 272 747 Dollar und 32 Cent.«

»Aber ich hatte über eine Million Dollar in meinem Treuhandfonds.«

»Das stimmt nicht ganz. Sie hatten 962 274 brutto, aber natürlich mussten Sie Steuern entrichten, sodass Ihnen tatsächlich 724 565 zur Verfügung standen.«

Ich wusste, dass Steuern zu zahlen waren, aber ich hatte es nicht wirklich ausgerechnet und mein Verhalten darauf eingestellt. In Wahrheit hatte ich über nichts ernsthaft nachgedacht.

»Hinzu kommt, dass der Betrag durch die fallenden Märkte

auf 479 362 Dollar gesunken ist.« Schweigend überprüfte er mein Konto. »Offenbar sind Sie in Europa gereist. Der Dollar ist jetzt sehr schwach. Die Umtauschquote hat Ihnen den Rest gegeben.«

Einen Moment lang schwieg ich fassungslos. »Wollen Sie mir sagen, dass ich pleite bin?«

»Nein, nur dieses Konto.«

»Habe ich noch irgendwelche anderen Konten?«

»Was meinen Sie damit?«

»Habe ich noch zu irgendetwas mit Geld darauf Zugang? Einen Notfallfonds?«

»Ich habe nichts, was auf Ihren Namen läuft. Ihr Vater hat Konten, aber er müsste die Freigabe dieser Fonds genehmigen. Vielleicht sollten Sie Ihren Vater anrufen.«

Ich atmete heftig aus und bemühte mich, nicht zu hyperventilieren. »Ich brauche Ihre Hilfe. Ich brauche sofort zehn Riesen.«

»Natürlich werde ich Ihnen helfen, Luke. Sagen Sie mir einfach, woher ich das Geld bekommen kann.«

»Können Sie mir etwas von einem der Konten meines Vaters leihen?«

Er lachte. »Sie wissen, dass ich das nicht tun kann.«

»Mein Vater hat viele Millionen Dollar über Sie investiert.«

»Und das hat er deshalb getan, weil er weiß, dass ich sein Geld schütze. Ich schlage vor, dass Sie ihn anrufen. Viel Glück.« Er legte auf. Ich erinnerte mich an die Worte meines Vaters. »Geld ist irgendwann immer aufgebraucht.«

Der Sicherheitsmann wirkte verärgert. Genau wie in Rom, dachte ich. Nur gab es diesmal keine Karte, die ich zücken konnte.

»Ich habe ein Problem«, sagte ich.

Dot verzog das Gesicht. »Ich bin erledigt.«

»Vielleicht geht es, wenn Sie versuchen, eine kleinere Summe von der Karte abzubuchen«, sagte ich.

»Wie viel?«

»Das weiß ich nicht. Vielleicht sieben- oder achttausend.«

»Ich kann es versuchen.« Ein paar Minuten später kam sie zurück. »Sie hat 7500 freigegeben. Damit bleibt noch ein Rest von 2355.«

Ich sah in meiner Brieftasche nach. Ich hatte nur noch 232 Dollar. »Ich muss ein paar Leute anrufen. Ich muss in mein Hotel zurück.«

»Sie bleiben hier«, erwiderte der Sicherheitsmann.

»Es wäre das Beste ...«

Er schnitt mir das Wort ab. »Wenn Sie Ihre Rechnung nicht bezahlen, werden Sie diesen Ort nur in einem Streifenwagen verlassen«, sagte er.

Ich zeigte auf Sean. »Nehmen Sie doch ihn. Er ist derjenige, der all das getrunken hat.«

»Die Cabana läuft auf Ihren Namen, Sir«, entgegnete der Sicherheitsmann.

»Ich habe Ihnen 7500 Dollar gegeben. Ich werde Ihnen den Rest besorgen.«

»Es ist die Politik des Hauses.«

Als ich über eine Lösung nachzudenken versuchte, fiel mir meine neue Rolex ein. »Können Sie meine Uhr als Sicherheit nehmen?«

Der Sicherheitsmann schüttelte den Kopf. »Wir sind kein Pfandhaus.«

»Kann ich sie zurückbringen? Ich werde nur ein paar Minuten brauchen.«

»Sie können den Club nicht verlassen, Sir.«

»Kann jemand mit mir kommen?«

»Wir dürfen den Club nicht verlassen, Sir.«

Ich sah mich verzweifelt um und rief Sean zu: »Sean, hast du irgendwelches Geld?«

Er küsste gerade eine der Frauen.

»Sean!«, rief ich erneut.

Verärgert sah er zu mir her. »Was ist?«

»Hast du irgendwelches Geld?«

»Ja, klar doch«, sagte er und wandte sich wieder der Frau zu.

Es kam mir erst gar nicht in den Sinn, ihn darum zu bitten, meine Uhr zurückzubringen. Er war zu betrunken, und ich bezweifelte, dass ich das Geld tatsächlich sehen würde. »Lassen Sie mich meine Freundin anrufen, damit sie die Uhr zurückbringt«, sagte ich. Ich rief Candace an, aber sie hob nicht ab. Ich versuchte es in den nächsten zwanzig Minuten fünf Mal. Der Sicherheitsmann begann, die Geduld zu verlieren.

»Okay, vielleicht kauft jemand meine Uhr.«

Der Sicherheitsmann folgte mir, als ich zu der nebenan liegenden Cabana ging. Ich zog die Uhr von meinem Arm. »Ich brauche etwas Bargeld«, rief ich. »Ich habe eine Rolex President, die ich heute Morgen gekauft habe. Es ist eine 25 000-Dollar-Uhr. Ich verkaufe sie für die Hälfte.«

Sie drehten sich alle von mir weg.

»Ich verkaufe sie für 7000 Dollar.«

»Hau ab«, sagte jemand.

»Drei-fünf«, bot ich an.

»Drei-fünf?«, meinte ein junger Mann. »Lassen Sie mal sehen.«

Ich konnte nicht fassen, dass ich derart verzweifelt war. Ich nahm die Uhr ab und gab sie ihm. Er begutachtete sie. »Wie soll ich wissen, dass sie echt ist?«

»Sie ist echt.«

»Ich kann's beurteilen«, versicherte ihm ein Mann neben ihm. Er hielt sie hoch und musterte das Uhrwerk. »Sie ist echt.« Er reichte die Uhr seinem Freund. Der Mann betrachtete sie erneut, dann gab er sie mir zurück. »Ich gebe Ihnen zwei-acht dafür.«

»Ich bitte Sie«, sagte ich. »Drei-fünf ist schon lächerlich wenig.«

Der Mann zuckte die Schultern. »Sorry, mehr biete ich nicht. Ihre Entscheidung.« Er wandte sich von mir ab.

Ich sah mich um. Dot und der Sicherheitsmann starrten mich an. »Gut«, sagte ich verzweifelt. »Zwei-acht.«

Der Mann wandte sich wieder zu mir um und erwiderte: »Abgemacht.« Er zog seine Brieftasche hervor und zählte ein Bündel mit Hunderterscheinen ab. Ich bemerkte, dass er außer dem abgezählten Geld noch weitere Scheine in seiner Brieftasche hatte.

Ich zählte 2 355 Dollar ab und gab sie Dot. Sie überprüfte den Betrag, drehte sich zum Sicherheitsmann um und nickte. Er warf mir einen Blick zu und ging weg. Dot sah mich wieder an und fragte beleidigt: »Kein Trinkgeld?«

Ich gab ihr einen Hundert-Dollar-Schein, der für mich plötzlich ein Vermögen darstellte, aber sie freute sich nicht im Geringsten darüber, da sie angesichts der Zehntausend-Dollar-Rechnung ein erheblich höheres Trinkgeld erwartet hatte.

»Hundert Dollar?«

»Hol dir den Rest von ihm«, sagte ich und zeigte auf Sean.

Sie ging zu Sean. Der sagte irgendetwas zu ihr, was ich nicht hören konnte. Ich sah nur, dass sie die Arme hob und dann verärgert wegging. Sean musste versucht haben, einen Drink bei ihr zu bestellen, weil er sofort zu mir kam. »Was ist los, Crispy? Sie hat gesagt, dass die Bar für uns geschlossen hat.«

»Ich hab sie geschlossen«, erklärte ich. »Ich bin pleite.«

»Du musst was machen, Mann. Die Mädchen gehen sonst.«

»Du hast nicht zugehört. Ich bin *pleite*.«

»Dann überweise mehr auf dein Konto.«

»Es ist nichts mehr da zum Überweisen. Es ist weg. Alles.«

Er sah mich an, als würde ich chinesisch sprechen. »Du hast deinen gesamten Treuhandfonds verjubelt?«, fragte er, als hätte er nichts damit zu tun.

»Du schuldest mir Geld. Du musst es besorgen.«

»Ich habe dir gesagt, dass ich es bekommen werde.«

»Ich brauche es jetzt.«

»Ich kann es jetzt nicht sofort beschaffen«, sagte er. »Warum rufst du nicht einfach deinen Dad an?«

»Warum rufst *du* nicht deinen Dad an?«, blaffte ich zurück.

»Ich habe keinen«, antwortete Sean.

»Dann ruf deinen Onkel an. Du musst ihn *jetzt sofort* anrufen.«

Er sah mich mit einem seltsamen Grinsen an. »Einen Onkel hab ich auch nicht.«

Es fiel mir wie Schuppen von den Augen. Zum ersten Mal sah ich Sean so, wie er wirklich war. Ich schlug ihm mit der Faust ins Gesicht, und er ging zu Boden. »Du widerlicher Dieb«, schrie ich. »Du verlogener, ekelhafter Schnorrer.«

Er fasste sich mit der Hand an die Nase. »Du hast mich geschlagen.« Er sah mit einem schiefen Grinsen vom Boden aus zu mir hoch. »Du bist ein Heuchler, Crisp. Woher hast du denn dein Geld? Du hast es dir nicht im Schweiße deines Angesichts erarbeitet, Mann. Du hast deinen alten Herrn benutzt – und ich habe dich benutzt. Das ist der Lauf der Welt.«

»Du hast für alles eine Entschuldigung, nicht wahr, du Drecksack.«

Auch mit Blut im Gesicht lächelte er noch. »Ich habe es dir gesagt, als wir uns das erste Mal trafen«, sagte er. »Seelen aus Pappe, Mann. Seelen aus Pappe.« Er stand auf und entfernte sich stolpernd von mir.

Bis zu dem Moment hatte ich nicht gewusst, dass ich imstande war, jemanden so sehr zu hassen.

Dreiundzwanzigstes Kapitel

Ich habe Sean die Maske vom Gesicht gerissen, um den wahren Mann dahinter zu enthüllen, und dann erkannt, dass er mir mit Maske lieber war.

Aus dem Tagebuch von Luke Crisp

Ich besaß noch 577 Dollar. Ich nahm ein Taxi für zwölf Dollar zurück zum Hotel – es war das erste Mal seit sechs Monaten, dass ich wirklich auf den Betrag achtete – und ging nach oben in unser Zimmer. Candace lag auf dem Bett.

»Hallo«, sagt sie, als ich ins Zimmer kam. »Tut mir leid, dass ich deine Anrufe nicht mitbekommen habe. Ich war unter der Dusche.«

»Wir müssen gehen«, erklärte ich.

Sie sah mich fragend an. »Wohin gehen?«

»Ich weiß es nicht«, erwiderte ich und setzte mich auf das Bett.

Sie richtete sich auf. »Was ist passiert?«

»Sean ist weg«, sagte ich. »Endgültig.« Ich rieb mir die Faust.

»Hat er dir das Geld zurückbezahlt?«

Ich grinste finster. »Aber klar doch.«

»Was ist mit seinem Onkel? Hat er ihn angerufen?«

»Sean hat keinen Onkel.«

»Was?«

Ich sah ihr in die Augen. »Candace, mir ist das Geld ausgegangen.«

»Was meinst du damit?«

»Mein gesamter Fonds ist futsch.«

Sie starrte mich schockiert an. »Wir können unmöglich so viel ausgegeben haben.«

»Ich hatte nicht so viel, wie ich dachte. Und durch den Aktienmarkt, die Fünfsternehotels, die Dreißig-Dollar-Martinis, Seans Zockerei und den Umtauschkurs bin ich pleite.«

Einen Moment lang war sie sprachlos. Dann fragte sie: »Und was machen wir jetzt?«

Ich holte tief Luft. »Ich weiß es nicht. Hast du noch Geld?«

»Nur ein paar Hundert. Wo ist deine Uhr?«, fragte sie.

»Ich habe sie im Rehab verkauft. Anders hätten sie mich da nicht rausgelassen. Hast du zu Hause noch Geld?«

»Ich hab ein paar Tausend auf einem Rentenkonto.«

»Damit werden wir nicht weit kommen.«

Candace wirkte entsetzt. »Du musst deinen Vater anrufen.«

»Das kann ich nicht.«

»Warum nicht?«

»Weil ich das nicht kann«, fuhr ich sie an.

»Damit er nicht erfährt, dass du gescheitert bist?«

»Das weiß er doch längst. Ich bin in dem Augenblick gescheitert, in dem ich ihn verlassen habe. Und nein, ich will nicht, dass er mich so sieht.«

Candace stand da und dachte über unser Dilemma nach. Schließlich sagte sie: »Was sollen wir tun, Luke? Von deinem Stolz leben?«

»Warum glaubst du, dass er überhaupt bereit wäre, mit mir zu sprechen?«

»Du könntest es zumindest versuchen.«

Ich saß da und sah sie an. Dann warf ich kapitulierend die Hände hoch und meinte: »Gut, ich ruf an.« Ich nahm mein Handy und wählte die Handynummer meines Vaters, wobei ich nicht wusste, was ich sagen sollte. Doch ich musste nicht weiter darüber nachdenken. Es war nur eine automatische Ansage mit der Auskunft zu hören, dass die Nummer, die ich gewählt hatte, abgeschaltet worden sei. Es ergab keinen Sinn. Mein Vater hatte die gleiche Handynummer, seit es die ersten Handys in der Größe von Butterbrotdosen gab. Nur wenige Menschen kannten seine Privatnummer. Mir fiel kein Grund ein, warum er sein Telefon abgemeldet haben sollte.

»Er hat sein Telefon abgemeldet«, sagte ich. Ich wählte die direkte Durchwahl zu meinem Vater in der Zentrale von Crisp's. Eine weibliche Stimme, die ich nicht kannte, meldete sich. »Hier ist das Büro von Mr Price.«

»Hier ist Luke Crisp. Ist mein Vater da?«

»Wie bitte?«

»Ist Carl Crisp da?«

»Es tut mir leid, Mr Crisp arbeitet hier nicht mehr.«

»Was meinen Sie damit, dass mein Vater dort nicht mehr arbeitet?«, meinte ich verärgert. »Geben Sie mir Henry.«

»Ich werde mal nachsehen, ob Mr Price zu sprechen ist. Wen darf ich ihm melden?«

»Luke Crisp«, wiederholte ich. Sie schaltete mich in die Warteschleife.

Es dauerte ganze zwei Minuten, bis Henry sich meldete. »Wenn man vom Teufel spricht«, sagte er. »Wie geht es dir?«

»Henry, wo ist mein Vater?«

»Bin ich Hüter deines Vaters?«

»Die Vorzimmerdame sagte, dass er nicht mehr da ist.«

»Sie ist meine neue Assistentin«, informierte er mich. »Und nein, er ist ausgeschieden, Luke.«

Ich war fassungslos. »Ausgeschieden?«

»Ist es nicht das, was du vorgeschlagen hast? Wieso weißt du das nicht?«

»Ich habe seit meiner Abreise nicht mehr mit meinem Vater gesprochen.«

»Dann weißt du nichts von seiner Operation.«

»Von welcher Operation?«

»Von welcher Operation? Seinem dreifachen Bypass.«

»Was? ... Henry, niemand hat es mir gesagt.«

»Du hast ihm das Herz gebrochen, weißt du. Vielleicht buchstäblich. Es wundert mich nicht, dass er keinen Kontakt zu dir gehabt hat. Du hast ihn im Stich gelassen, und du warst nicht da, als er dich brauchte. Jetzt verstehe ich, warum er gesagt hat, was er gesagt hat.«

»Was hat er gesagt?«

»Er hat gesagt, dass du für ihn gestorben bist.«

Die Worte trafen mich wie ein Eimer mit Eiswasser. »Das hat er gesagt?«

»Seine genauen Worte waren: ›Ich habe keinen Sohn.‹«

Einen Moment lang sagte keiner von uns etwas. Dann fragte Henry: »Also, warum hast du dich wieder gemeldet? Ist dir die Knete ausgegangen?« Als ich nichts antwortete, meinte er: »Dachte ich mir's doch. Viel Glück, Luke. Du hast dir dein Bett bereitet, nun schlaf auch darin.« Damit legte er auf.

Ich ließ mein Handy langsam in den Schoß sinken und saß wie gelähmt da. Candace starrte mich an. Meine schlimmsten Befürchtungen hatten sich bestätigt.

»Was hat dein Vater gesagt?«, fragte sie.

»Mein Vater ist nicht mehr bei Crisp's.« Ich sah nach unten und kämpfte gegen die Welle von Gefühlen an, die mich überrollte. »Mein Vater hatte eine Bypass-Operation am Herzen.«

»Du musst zu ihm zurückgehen«, meinte Candace.

Meine Augen füllten sich mit Tränen. »Das kann ich nicht. Er will nichts mehr mit mir zu tun haben.«

Candace stützte den Kopf in die Hände. Nach ein paar Minuten legte ich ihr die Hand auf den Rücken, um sie zu trösten.

»Wir müssen zusammenhalten«, sagte ich. »Alles wird gut.«

Sie sah zu mir hoch, die zerlaufene Mascara im Gesicht. »Siehst du die Wahrheit nicht? Wie soll das alles gut werden? Wie wollen wir leben?«

»Wie der Rest der Welt auch. Wir suchen uns Arbeit. Wir haben MBAs, wie werden unseren Weg schon machen.«

Candace sagte nichts. Sie senkte lediglich den Blick, beugte sich vor und legte die Hände vor das Gesicht. Die nächsten fünfzehn Minuten saß Candace einfach nur da und weinte. Schließlich hörte sie auf und sah zu mir auf.

»Es tut mir leid«, sagte sie. »So, wie die Dinge stehen, müssen wir alles noch mal überdenken, glaube ich.«

Ich sah sie an. »Was genau heißt das?«

»Das heißt, dass ich mir mit allem hier nicht sicher bin.«

»Mit allem hier? Du meinst, mit uns?«

»Ja. Mit uns.«

Meine Brust verkrampfte sich vor Zorn. »Als ich noch Geld hatte, gab es mit *uns* keine Probleme.«

»Mach mich nicht zu jemand Geldgierigem. Habe ich dich darum gebeten, nach Europa zu reisen? Habe ich dir nicht gesagt, dass du zu viel ausgibst?«

»Und wo liegt dann das Problem?«, fragte ich.

»In *dem hier*. Mit nichts anfangen. Ich kann das nicht.«

»Wir können es gemeinsam versuchen. Wir bauen uns gemeinsam ein Leben auf.«

»Und verlieren die besten Jahre unseres Lebens.«

»Nicht unbedingt. Es könnten auch die besten Jahre unseres Lebens sein. Wir werden zusammensein.«

»Wir werden lernen, uns zu hassen.«

Ich konnte nicht glauben, was sie da sagte. »Warum redest du so?«

»Du hast ja keine Ahnung. Ich habe das schon erlebt. Ich habe mein ganzes Leben lang zugesehen, wie meine Eltern Opfer brachten und knauserten und sparten, bis es ihre Ehe zerstört hat. Als es endlich aufwärts ging, hat uns mein Vater verlassen. So ist es.«

»So ist es nicht«, widersprach ich ärgerlich.

»Du kennst das nicht.« Sie atmete langsam aus. »Ich liebe dich, Luke, aber mit so einem Leben habe ich mich nie einverstanden erklärt – Kupons ausschneiden, um überleben zu können. Das ist nicht das, was ich will. Ich weiß nicht, ob ich es könnte, aber ich weiß, dass ich es nicht will.« Sie blickte mir in die Augen. »Es tut mir wirklich leid.«

Sie stand auf und begann, ihre Sachen zu packen, während ich einfach nur auf dem Bett saß und sie beobachtete. Als sie fertig war, ging sie zur Tür und blieb noch einmal stehen. »Es tut mir wirklich leid, Luke. Wir reden in ein paar Tagen miteinander, ja?«

Ich sah sie nur an. Sie ging aus dem Zimmer und schloss die Tür hinter sich. Etwas sagte mir, dass ich sie nie mehr wiedersehen würde.

Vierundzwanzigstes Kapitel

Das Einzige, was das Menschsein noch mehr kennzeichnet als die Liebe, ist der Verlust.

Aus dem Tagebuch von Luke Crisp

Ich trank bis zum frühen Morgen und schlief dann bis zum nächsten Nachmittag, als das Zimmertelefon klingelte. Mir dröhnte der Schädel. Ich meldete mich in der Hoffnung, dass es Candace war. Aber es war der Empfang, der mich fragte, ob ich auschecken würde oder ob sie mir noch einen Tag berechnen sollten. Ich sagte ihnen, dass ich abreisen würde. Ohne zu duschen oder mich umzuziehen, nahm ich meinen Koffer und meine Reisetasche und verließ das Zimmer.

Wohin sollte ich gehen? Ich fühlte mich wie jemand, der gerade über einen Felsvorsprung getreten war und sich nun wünschte, wieder ein paar Schritte zurücktreten zu können. Allein die dreitausend Dollar, die ich für die Cabana ausgegeben hatte, hätten mir einen mehrmonatigen Aufenthalt in einer billigen Unterkunft ermöglicht. Was macht man, wenn man keinen Ort hat, an den man gehen kann? Benommen stand ich vor meinem Zimmer.

Mit dem Aufzug fuhr ich in die Lobby. Die Lichter des Kasinos und der Anblick des Geldes strömten wie ein Fluss um mich herum und an mir vorbei. Ich setzte mich an eine Bar, aß die kostenlos dort herumstehenden Nüsse und Cracker, trank noch mehr und beobachtete das Treiben um mich herum. Gegen Mitternacht schlief ich auf dem Stuhl ein. Der Barkeeper weckte mich. »Sorry, Sir, Sie können hier nicht schlafen.«

Ich stand auf, zog mein Gepäck in einen anderen Teil des Kasinos und bemühte mich, gegen meine Erschöpfung anzukämpfen. Meine Gedanken rollten und sprangen wie eine Kugel auf einem der Rouletteräder des Kasinos in meinem Kopf herum. Die Welt sah jetzt anders für mich aus. Verändert. Mir wurde bewusst, dass ich mein Leben auf einer anderen Ebene des Menschseins gelebt hatte, auf der Geld sowohl allgegenwärtig als auch immateriell war. Die meiste Zeit meines Lebens hatte ich gar kein Geld bei mir gehabt, nur magische Plastikkarten, durch die ich bekam, was auch immer ich brauchte – wie mit einem VIP-Pass zur Welt. Anders als das Papiergeld wurde das Plastik nie sichtbar weniger, denn man bemerkte die Abbuchungen nicht.

Nie hatte ich Rechnungen geprüft und auch kaum auf die Preisschilder gesehen. Ich merkte, dass Candace recht hatte – ich kannte weder Not noch Mangel. Ich hatte in einer anderen Welt als die meisten Menschen gelebt. Jetzt war ich in ihrer Welt angekommen, oder sogar darunter. Ich hatte keine Arbeit, kein Zuhause und kein Geld, und unter mir gab es kein Sicherheitsnetz. Wie hatte ich nur so dumm sein können?

Ich dachte an das Essen mit meinem Vater zurück, als er vorgeschlagen hatte, dass ich eine Business School besuchte. Wie ironisch. Er hatte gesagt, er wolle nicht, dass ich irgendetwas bereue. Das alles tat ich jetzt. Ich bereute das Geschehene, und ich hasste Sean mehr, als ich sagen konnte. Ich wünschte, dass ich ihn den Spielern überlassen hätte, damit sie ihr Mütchen an ihm kühlten. Aber noch mehr hasste ich mich selbst dafür, dass ich mich von ihm hatte hereinlegen lassen.

Ebenso schwer bedrückte mich Candaces Verrat. Ich liebte sie und hatte gedacht, dass sie mich ebenfalls liebte. Ich habe mal den Spruch gehört, dass Männer schöne Frauen wollen, während sich Frauen schöne Situationen wünschen. Damals hatte ich das nicht geglaubt, aber jetzt tat ich es. War das wirklich alles, was ich

Candace bedeutet hatte? Ein bestimmter Lebensstil? Bei dieser Vorstellung drückte es mir das Herz ab.

Hier stand ich nun in diesem Neondschungel und fühlte mich genauso hilflos, wie ich es im Amazonasdschungel gewesen wäre. Ich zog meine Brieftasche hervor. Eine wertlose Plastikkarte und etwas mehr als fünfhundert Dollar. Dann erinnerte ich mich an den für Candace bestimmten Ring. Er hatte fast dreißigtausend Dollar gekostet. Ich musste nur einen Laden finden, wo ich ihn verkaufen konnte. Das würde ich am Morgen tun. Ich verspürte wieder eine gewisse Ruhe. Dreißigtausend boten genug Sicherheit, mich durch diese Situation zu bringen. Ich schob das Portemonnaie in die Reisetasche, schloss die Augen und schlief ein.

Gegen drei Uhr morgens weckte mich ein Sicherheitsmann. »Sir.«

Ich sah auf. »Ja.«

»Ist alles okay mit Ihnen?«

»Entschuldigen Sie, ich bin einfach eingeschlafen. Ich gehe.« Langsam stand ich auf. »Entschuldigung.«

Ich stellte meine Reisetasche oben auf meinen Koffer und zog ihn hinter mir her aus dem Kasino. Ich fühlte mich wie ein Schlafwandler. Sobald ich die Lobby verlassen hatte und draußen stand, sah ich mich nach einem Platz um, an dem ich bleiben konnte. Ungeachtet der Uhrzeit war der Verkehr auf der Straße vor dem Hotel fast genauso lebhaft wie am Mittag. Die Häuserfronten setzten sich kilometerlang fort, und ich war zu müde zum Gehen. Ich brauchte nur ein Plätzchen, wo ich mich hinlegen und ein, zwei Stunden schlafen konnte.

Am Ende des riesigen Hotelparkplatzes stand eine Baumgruppe mit Gebüsch. Ich überquerte den Parkplatz, wobei ich mein Gepäck hinter mir herzog, versicherte mich, dass niemand guckte, betrat das Gebüsch, breitete mein Jackett auf dem Boden aus, legte mich hin und schlief ein. Am nächsten Morgen erwachte ich von einem leichten Stoß in die Seite.

»Stehen Sie auf, Sir.«

Ich blickte hoch und sah über mir einen Polizeibeamten stehen.

»Ich habe nicht getrunken«, versicherte ich.

»Das sagen viele«, erwiderte er.

Ich setzte mich auf. »Sie können an meinem Atem riechen, wenn Sie wollen.«

»Besten Dank, das überlasse ich anderen.«

»Ich habe im Bellagio gewohnt. Ich habe nur all mein Geld verloren.«

»Das sagen auch viele. Darf ich bitte Ihren Ausweis sehen?«

»Der ist in meiner Reisetasche.« Ich drehte mich um, aber meine Tasche war verschwunden. Mein Koffer stand noch da, aber meine Reisetasche war fort. Alles, was ich benötigte, war in dieser Tasche: meine Brieftasche, mein Ausweis, mein Geld und mein Handy. Dann schoss mir durch den Kopf, dass der Ring ebenfalls weg war. Ich blickte mich verzweifelt um. »Ich bin ausgeraubt worden.«

Der Polizeibeamte sah mich nur an. »Kein Ausweis?«

»Es war ein Ring darin. Der war dreißigtausend Dollar wert.«

»Ich benötige lediglich Ihren Ausweis.«

»Haben Sie nicht gehört, was ich gesagt habe? Ich bin ausgeraubt worden. Alles war in meiner Tasche!«

Er blickte mich gelangweilt an. »Wollen Sie Anzeige erstatten?«

Ich hätte am liebsten losgeschrien, aber ich fragte nur: »Bringt das denn etwas?«

»Ja, für den Anspruch gegenüber Ihrer Versicherung. Oder wenn jemand sie abgibt, können wir Sie kontaktieren.«

»Wie denn? Über mein gestohlenes Handy?«

»Beruhigen Sie sich, Sir.«

Ich wäre dem Kerl am liebsten an die Kehle gegangen. Als ich mich wieder im Griff hatte, sagte ich: »Ich habe nichts. Ich habe auch keinen Ort, an den ich gehen kann.«

»Oben an der Bonanza Road gibt es eine Rettungsmission. Sie haben Betten und eine Suppenküche.« Er zeigte in eine Richtung. »Von hier aus immer den Boulevard entlang.«

»Ich schlaf nicht im Obdachlosenheim.«

»Es ist mir egal, wo Sie schlafen, solange Sie es nicht hier tun.«

Ich stand auf und klopfte mir den Schmutz von den Hosenbeinen. »Vor acht Monaten hatte ich noch eine Million Dollar.«

»Vegas ist magisch. Sie können zusehen, wie David Copperfield einen Elefanten verschwinden lässt, oder in ein Kasino gehen und ein Vermögen verschwinden lassen.«

»Gibt es irgendwelche Pfandhäuser hier?«

»Ebenso gut könnten Sie fragen, ob es hier irgendwelche Kasinos gibt.«

Er ging zu seinem Streifenwagen zurück und blieb darin sitzen, bis ich mich entfernte.

* * *

Ich ging den Boulevard hoch. Vegas ist voller Pfandhäuser. Sie folgen dem Glücksspiel wie Möwen den Krabbenfangbooten. Ich war noch nie zuvor in einem Pfandhaus gewesen. Es sah wie ein überdachter Flohmarkt aus, doch ohne die damit verbundene Dynamik. Der Raum wirkte dunkel und feucht, und in den Ecken waren Überwachungskameras angebracht. Im hinteren Teil des Ladens befand sich eine hölzerne Theke, und hinter ihr sah man mehrere Reihen Schusswaffen, die in eine Vitrine eingeschlossen waren. Ein großer, glatzköpfiger Mann mit Spitzbart und Stan-Ridgway-T-Shirt saß hinter der Theke und musterte mich grimmig.

»Was kann ich für Sie tun?«, fragte er mit harscher Stimme.

»Ich hab ein paar Sachen zu verkaufen«, erwiderte ich.

»Was denn?«

»Ein iPad und einen iPod«, sagte ich.

»Sonst noch was?«

»Ein paar Kleidungsstücke.«

»Ich nehme keine Kleidung.«

»Es ist teure Kleidung«, setzte ich nach.

»Ich nehme keine Kleidung«, wiederholte er. »Lassen Sie mich die Elektronik sehen.«

Ich nahm sie aus meinem Koffer und stellte sie auf die Theke.

»Ich gebe Ihnen 200 Dollar für das iPad und 75 für den iPod.«

»Was ist mit meinem Koffer?«

Er betrachtete ihn. »Faires Angebot: Ich gebe Ihnen 45 Dollar dafür.«

»45 Dollar? Es ist einer von Louis Vuitton. Er hat neu über 3000 Dollar gekostet.«

»Er ist nicht mehr neu.«

»Wie wäre es mit 200 Dollar?«

»Ich gebe Ihnen 55. Letztes Angebot.«

Ich sah den Koffer an. Ich würde nicht mehr mit ihm herumziehen. »Haben Sie Rucksäcke?«

Er zeigte an die Wand. »Da drüben auf dem Bord.«

»Wie teuer sind die?«

»Kommt auf den Rucksack an.«

Ich ging rüber und suchte einen aus, der groß genug für meine Kleidung war, aber nicht so groß, dass ich wie ein Camper aussah. Ich sah aufs Preisschild. 27 Dollar. Ich blickte wieder zu dem Mann hin und fragte:

»Wie wär's, wenn ich Ihnen den Koffer für den hier und 50 Dollar überlasse?«

»Welcher Preis steht da drauf?«

»27 Dollar.«

»Dann gebe ich Ihnen den Rucksack und 28 Dollar.«

Der Kerl ließ nicht mit sich handeln. Ich gab nach und kam mit dem Rucksack nach vorn, packte meine Kleidung hinein und hob den Koffer auf die Theke.

»Tun Sie ihn nicht hier drauf«, sagte er. »Lassen Sie ihn einfach auf dem Boden.«

»Entschuldigung«, sagte ich und stellte ihn wieder nach unten.

Er nahm seinen Taschenrechner, einen Block und einen Stift. »Wir haben einen iPad für 200, einen iPod classic für 55.«

»75«, korrigierte ich ihn.

Es sah mich an. »75. Dann 55 für den Koffer minus 27 für den Rucksack. Das macht 303.« Er öffnete die Kasse und nahm ein paar Scheine heraus. »Hier ist Ihr Geld.«

Ich steckte das Geld in meine vordere Hosentasche, drehte mich um und ging hinaus. Draußen setzte ich mich erst einmal auf die Bordsteinkante an der Seite des Gebäudes, um nachzudenken. Ich wusste, dass ich die Dinge nicht richtig durchdacht hatte. Ich war niedergeschlagen, wütend, verzweifelt, voller Angst und besaß gerade noch 303 Dollar. Bis ich mir irgendetwas aufbauen konnte, musste ich jeden Cent sparen. Und ich musste mir einen Plan einfallen lassen, bevor das wenige Geld aufgebraucht war, das ich noch hatte – und bevor meine Kleidung schmutzig war und ich so stank, dass mich keiner mehr einstellte.

Mich einstellte? Wie sollte ich eine Arbeit bekommen? Ich verfügte über Fähigkeiten und eine Ausbildung, aber über keinen Ausweis, keine Adresse, keinen Lebenslauf und kein Telefon. Für Crisp's hatte ich Dutzende von Leuten eingestellt, aber niemanden sofort. Es folgte stets ein paar Tage oder Wochen später ein

Anruf. Aber wo sollten sie mich anrufen? Und selbst wenn mich jemand sofort einstellen sollte, würde es Wochen dauern, bevor ich meinen ersten Gehaltsscheck bekam. Doch wie sollte ich ihn ohne Ausweis einlösen? Ich begann die Abwärtsspirale der Obdachlosigkeit zu verstehen.

Irgendwo musste ich doch Hilfe bekommen können, mir musste nur noch einfallen, wo. Während ich die Menschen Revue passieren ließ, die ich kannte, traf mich die Realität wie ein Schlag: Ich hatte keine Freunde, niemanden, mit dem ich regelmäßig Kontakt hatte. Ich vermute, dass darin ein Teil der anfänglichen Anziehungskraft der Wharton-Clique bestanden hatte – es war die erste Gruppe außerhalb eines Arbeitsumfelds, zu der ich gehört hatte. Ich hatte keine Kirchengemeinde, keinen Verein, keine Studentenverbindung. Während meiner College-Zeit war ich vom Unterricht zur Arbeit und dann nach Hause gegangen. Meine einzigen Freunde, wenn man sie denn Freunde nennen konnte, waren meine Mitarbeiter in den Copyshops, und weil ich ihr Manager war, stand mir niemand von ihnen nahe. Damals schob ich es auf das Stigma, das auf Offizieren lastet, die sich mit den Truppen verbünden, aber die Wahrheit war, dass ich einfach für niemanden Zeit hatte.

Traurigerweise war die Wharton-Clique alles, was ich hatte. Sean und Marshall waren Schnorrer, und Candace hatte mich verlassen. Suzie war sonst wo. Lucy hätte mir geholfen, wenn es ihr möglich gewesen wäre, aber sie besaß kein Geld, und ich wusste noch nicht einmal, wo sie war. Der Einzige meiner Bekannten, an den ich mich in einer Krise hätte wenden können, war James. Und der war tot.

Was die Familie betraf, so befand ich mich in einer ebenso schlechten Lage. Meine Großeltern waren alle bereits vor Jahren gestorben. Die einzigen Verwandten, die ich mütterlicherseits hatte, lebten ganz im Osten, und das letzte Mal, dass ich jemanden von ihnen gesehen hatte, war auf der Beerdigung meiner Mutter gewesen, als ich sieben war. Einer Familie am nächsten kam noch die Truppe, die mein Vater um sich geschart hatte: Henry, der mir einen Tritt gegeben hatte, Mary, die meinem Vater völlig ergeben war und nichts ohne seine Zustimmung tun würde, sowie meine Tante Barbara und Onkel Paul. Ich kannte Barbara und Paul gut genug, um zu wissen, dass sie sich auf die Seite meines Vaters stellen würden.

So schrecklich es auch klang: Die Nacht im Obdachlosenheim zu verbringen, schien die beste Möglichkeit zu sein, bis ich die Dinge geklärt hatte.

Am Nachmittag machte ich mich auf den Weg zur Rettungsmission. Sie war leicht zu finden, weil vor dem Gebäude eine große Menschenmenge wartete. Ich fühlte mich unbehaglich, als ich dort ankam. Manche der Wartenden waren offensichtlich geisteskrank und sprachen mit sich selbst, manche zitterten, weil sie nach irgendeiner Droge süchtig waren, wieder andere waren einfach vom Glück verlassene Menschen wie ich. Menschen wie ich? Ich bezweifelte, dass sich in der Menge viele gefallene Millionäre befanden.

Ich drängte mich nach vorn und sah mich nach jemandem um, der mir erklären konnte, wie die Dinge hier funktionierten. Daraufhin schrie mich eine Frau an: »Hinten anstellen!« Sie zeigte auf mich, und fast alle drehten sich nach mir um und sahen mich an. Auf mich aufmerksam zu machen, war das Letzte, was ich wollte.

Ein großer, mit Tattoos bedeckter Mann stieß mich an. »Stell dich in die Schlange.«

»Ich suche die Schlange ja gerade«, sagte ich.

Einen Augenblick später hob ein Mann an der Tür zur Unterkunft die Hand und rief: »Das war's. Das war's.«

Ich drehte mich zu dem Mann hinter mir um. Er trug einen

Arbeitsanzug der Armee und hatte graue, zu einem Pferdeschwanz zurückgebundene Haare. »Wovon spricht er?«, fragte ich.

»Sie sind belegt«, antwortete er.

»Und was machen wir nun?«

Er sah mich amüsiert an. »Irgendwo einen schönen Müllcontainer finden, der nicht zu sehr stinkt, und uns vorher vergewissern, dass nicht gerade Müllabfuhr ist. Auf die Art hab ich nämlich einen Kumpel verloren.«

»Ich schlafe nicht in einem Müllcontainer«, sagte ich.

»Wie du willst«, meinte er. »Es gibt immer noch die Tunnel.«

»Was sind die Tunnel?«

»Die Entwässerungstunnel unter der Stadt. Es gibt da unterirdisch eine ganze Welt.«

»Wo findet man sie?«

Er grinste. »Sie sind überall, mein Freund. Direkt unter dir ist einer. Aber du brauchst eine Taschenlampe und ein Messer.«

»Warum ein Messer?«

»Man weiß nie, wer einem da unten begegnet.«

* * *

Meine Welt hatte sich von einem Traum in einen Albtraum verwandelt. Ich bin nicht so wie diese Leute, sagte ich mir, wie diese Obdachlosen. Ich habe ein Multimillionen-Dollar-Unternehmen geleitet. Ich habe einen MBA von der Wharton. Ich habe im Haus von Napoleon gewohnt.

Doch diese Gedanken trösteten mich nicht. Nein, ich war nicht wie sie, nicht so schlau. Wenn sie so viel Geld hätten, würden sie sich daran klammern wie an eine Rettungsinsel. Sie würden Sean keinen Cent geben.

Ich lief bis zwei Uhr morgens in der Gegend herum – bis ich nicht mehr konnte. Ich war versucht, das Geld, das ich in meiner

Tasche hatte, für ein billiges Hotelzimmer auszugeben, aber das wäre kurzsichtig gewesen. Von was sollte ich dann essen? Hinter einem Feuerdornbusch in einem Park fand ich einen Platz zum Schlafen. Allerdings schlief ich nicht wirklich, sondern fuhr bei jedem Geräusch hoch. Obdachlos zu sein ist furchteinflößend.

Vor Jahren im Soziologieunterricht am College fragte uns der Professor, wie es wohl wäre, ohne Obdach, Freunde oder Geld in einem fremden Land ausgesetzt zu sein. Ich hätte nie gedacht, dass ich Gelegenheit bekommen würde, es am eigenen Leibe zu erfahren. Im Laufe der nächsten Tage lernte ich diese Kultur kennen, von der ich jetzt ein Teil war. Ich war erstaunt, wie unbehaglich sich »normale« Leute in meiner Nähe fühlten, und bemerkte ihre verstohlenen, mitleidigen oder geringschätzigen Blicke.

Ich erfuhr, dass es über vierzehntausend Obdachlose in der Stadt gab, denen nur eine kleine Anzahl von Betten zur Verfügung stand. Aber viele der Obdachlosen mieden die Unterkünfte ohnehin, nachdem sie dort zusammengeschlagen oder bestohlen oder auch beides worden waren.

Natürlich waren die Straßen auch nicht sicherer. Die Obdachlosen wurden Opfer anderer Obdachloser, Drogenabhängiger, Gangs und manchmal sogar der Polizei. In einer zivilisierten Gesellschaft gibt es Regeln, Höflichkeiten und Heuchelei, aber sie gelten nicht für diejenigen, die auf der Straße leben. Die Existenz draußen auf der Straße ist so brutal wie die Natur selbst – eine gewalttätige Welt, in der die Starken die Schwachen jagen.

Fünfundzwanzigstes Kapitel

Wenn du dich nicht aus dem Treibsand befreien konntest, als du noch stark warst, wie willst du dann aus ihm rauskommen, nachdem du all deine Stärke verloren hast?

Aus dem Tagebuch von Luke Crisp

Die nächsten paar Tage war mein Platz hinter dem Busch im Park mein Standort. Ich suchte mir einen Karton, den ich flach auf die vom Busch abgefallenen Nadeln legte. Ich kaufte ein Brot und eine Schachtel Cracker, ein Paket Toilettenpapier und eine Plastikflasche mit Wasser, die ich mehr wegen des Behälters als wegen der Flüssigkeit erstand.

Ich kaufte eine Zeitung und begann, mir die Anzeigen in der Rubrik »Aushilfen gesucht« anzusehen. Ich fand auch ein paar freie Managementstellen und rief dort von einem Münzfernsprecher in einem 7-Eleven-Geschäft aus an, um Vorstellungstermine zu vereinbaren. Mein erstes Gespräch mit einem Bürobedarfsunternehmen fand zwei Tage später statt.

Am Tag des Vorstellungstermins rasierte ich mich, und ich wusch mich mit den Papierhandtüchern aus der Toilette einer nahegelegenen Tankstelle. Dann zog ich meine sauberste Kleidung an. Als ich mich im Spiegel betrachtete, wünschte ich, dass ich mir die Haare in Europa nicht so lang hätte wachsen lassen. Ich tat mein Bestes, um es gut aussehen zu lassen, dann ging ich die sieben Kilometer zu dem Vorstellungsgespräch zu Fuß.

Ich kam schweißüberströmt von meinem Marsch bei dem Termin an. Außerdem war meine Haut von dem Leben draußen sonnenverbrannt, und meine Augen waren durch das Schlafdefizit verquollen. Weil ich keine andere Möglichkeit hatte, trug ich meinen Rucksack bei mir, was in dem Unternehmensumfeld deplatziert wirkte.

Die Empfangsdame reagierte gleichgültig auf mich, und ich wartete fast eine Stunde lang in der Lobby, was mir offen gestanden nichts ausmachte, da dort eine Klimaanlage und weiche Kunststoffsofas vorhanden waren. Als die Personalchefin endlich in die Lobby kam, um mich abzuholen, konnte ich an ihrer Miene ablesen, dass ich bereits durch das Gespräch gefallen war.

Das Erste, wonach mich die Frau fragte, war mein Lebenslauf, den ich nicht vorweisen konnte, auch wenn ich ihr einen mündlichen anbot. Sie hörte mir einen Moment lang zu, aber ich merkte, dass sie dies nur aus Höflichkeit tat. Sie stellte mir nur noch ein paar oberflächliche Fragen (die obligatorischen, nicht diejenigen, die man stellt, wenn man ein ernsthaftes Interesse daran hat, den anderen einzustellen), und dann sagte sie mir, dass sie mich für den Fall, dass man sich für mich entscheiden sollte, anrufen würden – wobei sie die Tatsache außer Acht ließ, dass sie mich gar nicht nach meiner Telefonnummer gefragt hatte.

Im Laufe der nächsten Woche ging ich zu drei weiteren Vorstellungsgesprächen – alle mit ähnlichen beziehungsweise noch schlechteren Ergebnissen, was vermutlich auf meine wachsende Verzweiflung zurückzuführen war. Mein Vater pflegte zu sagen: »Die Welt bietet dir nur das an, was du nicht brauchst.« Möglicherweise hatte er recht. Man erhält keinen Bankkredit, wenn man nicht nachweisen kann, dass man ihn nicht braucht, und es ist schwer, eine Stelle zu bekommen, wenn man nicht bereits eine hat.

Trotz meiner Sparsamkeit und meines Hungerns ging mir schon bald das Geld aus, sodass ich nach nur einer Woche voller

Absagen beschloss, meine Ansprüche zu senken. Ich bewarb mich für vier Stellen als Reinigungskraft. Wenn ich schon nicht in einem Büro arbeiten konnte, dann konnte ich in der Zwischenzeit zumindest eins putzen. Erstaunt stellte ich fest, gegen welche Konkurrenz man sich durchsetzen musste, wenn man eine Arbeit als Gebäudereiniger bekommen wollte – selbst in einer Lagerhalle.

Tatsächlich waren die Bewerbungsgespräche für die Reinigungsstellen unangenehmer als die für die Führungspositionen. Eines fand mit der Tochter eines Großhändlers für Installationszubehör statt. Ich besaß einen Prädikatsabschluss von der Arizona State University, einen MBA von der Wharton, hatte ein Multimillionen-Dollar-Unternehmen geleitet, bevor ich zwanzig war, und nun befand ich mich in einem Lagerhaus, saß auf einem gepolsterten Kunststoffstuhl und war von der Gnade eines neunzehnjährigen Mädchens abhängig, das einen Lippenring, zwei Nasenringe und ein riesiges Tattoo im Nacken trug und die Grammatik nicht beherrschte.

Ich bekam die Stelle nicht. Ich bekam überhaupt keine Arbeit.

Am Ende meiner dritten Woche auf der Straße packte mich die Verzweiflung. Ich bewegte mich wie im Nebel, was kein Wunder war, da ich, seit ich das Bellagio verlassen hatte, nie wesentlich mehr als zwei Stunden am Stück geschlafen hatte.

Eines Morgens sah ich im Fenster eines Gebäudes mein Spiegelbild und musste stehen bleiben, um mich zu vergewissern, dass ich das wirklich war. Ich war unrasiert und schmutzig, und mein Haar war lang und auf einer Seite verfilzt. Mir wurde bewusst, was die Leute sahen, wenn ich mich um eine Stelle bewarb. Ich sah elend und obdachlos aus.

Sechsundzwanzigstes Kapitel

Unter den Straßen von Las Vegas gibt es ein stilles, unterirdisches Dorf mit den Obdachlosen der Stadt. »Es ist kein schlechtes Leben«, sagte einer der Tunnel-Bewohner zu mir. »Zwei Wände und darüber ein Dach. Besser als im Park zu schlafen.«

Aus dem Tagebuch von Luke Crisp

Das Leben im Park wurde immer untragbarer. In einer Nacht hörte ich, wie ein Drogendeal direkt auf der anderen Seite des Busches abgewickelt wurde. Glücklicherweise wussten sie nicht, dass ich da war. In einer anderen Nacht erwachte ich durch das Geräusch eines Polizeifunks. Ich spähte aus meinem Versteck und sah am Rand des Parks drei Streifenwagen stehen. Jemand war erstochen worden. In dem Moment beschloss ich umzuziehen.

Am nächsten Morgen ging ich in einen Gebrauchtwarenladen und kaufte eine Taschenlampe mit Batterien, einen Schlafsack, ein aufblasbares Kissen, ein Paket Toilettenpapier und ein Bowiemesser. Ich schnallte mir das Messer ans Bein und befestigte den Schlafsack und das Kissen an meinem Rucksack. Bei meinem Herumwandern war ich rund eineinhalb Kilometer vom Park entfernt an der Öffnung zu einem der Regenwassertunnel vorbeigekommen. Als ich auf den Tunnel zuging, hatte ich das Gefühl, als ginge ich in das Maul einer Bestie, die mich vielleicht für immer verschlingen würde.

Ich schaltete meine Taschenlampe an und betrat den Tunnel. Ungefähr 20 Meter hinter dem Eingang kam ich an zwei Leuten vorbei – einer war betrunken, der andere ohnmächtig. Ich ging weiter durch die Dunkelheit. Außer den Ratten sah ich sonst niemanden, obwohl ich an einigen Stellen vorbeikam, die nach Urin und Fäkalien stanken.

Rund hundert Meter hinter dem Tunneleingang fand ich eine Stelle, wo jemand *»Home, sweet home«* an die Wand gesprüht hatte. Ich lehnte meine Taschenlampe gegen die Betonmauer, baute mir aus herumliegendem Müll, Karton und Zeitungen eine Lagerstätte, blies mein Kissen auf und entrollte meinen Schlafsack. Dann schaltete ich die Taschenlampe aus und legte mich hin. Bevor ich einschlief, zog mir ein Gedanke durch den Kopf – derselbe, den ich auch in Saint-Tropez gedacht hatte: »Wenn mich Dad jetzt bloß sehen könnte.«

Während der Zeit, die ich im Untergrund verbrachte, begegnete ich vielen Menschen. Zu ihnen gehörte auch ein Paar, das ein Bett mit Kopfteil in den Tunnel geschleppt hatte. Sie hatten auch Drucke von Ansel Adams an die Betonwände des Tunnels gelehnt – sie hatten sich dort richtig behaglich eingerichtet.

Ob die Tunnel je überschwemmt wurden, weiß ich nicht. Während ich da war, passierte es nicht, aber die meiste Zeit lief in der Mitte ein schmales Rinnsal, das wir nutzten, um uns zu waschen.

* * *

Einige Zeit, nachdem ich in den Tunnel gezogen war, tauchten oben in den Schaufenstern der Stadt allmählich die Weihnachtsdekorationen auf. Es ist merkwürdig, wie bedeutungslos Zeit wird, wenn man nichts an ihr festmachen kann. Ich besaß keinen Kalender und keine Uhr mehr und hätte auch keine Verwendung für sie gehabt. In meinem Leben ereignete sich nichts, es gab keine Verabredungen, keinen Urlaub, nur das tägliche Überleben. Ich redete mir weiterhin ein, dass ich meiner Lage schon noch irgendwie entkommen würde, aber von Tag zu Tag schien das unwahrscheinlicher zu werden. Wenn ich konnte, aß ich in der Suppenküche, aber nicht immer, und mein Geld schwand dahin.

Das Wetter wurde kälter, aber nicht unerträglich. Ich vermute, dass der milde Winter einer der Gründe ist, warum Las Vegas so viele Obdachlose anzieht – zumindest diejenigen, die es nicht selbst erzeugt. Wenn ich mich nur einen Staat nördlicher aufgehalten hätte, wäre ich möglicherweise erfroren.

Ich wurde deprimierter und damit zugleich auch nachtaktiver. Normalerweise begann ich meinen Tag nun um vier Uhr nachmittags, aß in der Suppenküche zu Abend und wanderte dann nachts herum. Mir war die Welt nachts lieber, wenn sie weniger bevölkert war, normale Leute schliefen und sie uns, den Unsichtbaren, überlassen wurde. Außer denken tat ich nicht viel. Das war alles, was mir zu tun blieb, nachdenken und herumlaufen.

Eines Nachts wurde ich beim Überqueren eines Parkplatzes vor einem Heimwerkermarkt von zwei Männern angegriffen. Ich lief nicht weg, weil ich sie gar nicht kommen sah. Sie schlugen mich sofort zu Boden.

Im Rückblick war das Bestürzendste an dem Überfall die leise, ruhig Art, wie er geschah – zwei Jäger, die ihre Beute einkreisen. Man merkte ihnen keine Gewissensbisse, kein Schuldgefühl, keine Gnade an, sondern nur die schweigende Überzeugung, dass es in der Natur eben so zugeht: blutig. Obdachlos zu sein ist entmenschlichend, aber ich glaube, dass ich erst da begriff, wie sehr ich zum Tier geworden war.

Beide Männer hatten Messer. Ich hatte ebenfalls eins, aber mein Instinkt sagte mir, dass es mein sicherer Tod wäre, wenn ich es einsetzte. Vielleicht würde ich ohnehin sterben, aber vielleicht auch nicht. Ehrlich gesagt, war mir das auch weitgehend gleichgültig.

Der gesamte Vorfall glich einer außerkörperlichen Erfahrung, die rings um mich aufblitzte wie Bilder im Licht eines Stroboskops – Blut- und Schweißspritzer, eine Faust oder ein Schuh, denen ein plötzlicher Schmerz folgte. Doch selbst in meiner Verzweiflung und Angst arbeitete mein Verstand weiter. Ich fragte mich, was mein Vater denken würde, wenn er erfuhr, dass sein einziger Sohn als Obdachloser gestorben war. Würde es in den Zeitungen stehen? Dem *Wall Street Journal?* Vielleicht. Es war eine gute Story: Sohn eines Multimillionärs obdachlos und ermordet aufgefunden. Vielleicht fiel dann sogar der Aktienkurs von Crisp's.

Die Medien würden vermutlich meinem Vater die Schuld geben – die Öffentlichkeit sucht immer nach einem Sündenbock –, aber ich wusste es besser. Ich hatte mir das alles selbst eingebrockt. Ich konnte Sean, dem System, dem Schicksal oder sogar Gott die Schuld geben, aber am Ende musste ich eingestehen, dass ich diesen Pfad in dem Moment betrat, in dem ich mich von meinem Vater abwandte. Es war meine Entscheidung gewesen. Mir gefiel mein Ziel möglicherweise nicht, aber ich hatte den Pfad ausgewählt.

Siebenundzwanzigstes Kapitel

Ich habe gelernt, dass wirkliche Engel keine hauchdünnen weißen Gewänder tragen und eine samtweiche Haut haben. Vielmehr sind ihre Hände voller Schwielen, und sie riechen nach Schweiß.

Aus dem Tagebuch von Luke Crisp

Ich wurde bewusstlos geschlagen. Mir wurde alles abgenommen außer meinen Boxershorts und meinem Leben, die ich jetzt als gleichwertig betrachtete. Ich erwachte in einer Wasserpfütze, aber nicht in einer Blutlache. Meine Nase blutete, aber das war alles. Sie hatten mich nicht aufgeschlitzt und nicht getötet. Mein Rucksack war verschwunden, mein letztes Geld ebenfalls. Die Straße hatte über mich gesiegt.

Während ich so dalag und allmählich wieder zu mir kam, tauchten Scheinwerfer auf. Ich war schutzlos und hatte mich wie ein Embryo zusammengerollt. Das Fahrzeug fuhr dicht an mich heran. Wegen des erlittenen Traumas bebte ich am ganzen Körper. Ein Mann stieg aus einem Transporter, und neues Entsetzen überkam mich. »Was will er von mir?«, dachte ich. »Was wird er mir antun?«

Der Mann kniete neben mir nieder. »Alles in Ordnung mit dir, Bruder?«

Ich sah zu ihm hoch. Durch einen Nebel aus Schmerz und Angst sah ich einen kleinen, stämmigen Hispano, der schätzungsweise Mitte oder Ende fünfzig war. Seine Augen waren dunkel wie

Kohle, und auf seiner rechten Wange hatte er eine breite Narbe, die aussah wie ein Brandmal.

»Ich bin verletzt«, sagte ich.

»Glaubst du, dass du aufstehen kannst?«

»Ich weiß nicht.«

»Ich werde dir helfen.«

Als ich mich zwang, mich auf meinen Knien aufzurichten, stöhnte ich auf. Er nahm meinen Arm und half mir auf die Füße. Als ich stand, schoss mir ein stechender Schmerz durch den Leib. »Meine Rippen«, stieß ich hervor. »Ich muss mir einige Rippen gebrochen haben.«

»Los, komm«, sagte der Mann. »Verschwinden wir von hier, bevor der, der dies getan hat, noch mal zurückkommt.«

Er hielt weiter meinen Arm und half mir, zur Beifahrerseite des Transporters zu gehen. Das Fahrzeug war lang und weiß, und die Fenster zogen sich über die gesamte Länge hin. Außen war der Transporter beschriftet, aber ich las nicht, was darauf stand. Der Mann öffnete mir die Tür. »Schaffst du es einzusteigen?«

»Ich werde es versuchen«, erwiderte ich.

Es war äußerst schmerzvoll, aber es gelang mir, in den Transporter einzusteigen und mich mit über der Brust gekreuzten Händen zurückzulehnen. Der Mann schloss die Tür auf meiner Seite, dann ging er vorne um das Fahrzeug herum auf die andere Seite, stieg auf den Fahrersitz, verschloss die Türen und startete den Transporter. Er fuhr schnell zurück und dann auf den Boulevard hinaus.

»Du blutest noch«, sagte er. »Aus der Nase.«

Ich wischte mir mit dem Unterarm über die Nase. »Entschuldigung.«

Er griff nach unten auf den Boden neben sich und zog zwischen den Sitzen einen Lappen hervor. »Er ist ein wenig schmutzig, aber du kannst damit das Blut wegwischen.«

»Danke.« Ich wischte mir mit dem Lappen, der sich durch das Blut und den Schmutz sofort dunkel verfärbte, über das Gesicht.

Als wir einen Block weit gefahren waren, sagte der Mann: »Ich bin Carlos Sanchez.«

»Carlos«, sagte ich. »Danke.«

»Schon gut. Wie heißt du?«

»Luke.«

»Soll ich dich zum Krankenhaus fahren? Rund einen Kilometer weiter gibt es eins.«

»Nein«, wehrte ich ab. »Ich komm schon klar.«

Die Vorstellung, in meiner Unterhose im Warteraum zu sitzen, war für mich unerträglich. Außerdem hatte ich kein Geld. Ich bezweifelte zwar, dass sie mich einfach abweisen durften, aber die mit der Situation verbundene Demütigung erschien mir fast so schlimm wie die Schläge, die ich bezogen hatte. Ohnehin bezweifelte ich, dass sie etwas für mich tun konnten.

»Bist du sicher?«

»Ja. Sie können die Rippen nicht fixieren.«

»Du könntest schlimmer verletzt worden sein, als du weißt. Du könntest innere Blutungen haben.«

»Ist mir egal.«

Carlos wusste nicht, was er dazu sagen sollte. Nach einem Augenblick fragte er: »Wohin soll ich dich bringen?«

»Spielt keine Rolle«, antwortete ich.

»Bist du obdachlos?«

»Ja.« Ich atmete schwer aus. »Du hast nicht zufällig eine zusätzliche Garnitur Kleidung im Auto, oder?«, fragte ich leichthin.

»Nur das, was ich anhab.« Nach einem Moment meinte er: »Da hinten gibt es gegenüber der Bonanza ein Obdachlosenheim. Möglicherweise haben die Kleidung und so.«

»Die werden mir heute Nacht nicht mehr helfen. Man muss früh dort sein, um reinzukommen.«

Er wirkte erneut irritiert. Ich vermutete, dass er überlegte, was er mit mir machen sollte.

»Du hast nicht zufällig was zu essen da?«, fragte ich.

»Nein«, sagte er. »Aber wir können halten und was holen.«

»Dafür wäre ich sehr dankbar«, meinte ich.

»Kein Problem.« Er langte nach unten und stellte das Radio an. Classic Rock. Der Song »Bus Rider« von den Guess Who wurde gespielt. Mein Vater hat die Band rauf und runter gespielt. »Echten Rock« nannte er das.

Nachdem wir ein wenig weiter gefahren waren, fragte ich: »Warum hast du gehalten?«

Er wandte sich mir zu und sah mich an, als hätte ich eine idiotische Frage gestellte. »Du brauchtest Hilfe.«

»Danke«, sagte ich erneut.

»Da vorn ist ein In-N-Out Burger«, meinte Carlos. »Ist das okay?«

»Ich bin nicht wählerisch.«

»Ich wollte ohnehin halten, um mir einen Burger zu holen.« Einen Moment später fuhr er in die Auffahrt des Fast-Food-Restaurants und hielt an dessen ausgehängter Speisekarte. »Was willst du?«

»Ich ess alles.«

»Ich hol dir dasselbe, was ich nehme.« Er drehte das Radio leise und fuhr an den Lautsprecher des Restaurants.

Eine näselnde Stimme drang aus der Gegensprechanlage. »Willkommen beim In-N-Out Burger. Was dürfen wir Ihnen bringen?«

»Zwei große Cheeseburger mit Pommes und Cola ...« Er sah mich an: »Cola?«

Ich nickte.

»... und zwei Erdbeershakes«, fügte er hinzu.

Mir lief das Wasser im Munde zusammen.

»Fahren Sie vor an das erste Fenster«, quäkte die Stimme.

Carlos fuhr mit seinem Transporter vor. Die Frau hinter dem Fenster sagte: »Das sind zehndreiundsiebzig.« Carlos blätterte in seiner Brieftasche und reichte der Frau ein paar Scheine.

»Es tut mir leid, ich habe kein Geld«, sagte ich.

»Bruder, du hast noch nicht einmal eine Tasche, in die du Geld stecken könntest.« Er sah mich an und lächelte. Ich grinste zurück. Ich fand, dass er der coolste Mensch der Welt war.

Die Frau hinter dem Ausgabefenster gab Carlos sein Wechselgeld und sah dann zu mir herüber. Ich bin mir sicher, dass sie sich fragte, wieso ich da in meinen Boxershorts saß. Aber vielleicht tat sie das auch nicht. Wir waren in Las Vegas, und in Las Vegas ist alles erlaubt.

Wir bekamen unser Essen, und Carlos fuhr in eine Parklücke und schalte den Motor aus. Ich hatte seit fast vierundzwanzig Stunden nichts mehr gegessen und verschlang das Essen gierig.

Er beobachtete amüsiert, wie ich aß. »Gut, nicht?«

»Wie Manna«, nickte ich. »Danke.«

»Gern geschehen.«

Ich aß meinen Burger zu Ende und widmete mich dann meinem Shake. »Womit verdienst du dir deinen Lebensunterhalt?«, fragte ich.

»Ich bin der Verwalter des Golden-Age-Pflegecenters.«

»Ist das so was wie ein Altersheim?«

»Ja, aber in der Branche verwendet man diesen Begriff nicht mehr.« Er warf mir einen Blick zu. »Das beschwört Bilder von alten Menschen herauf, die auf ihren Tod warten.«

Ich nickte. »Da haben sie recht. Pflegecenter klingt besser.«

Wir aßen beide weiter. »Woher kommst du?«, erkundigte sich Carlos.

»Aus Phoenix.«

»Ich mag Phoenix«, meinte er. »Ich war vor ein paar Monaten

auf einer Konferenz für Altenpflege dort. Wir waren in diesem Nobelhotel – Camelback Inn.« Er aß einen weiteren Bissen von seinem Burger. »Es war wirklich schön.«

»In Scottsdale«, sagte ich.

»Genau. Wir haben da ein wenig Golf gespielt.«

»Auf dem Padre oder auf dem Indian Bend?«

»Auf dem Indian Bend.« Er musterte mich mit einem merkwürdigen Gesichtsausdruck. »Du hast da Golf gespielt?«

»Ich war Mitglied im Golfclub des Hotels.«

Carlos aß ein paar weitere Bissen und meinte dann: »Du bist nicht der typische Obdachlose. Zumindest hab ich noch keinen wie dich getroffen.«

»Wie meinst du das?«

»Du warst Mitglied im Golfclub. Du bist wortgewandt. Hast du ein College besucht?«

»Ja. Ich habe ein Grundstudium an der ASU absolviert und dann an der Wharton meinen MBA gemacht.«

»Du bist auf die Wharton gegangen? Das ist eine Elite-Uni«, sagte er. »Ich hatte recht, du bist nicht wie die anderen.« Ich merkte, dass ihm die Widersprüchlichkeit meiner Situation zu schaffen machte. Er aß weiter. »Wharton, was? Ich wette, das hat ordentlich was gekostet.«

»Ein Vermögen«, bestätigte ich. »Ich verkörpere die Geschichte vom Millionär zum Tellerwäscher.«

Er nickte, als habe er plötzlich verstanden. »Glücksspiel?«

»Nein. Ich habe mich lediglich mit den falschen Leuten eingelassen.«

»Auch das passiert«, sagte er. Er trank einen langen Schluck von seiner Cola und fragte dann: »Wie fühlst du dich?«

»Mir tun vor allem das Gesicht und die Rippen weh.«

»Gebrochene Rippen schmerzen«, nickte Carlos zustimmend. »Mit zwanzig habe ich in Baja Bodysurfen gemacht und wurde von einer Welle erfasst, die mich rumgeschleudert hat wie in einer Waschmaschine. Habe mir fünf Rippen gebrochen. Hat höllisch wehgetan. Huste oder lach bloß nicht.«

»Lachen werde ich wohl nicht viel«, versicherte ich. »Was das Husten angeht, da kann ich für nichts garantieren.«

Carlos aß den Rest seines Burgers, dann begann er mit seinen Pommes, während ich geräuschvoll meinen Shake austrank. Er lächelte über mein Geschlürfe. »Hast du noch Hunger?«, fragte er.

»Ein bisschen.«

»Eine Minute. Ich bin gleich wieder da.« Er stieg aus dem Transporter. Ich sah, dass er die Schlüssel im Zündschloss stecken ließ. Er blieb eine ganze Weile fort, fast zehn Minuten. Dann kehrte er mit einer weiteren Tüte und einem Becher mit einem Strohhalm zurück. Er öffnete die Tür, gab mir den Becher und stieg ein. »Tut mir leid, dass es so lange gedauert hat. Nicht zu fassen, dass man so spät noch so lange warten muss.«

»Kein Problem«, meinte ich.

»Ich habe dir noch einen Cheeseburger und noch einen Shake geholt. Es sah so aus, als habe dir dieser Shake wirklich geschmeckt.«

»Danke«, sagte ich. »Das hat er.«

Alles ist relativ. Ich genoss dieses Essen ebenso sehr wie irgendeines unserer Gourmet-Essen in New York oder Frankreich. Wahrscheinlich sogar mehr.

»Du hast den Schlüssel stecken lassen«, sagte ich.

»Ich glaube nicht, dass ein Mann, der auf die Wharton gegangen ist und Mitglied im Golfclub des Camelback Inn war, einen hässlichen Transporter stehlen würde.«

Ich grinste. »Vermutlich nicht.«

Er musterte mich einen Moment lang und fragte dann: »Wann hast du das letzte Mal gearbeitet?«

»Nicht mehr, seit ich die Business School beendet habe. Aber davor habe ich seit meinem zwölften Lebensjahr gearbeitet. Mein Vater hat mir beigebracht zu arbeiten. Für ihn war harte Arbeit das elfte Gebot.«

»Vielleicht können wir uns gegenseitig helfen«, meinte Carlos. »In der vergangenen Woche sind vier unserer Mitarbeiter vorzeitig gegangen; zwei von ihnen wurden abgeschoben. Darum sind wir stärker eingespannt als ein einarmiger Black-Jack-Croupier. Und heute hat eine meiner examinierten Pflegerinnen mit Kündigung gedroht, wenn sie nicht schnell Hilfe bekommt.« Er sah mich an. »Verstehst du, was ich damit sagen will?«

»Was stellst du dir vor?«

»Wir haben neun leere Zimmer im Zentrum. Du kannst da schlafen und essen und musst als Gegenleistung nur so lange in der Spätschicht arbeiten, bis wir entsprechende Hilfskräfte gefunden haben.«

Das Angebot von Essen und Unterkunft erfüllte mich mit Erleichterung. »Ich habe keine Erfahrung mit dieser Art von Arbeit«, sagte ich, »aber ich bin bereit, alles zu tun, was anfällt. Ich lerne schnell.«

»Die Arbeit ist nicht kompliziert«, beruhigte mich Carlos. »Du wirst den Pflegekräften dabei helfen, die Bewohner mit Essen zu versorgen.«

»Mit Essen zu versorgen?«, erkundigte ich mich. »Sie beispielsweise mit dem Löffel füttern?«

»Manche von ihnen benötigen das. Aber die meisten von ihnen rollst du nur nach unten in den Speiseraum.«

»Ich habe keinerlei Kleidung«, sagte ich, obwohl das offensichtlich war.

»Ich werde dir ein paar Kittel geben. Sie werden dir schon passen.«

»Kittel«, fragte ich, »solche, wie Ärzte sie tragen?«

»Ja. Kleidung, ein sauberes Bett, drei heiße Mahlzeiten, eine warme Dusche, Seife, Shampoo, sogar Rasierer.«

In meinem früheren Leben hätte das Angebot lächerlich geklungen, aber das hier war nicht mein früheres Leben, sondern meine neue Realität. Und das Angebot war erheblich besser, als in einem Betontunnel zu wohnen und den Abfall nach Essbarem durchwühlen zu müssen.

»Klingt gut«, meinte ich.

»Du hast nicht nach der Bezahlung gefragt.«

»Ich dachte, das sei die Bezahlung.«

»Nein, du wirst bezahlt. Aber es ist nicht viel. Der Mindestlohn.«

»Mindestlohn«, sagte ich. »Ich mach's.«

Achtundzwanzigstes Kapitel

Ich habe heute eine Arbeit für 8,25 Dollar die Stunde bekommen. Ich hab's nachgerechnet. Selbst wenn keine Steuern abgezogen werden würden, müsste ich 58.104 Stunden arbeiten, um den Betrag zu verdienen, den ich während meines einundvierzigtägigen Vergnügens verschleudert habe.

Aus dem Tagebuch von Luke Crisp

Das Golden Age Senior Care Center war ein kleines, heruntergekommenes Pflegeheim. Mein sofortiger Eindruck war, dass hierher diejenigen kamen, die sich nichts Besseres leisten konnten. Carlos fuhr den Transporter auf einen Parkplatz und schaltete den Motor aus.

»Ich geh mal rein und hol dir eine Pflegeruniform. Welche Hosengröße hast du?«

»Bundweite 33 Inch.«

»Okay.« Er musterte mich. »Und oben XL. Ich bin gleich wieder da.«

Nach einer Viertelstunde kam er mit einem Bündel Kleidungsstücken zurück, auf denen oben ein Paar weiße Pantoffel lagen. Er öffnete die Tür des Transporters. »Entschuldigung, dass es so lange gedauert hat. Ich hab dich nicht vergessen, aber wir hatten ein Problem mit einem der Bewohner.«

»Macht nichts«, sagte ich. »Ich habe keine dringenden Termine.«

Er legte die Kleidungsstücke neben mich auf den Fahrersitz. »Probier die mal an.«

Ich hatte noch Schmerzen von den Schlägen, die ich hatte einstecken müssen, und so tat es ein wenig weh, als ich den rotblauen Kittel überzog. Die Hose schlotterte mir um die Taille. Ich hatte stärker abgenommen, als mir bewusst war. Doch ich war froh, wieder bekleidet zu sein.

»Probier die Pantoffeln«, sagte er.

Ich zog sie an. Sie waren ein wenig weit, aber ansonsten passten sie. »Sie sind prima«, sagte ich.

»Ich habe noch andere Größen«, sagte er. »Komm mit rein.«

Die Lobby des Pflegecenters war für Weihnachten mit einem künstlichen Baum geschmückt, an dem Lametta und Girlanden aus Folie hingen und Weihnachtslichter steckten. Ich fand es äußerst bedauerlich, dass der Baum nicht echt war, da ein stechender geriatrischer Geruch den Ort erfüllte und sich eine kleine Kiefer dort gut gemacht hätte.

Wir gingen an der Schwesternstation vorbei bis ans Ende des Flurs kurz vor dem Hinterausgang. Carlos stieß die Tür zum letzten Raum auf. Darin standen ein schmales Bett, ein Nachttisch und daneben eine Lampe. »Du kannst dieses Zimmer nehmen«, sagte er. »Im Badezimmer liegt ein Satz Toilettenartikel, die du benutzen kannst – ein Rasierer, Rasiercreme, Shampoo, ein Kamm und Deodorant.«

»Danke.«

»Am Morgen kommt die Schichtleiterin gegen halb acht herein. Ich werde ihr eine Nachricht hinterlassen, damit sie nicht bei deinem Anblick die Sicherheitskräfte holt. Die Küche öffnet um sieben, dann kannst du nach unten in die Cafeteria gehen und dir ein warmes Frühstück holen. Zum Speisesaal geht's da runter.« Er führte mich den Flur entlang zu einem offenen Raum. Dort standen auf hellem Linoleumboden kleine, runde Tische. »Bitte. Noch Fragen?«

»Nein. Alles klar.«

Carlos führte mich zu meinem Zimmer zurück. Dort angekommen, meinte er: »Wenn du irgendwas brauchst, ruf einfach an. Jeder hier hat meine Telefonnummer. Ich werde noch vor deiner Schicht wieder hier sein und dich Sylvia vorstellen. Sie ist die examinierte Pflegerin auf diesem Flügel. Du wirst ihr helfen.«

»Sylvia«, sagte ich. »Was machen examinierte Pflegerinnen?«

»Sie haben den direkten Kontakt zu den Bewohnern.« Er musterte mich. »Geht's dir gut?«

»Alles in Ordnung.«

»Dann geh ich mal.«

»Ich weiß nicht, wie ich dir danken soll.«

»Mach einfach einen guten Job für die Leute hier.«

Ich schloss die Tür hinter ihm, dann zog ich mich aus und duschte mich eine Stunde lang. Ich saß auf dem Boden der Dusche und ließ das warme Wasser einfach über mich laufen und spülte so die Stadt von mir ab. Ich rasierte mich etwa zwanzig Minuten lang und verbrauchte dabei zwei Rasierer. Als ich fertig war, stand ich auf und wusch meine Unterhose in der Dusche und hängte sie zum Trocknen auf. Dann zog ich wieder meine Pflegerkleidung an. Ich legte mich auf das weiche Bett und fühlte mich wieder wie ein Mensch.

Neunundzwanzigstes Kapitel

Ich habe gelernt, dass man, wenn man etwas zu essen, ein Dach über dem Kopf und sauberes Wasser hat, zutiefst dankbar sein sollte – dann zählt man nämlich zu den glücklichsten Menschen auf der Welt.

Aus dem Tagebuch von Luke Crisp

Licht drang durch das Rollo vor dem Fenster, als ich durch ein Geschrei geweckt wurde. Ich rieb mir den Schlaf aus den Augen und beugte mich vor, wobei ich ganz vergaß, dass ich zusammengeschlagen worden war. Der Schmerz in meinen Rippen erinnerte mich daran und raubte mir den Atem. Ich wartete, bis der Schmerz nachließ, ließ die Füße über die Bettkante gleiten und schlüpfte in die Pantoffeln. Ich stand auf, ging zur Tür und spähte nach draußen. Nicht ganz zehn Meter von mir entfernt stand ein alter Mann in der Mitte des Flurs. Er fuchtelte mit einer Gabel vor einer Krankenschwester herum und stach immer wieder nach ihr.

»Halte dich fern von mir, du Dämon.«

»Mr Brown, ich tue Ihnen doch nichts.«

»Aber ich werde Ihnen etwas tun«, drohte er. »Rühren Sie mich nicht an.« Er ging einen Schritt auf sie zu.

»Marsha!«, rief die Schwester den Flur hinunter. Ich konnte niemanden in der Nähe sehen außer einer alten Frau, die mit einem Rollator auf die beiden zukam. »Mr Brown, legen Sie die Gabel weg, bevor Sie jemanden damit verletzen.«

»Wer sind Sie?«, fragte er. »Was wollen Sie von mir?«

»Mr Brown, ich bin Tammy. Sie kennen mich. Ich pflege Sie.«

»Ich kenne Sie nicht. Bleiben Sie mir vom Leib, sonst verletze ich Sie«, sagte er. Er ging einen weiteren Schritt auf sie zu.

Trotz meiner Schmerzen trat ich schnell hinter den Mann und umklammerte ihn, wobei ich seine Arme fest an seine Seiten drückte. Er ließ die Gabel fallen und schrie auf.

»He! Polizei! Ruft die Polizei! Ruft einen Priester! Ruft einen Priester!«

Die Frau seufzte erleichtert auf. »Danke! Bringen wir ihn in sein Zimmer und geben ihm seine Medizin.« Sie holte einen Rollstuhl, und ich half Mr Brown hinein, dann rollte sie ihn zurück in sein Zimmer. Nachdem sich Mr Brown beruhigt hatte, sagte sie zu mir: »Ich schulde Ihnen was. Wie heißen Sie?«

»Ich bin Luke.«

»Tammy«, sagte sie und streckte mir die Hand entgegen. »Sie sind der Neue – der, der hier wohnt.«

»Das bin ich.«

»Also, ich bin froh, dass Sie hier waren. Mr Brown hätte mich verletzen können.«

»Ich bin auch froh, dass ich hier war«, sagte ich. »Haben Sie vielleicht eine Advil oder Tylenol?«

»Wir haben alle handelsüblichen Schmerzmittel da.« Sie sah plötzlich besorgt aus. »Hat Mr Brown Sie erwischt?«

»Nein, ich bin vergangene Nacht gestürzt.«

»Ich hol Ihnen was.« Sie ging weg und kam einen Moment später mit einem kleinen Plastikbecher, in dem eine einzelne Tablette lag, sowie einem Becher mit Wasser zurück. »Achthundert Milligramm Tylenol. Ich kann Ihnen etwas Stärkeres holen, wenn der Arzt hier ist.«

»Danke.«

»Gern geschehen«, meinte sie. »Ich muss mich jetzt um die Bewohner kümmern. Sie arbeiten in der Spätschicht, ja?«

»Das hat Carlos so gesagt.«

»Ich hoffe, es klappt«, sagte sie. Dann kehrte sie an ihre Arbeit zurück.

* * *

Etwa eine Stunde später ging ich nach unten in den Speisesaal, um ein wenig zu frühstücken. Als ich mich an einen Tisch setzte, watschelte ein alter Mann auf mich zu. Er hatte dunkle Augen und zeigte ein Stirnrunzeln, das in sein faltiges Gesicht hineingeschnitzt zu sein schien. Sein graues Haar stand hörnerartig zu beiden Seiten hoch. Er erinnerte an eine verwirrte Ausgabe von Bozo dem Clown.

»Was machen Sie hier?«, wollte er wissen.

»Ein wenig frühstücken«, antwortete ich.

»Wer sind Sie?«

Instinktiv streckte ich die Hand aus. »Ich bin Luke.«

Er zeigte keine Neigung, meine Hand zu ergreifen. »Ich kenne keinen Luke. Raus hier. Hören Sie auf, uns das Essen wegzuessen.«

»Ich arbeite hier.«

»Ich habe Sie noch nie gesehen. Sie sind ein schmarotzender Essensschnorrer. Machen Sie, dass Sie hier rauskommen, bevor ich Sie rauswerfe.«

Ich sah ihn nur an. Obwohl er lediglich halb so groß war wie ich, traute ich ihm durchaus zu, dass er zumindest versuchte, seine Drohung in die Tat umzusetzen. Ich wusste nicht recht, was ich tun sollte. Einen der Bewohner zu Boden zu ringen war vermutlich nicht der beste Weg, meinen ersten Arbeitstag zu beginnen.

»Lassen Sie mich doch einfach in Ruhe essen«, sagte ich.

»Ich warne Sie«, entgegnete er und hob seine schwache Faust. »Wumm.«

Während ich noch über meine Möglichkeiten nachdachte, trat ein anderer Bewohner, ein großer Mann mit weißem Bart, der einen Rollator vor sich her schob, an meinen Tisch. Er sah aus wie der Weihnachtsmann.

»Beruhige dich, Harold. Er arbeitet hier.«

»Du weißt nichts, du Auswurf des Nordpols. Er sieht wie ein Halunke aus. Sieh dir seine lauernden Augen an. Wenn wir schlafen, plündert der uns bis aufs Hemd aus.«

Der Weihnachtsmann zwinkerte mir zu. »Nein, nein. Er ist in Ordnung. Er arbeitet hier.«

»Du weißt nichts.«

»Ich weiß, dass gleich die Käseplunder weg sind.«

»Was?« Harold drehte sich nach den Küchenfenstern um und watschelte dann zu ihnen hin.

»Geschickter Schachzug«, meinte ich.

»Ich kenn ein paar Tricks«, sagte der Mann und reichte mir die Hand. »Ich heiße David, aber alle hier nennen mich Nick.«

Ich neigte meinen Kopf zur Seite. »Nick?«

»Weil ich wie der Nikolaus aussehe.«

Ich grinste. »Danke, dass Sie sich eingeschaltet haben.«

»Harold ist ein wenig derb mit den Neulingen. Aber er ist kein schlechter Kerl, wenn man ihn erst einmal kennt. Bloß ein bisschen grantig.«

»Das hab ich gar nicht bemerkt«, sagte ich.

Er lachte aus ganzem Herzen, ein Weihnachtsmannlachen, und tätschelte mir die Schulter. »Ich hoffe, dass es Ihnen hier gefällt.« Dann ging er langsam fort.

Eine der Bedienungen kam zu mir, eine Vietnamesin mit Haarnetz. »Hi. Was darf ich Ihnen bringen?«

»Bringen Sie mir einfach alles«, sagte ich.
»Alles«, wiederholte sie. »Wie hätten Sie's denn gern?«
»Wie meinen Sie das?«
»Normal, weich oder püriert.«
»Normal bitte.«
»Normal«, wiederholte sie und ging.
Das Frühstück erschien mir wie ein Festessen. Mürbeteigbrötchen mit Würstchen in Bechamelsauce, Orangensaft, Toast mit Butter, Rührei und Schinken. Ich aß meinen Teller leer und ging zur Küche, um Nachschlag zu holen. Als ich fertig mit Essen war, ging ich zum Schwesternzimmer, wo ich auf Tammy traf. Sie sah die Patientendateien durch.
»Ich bin gerade einem Ihrer Bewohner begegnet«, sagte ich. »Er mag mich nicht.«
»Lassen Sie mich raten – Harold.«
»Wie sind Sie denn darauf gekommen?«
»Harold Mantilla. Die meisten unserer Bewohner nennen ihn den Hunnen. Er ist ein wenig mürrisch. Ich halte lieber Abstand. So ist es leichter.«
»Danke für die Warnung.«

* * *

Carlos erschien gegen Nachmittag im Zentrum. Ich lag auf meinem Bett und sah fern, als er an meiner Tür klopfte. Ich stand auf und öffnete ihm.
»Guten Morgen«, sagte er. »Wie ich gehört habe, hast du dich bereits nützlich gemacht.«
»Du meinst vermutlich die Sache mit Mr Brown und der Gabel.«
»Manchmal wird es hier ganz schön aufregend.« Er bemerkte, dass meine Unterhose am Griff der Badezimmertür hing. »Wir

haben eine Wäscherei«, sagte er. »Steck einfach alles, was gewaschen werden muss, in den Wäschesack, und sie bringen es dir noch vor dem Abendessen wieder.«

»Besserer Service als im Château de la Messardière«, sagte ich.

»Das glaube ich dir aufs Wort. Hast du zu Mittag gegessen?«

»Nein.«

»Besorgen wir dir was. Ich brauche für die Einstellung noch ein paar Informationen über dich, und ich werde dich Sylvia vorstellen.«

»Weiß sie, dass ich komme?«

»Ja. Und sie ist sehr, sehr glücklich darüber.«

Wir gingen von meinem Zimmer zur Schwesternstation. Eine Frau in den Zwanzigern mit dunklem Haar und schmalem Gesicht begrüßte uns lächelnd. »Sylvia«, sagte Carlos, »das ist Luke.«

Sie lächelte warmherzig. »Ich freue mich, Sie kennenzulernen, Luke.«

»Ich habe Luke gesagt, dass seine Arbeit vor allem aus der Essensversorgung besteht.«

»Perfekt«, erwiderte sie.

»Wir essen jetzt zu Mittag, anschließend will ich, dass er zu Dr. Kuo geht. Danach gehört er ganz dir.«

»Ich warte.«

* * *

Carlos und ich aßen zu Mittag, dann gingen wir in sein Büro, um meine Einstellungsunterlagen auszufüllen. Wir waren kaum ein paar Minuten dabei, als ein Mann an die Tür klopfte und eintrat. Er war ein lässig gekleideter Asiat in Cordhose und Flanellhemd. Um seinen Hals hing ein Stethoskop.

»Tut mir leid, dass es so lange gedauert hat«, sagte er. »Mrs Mather hatte heute viel auf dem Herzen.«

»Kein Problem«, meinte Carlos. »Wir haben gerade unser Mittagessen beendet. Luke, das ist Dr. Kuo. Er ist der Arzt für unsere Bewohner.«

»Schön, Sie kennenzulernen«, sagte ich.

»Ganz meinerseits«, erwiderte er. »Carlos hat mir erzählt, dass Sie vergangene Nacht überfallen worden sind.«

»Ja. Ich glaube, dass sie mir ein paar Rippen gebrochen haben.«

»Dann sehen wir uns das mal an.«

Ich folgte dem Arzt in sein Sprechzimmer, das in der Mitte des östlichen Flurs lag. Sobald wir eingetreten waren, schloss er die Tür und sagte: »Ziehen Sie bitte Ihr Hemd aus.«

Ich zog es aus und legte es über die Lehne eines Stuhls. Mein Körper war überall mit dunklen, blauroten Blutergüssen bedeckt.

»Die haben ja einige Spuren hinterlassen«, sagte er. »Tut es irgendwo besonders weh?«

»Vor allem auf der rechten Seite.«

Sanft ließ er seine Finger an meinen Rippen hochgleiten. »Haben Sie irgendwelche Probleme beim Atmen?«

»Nein. Aber es tut weh, wenn ich huste.«

Er legte sein Stethoskop an meinen Rücken. »Worum wir uns Sorgen machen, ist eine durchbohrte Lunge. Versuchen Sie, tief einzuatmen, wenn Sie können.«

Ich atmete langsam ein.

Er hielt das Stethoskop an meine andere Seite, lauschte, und nahm es dann ab. »Ihre Lungen hören sich gut an. Vermutlich haben Sie nur eine Rippenquetschung. Es wird ein paar Wochen dauern, bis das ausgeheilt ist, aber Sie werden wieder gesund. Sie können sich jetzt anziehen.«

Ich zog mir das Hemd über.

»Nehmen Sie irgendwelche Medikamente?«

»Nein.«

»Haben Sie irgendwelche Allergien?«

»Nicht, dass ich wüsste.«

Er schrieb mir ein Rezept aus. »Sie können es Ihnen hier ausgeben. Wenden Sie sich einfach an eine der Schwestern. Ich habe Tylenol Three mit Codein verschrieben. Wahrscheinlich kommen Sie am Tag mit normalem Tylenol aus, aber dies wird in der Nacht helfen.«

»Danke.«

»Keine Ursache. Wenn die Schmerzen schlimmer werden oder Sie beim Atmen Probleme haben: Ich bin stets erreichbar.«

»Danke«, wiederholte ich. Es fühlte sich gut an, das zu sagen. Es fühlte sich gut an, wirkliche Dankbarkeit zu empfinden. Ich hatte eine wichtige Wahrheit gelernt: Die Segnungen des Lebens rufen nicht automatisch Freude hervor; Freude entsteht, wenn man diese Segnungen zu würdigen weiß.

Dreißigstes Kapitel

Anderen zu helfen, birgt seinen eigenen *Lohn – man kehrt damit zur Menschlichkeit zurück.*

Aus dem Tagebuch von Luke Crisp

Ich ging in Carlos' Büro zurück, füllte meine Bewerbungs- und Steuerunterlagen aus und meldete mich bei Sylvia zum Arbeiten.

»Was hat Ihnen Carlos denn über die Arbeit erzählt?«, fragte sie.

»Nicht viel. Er sagte, dass ich vor allem bei den Mahlzeiten helfen würde.«

»Genau«, bestätigte sie. »Tammy hat mir gesagt, dass Sie Harold kennengelernt haben.«

Ich nickte. »Den Hunnen.«

Sylvia runzelte die Brauen. »Ich mag nicht, wenn man ihn so nennt. Er ist kein schlechter Kerl. Er hat Pankreatitis und dadurch ständig Schmerzen. Schmerzen machen jeden unleidlich.«

»Ich wollte nicht beleidigend sein«, sagte ich.

»Ich glaube, noch schmerzhafter für ihn ist, dass sein Sohn ihn nicht besucht. Er wohnt nur ein paar Kilometer von hier entfernt. Ich kann einfach nicht begreifen, wie diese Leute ihre Eltern vernachlässigen. Sie werden es Weihnachten sehen. Manche Bewohner sitzen dann herum und warten auf eine Familie, die niemals kommt. Muss man nicht immer und unter allen Umständen seinen Vater und seine Mutter ehren?«

Ich sagte nichts, spürte aber ein stechendes Schuldgefühl.

»Jedenfalls befindet sich Harold in unserem Flügel, und darum werden Sie ihm helfen. Normalerweise bleibt er einfach in seinem Zimmer.«

»Die Bewohner können das selbst entscheiden?«

»Ja, sie können tun, was sie wollen. Sie sind erwachsen. Dies ist eine Einrichtung, in der die Rechte der Bewohner gelten. Wir respektieren ihre Wünsche. Und jetzt zur Arbeit. Wir haben vierundfünfzig Betten mit einer durchschnittlichen Belegungsquote von 70 Prozent.«

»Rund achtunddreißig Bewohner«, bemerkte ich.

»Ja«, bestätigte sie. »Demnach sind Sie gut im Rechnen. Tatsächlich haben wir momentan einundvierzig. Sie und ich haben den Westflügel mit zweiundzwanzig Bewohnern. Unsere Frühstückszeiten sind von 7.15 bis 8.15 Uhr, Mittagessen gibt es von 12.15 bis 13.15 Uhr und Abendbrot von 17.15 bis 18.15 Uhr. Gewöhnlich essen etwa zehn unserer Bewohner auf ihren Zimmern, die übrigen bringen wir in den Speisesaal. Die meisten müssen eine bestimmte Diät einhalten. Die Küche bekommt ihre Essensbestellungen. Ich zeige Ihnen, wie es funktioniert.«

Ich folgte ihr in den Speisesaal, dann in die Küche, wo drei Frauen mit Haarnetzen dabei waren, das Abendessen vorzubereiten. Als wir in der Küche waren, nahm Sylvia einen Zettel von der metallenen Speisezubereitungstheke.

»Die Küchenleiterin druckt für jeden Bewohner eine Liste aus und gibt sie der Küche, wo man dann die Speisen dieser Auflistung entsprechend zubereitet.

Nachdem Sie den einen Teil der Bewohner in den Speisesaal gebracht haben, servieren Sie denjenigen Essen, die in ihrem Zimmer geblieben sind. Es ist wichtig, dass Sie das jeweilige Essen mit der Liste vergleichen, um sicherzugehen, dass beides miteinander übereinstimmt.« Sie gab mir eine Liste, auf der die Namen der Bewohner und die Zimmernummern standen. »Wie Sie sehen, steht auf diesem Zettel auch, wohin das Essen gebracht werden soll.« Sie zeigte auf ein Feld auf der Liste, wo stand: SPEISESAAL T9. »Das bedeutet, dass dieser Bewohner im Speisesaal an Tisch neun isst. Hier rechts steht, welche Getränke sie trinken dürfen.«

»Was heißt Kostko?«

»Kostkonsistenz. Manche der Bewohner können normale Speisen nicht kauen, daher haben wir normales, weiches und püriertes Essen. Sagen wir mal, Sie würden mittags Schinken bekommen. Normal wäre so, wie Sie oder ich ihn zu uns nehmen würden. Weich hieße, dass er in winzige Stückchen gemahlen oder geschnitten werden würde. Püriert wäre …«

»Brei«, kam ich ihr zuvor.

»Genau. Wie Babynahrung.«

»Was bedeutet RZm?«

»Reduzierte Zuckermenge«, erklärte Sylvia. »Das bedeutet, dass sie Diabetes hat.«

»Um wie viel Uhr fangen wir an?«

»Wir beginnen zur vollen Stunde, die Bewohner in den Speisesaal zu bringen. Laut staatlicher Vorgaben dürfen Bewohner nicht mehr als eine halbe Stunde vorher reingebracht werden. Ich vermute, dass früher manche Einrichtungen ihre Bewohner ein paar Stunden vor ihren Mahlzeiten an ihren Tischen abgestellt haben. Das ist grausam, aber es sparte Personalkosten.

Nachdem Sie also die betreffenden Bewohner in den Speisesaal gebracht haben, versorgen Sie die Leute in den Zimmern mit Essen. Dann gehen Sie wieder in den Speisesaal und helfen mir bei der Versorgung der Bewohner. Nachdem sie gegessen und wir alle wieder zurück in ihre Zimmer gebracht haben, sammeln Sie das Geschirr in den Zimmern ein und bringen es in die Küche.«

»Haben Sie all das allein gemacht?«, fragte ich.

»Und die Medikation überwacht, die Bewohner gebadet und angezogen und tausend andere Sachen.«

»Bewundernswert«, meinte ich. »Was mache ich, wenn jemand nicht essen will, was auf dem Speiseplan steht?«

»Die Bewohner können sich etwas anderes aussuchen, wenn sie wollen. Sie können auch einen Chefsalat, Suppe mit Brötchen oder einen Obstteller bekommen. Wir haben einen Bewohner, Mr Bills in Zimmer 16, der jeden Abend Sandwichs mit Erdnussbutter und Marmelade isst. Ich habe sogar schon ein Essen für Bewohner aus dem In-N-Out Burger geholt.«

Wir gingen zur Schwesternstation zurück.

»Stimmt es, dass Sie hier in der Einrichtung wohnen?«, fragte sie.

»In Zimmer 11«, bestätigte ich.

»Das ist untypisch«, sagte sie und fügte dann hinzu: »Zumindest muss ich mir keine Sorgen machen, dass Sie nicht zur Arbeit erscheinen.«

Ich half Sylvia noch bis kurz vor fünf Uhr bei der Erledigung einer Vielzahl von Besorgungen und begann dann, die Bewohner in den Speisesaal zu rollen. Der Vorgang dauerte länger, als ich vermutet hatte, und ich bemerkte, dass dieser Beruf eine immense Geduld erforderte. Es war eine ganz andere Welt als in der Kopierbranche, wo alles nach festen Zeit- und Geschwindigkeitsvorgaben ablief.

Ich teilte das Essen in den Zimmern aus, auch in Harolds, der entweder vergessen hatte, dass er mich nicht mochte, oder seine Meinung über mich geändert hatte. Ich fragte ihn, warum er sein Essen nicht im Speisesaal einnahm, worauf er antwortete: »Ich esse nicht mit all diesen alten Leuten. Das ekelt mich an.«

Einige der Bewohner waren sehr interessiert an mir und dankten mir überschwänglich für meine Hilfe. Einer sagte zu mir: »Sie sind sehr liebenswürdig. Ihre Mutter hat gute Arbeit bei Ihnen geleistet.«

»Mein Vater hat das getan«, entgegnete ich.

Um zehn Uhr sagte ich Sylvia gute Nacht und stempelte aus. Ich holte mir ein Mineralwasser und ein Stück Apfelkuchen aus der Küche, nahm beides mit in mein Zimmer und legte mich auf mein Bett. Ich empfand eine außergewöhnliche Dankbarkeit. Mehr als das: Ich hatte das Gefühl, wieder ich selbst zu sein. »Merkwürdig«, dachte ich. Ich war nicht nur glücklicher, als ich es auf der Straße gewesen war. Ich glaube, ich war auch glücklicher als in Europa.

Einunddreißigstes Kapitel

Ein wahrer Beweis der Dankbarkeit besteht darin, das zurückzugeben, wofür man dankbar ist.

Aus dem Tagebuch von Luke Crisp

Ein paar Tage später rief mich Carlos in sein Büro. Als ich eintrat, fragte er mich: »Haben sie dir an der Wharton auch etwas über Marketing beigebracht?«

»Ja«, bestätigte ich. »Und ich habe das Marketing für zwölf Shops meines Vaters gemacht. Ich bin wirklich ziemlich gut darin.«

»Vielleicht kannst du mir aus der Klemme helfen. Wir haben zu viele freie Betten.«

»Ich könnte dir da helfen«, erwiderte ich. »Aber dann würde ich mich selbst aus meinem Zimmer vertreiben.«

»Wenn du diese Betten belegen kannst, werde ich für dich eine Unterkunft finden«, versprach er. »Und für jeden neuen Vertrag zahle ich dir eine Provision von fünfhundert Dollar. Ist das in Ordnung?«

Dreizehn Betten mit einer Provision von je fünfhundert Dollar. »Klingt toll«, schlug ich ein.

Er sah mich nachdenklich an. »Ich habe gedacht, dass du vielleicht bereit wärest, hier auf Dauer zu arbeiten.«

»Ich weiß das Angebot zu schätzen«, meinte ich lächelnd. »Aber eines Tages würde ich gern mehr bekommen als den Mindestlohn.«

Carlos lachte. »Ja, vermutlich wärest du noch nicht mal mit meinem Gehalt zufrieden. Man versucht's halt mal.«

»Ich bleibe so lange hier, wie du mich brauchst. Außerdem muss ich das auch. Ich habe sonst nichts anzuziehen.«

»Darüber habe ich schon nachgedacht. Ich kann dir etwas vorschießen. Wenn du willst, fahren wir Samstagmorgen zu einem Laden, wo du dir ein paar Sachen kaufen kannst.«

»Das wäre wirklich fantastisch.« Ich sah ihn einen Moment lang schweigend an. »Carlos, warum bist du so gut zu mir?«

»Ich habe dir doch gesagt, mein Freund, dass wir Brüder sind, oder?«

»Das weiß ich. Aber warum wirklich?«

Er musterte mich eine Weile, dann huschte ein trauriges Lächeln über sein Gesicht. »Die Wahrheit?«

»Natürlich.«

»Ich verstehe ein wenig, was du durchmachst. Ich bin Alkoholiker. Vor achtzehn Jahren habe ich meine Stelle verloren – und fast auch noch meine Frau und meine Kinder. Wenn ich so weitergemacht hätte. Dann hat mich jemand gerettet. Er blieb während meines Entzugs bei mir, fuhr mich zu meinen Treffen bei den Anonymen Alkoholikern und nahm über ein Jahr lang gemeinsam mit mir daran teil. Er war da, bis ich stark genug war, für mich selbst zu sorgen. Ich stehe für immer in seiner Schuld.«

»Wer war er?«, fragte ich.

»Mein Vater.« Die Augen von Carlos füllten sich mit Tränen. »Selbst gute Menschen treffen zuweilen schlechte Entscheidungen. Jeder braucht manchmal Hilfe.«

Ich sah ihn mit einem neuen Verständnis an. »Mein Vater ist auch so. Er hat sich stets um andere gekümmert. Und ich habe ihn dafür kritisiert, dass er sich zu sehr um andere sorgt. Immer wenn mein Vater eine wichtige Entscheidung gefällt hat, fragte er: ›Welche Auswirkungen wird das auf die Mitarbeiter haben?‹«

»Was für ein Unternehmen betreibt dein Vater denn?«

»Copyshops.«

»Copyshops, ja? Ein paar Blocks weiter gibt es einen Copyshop von Crisp's.« Plötzlich zog er die Verbindung. »Dein Nachname ist Crisp. Dein Vater ist doch nicht ...«

Ich nickte.

»Heiliger Bimbam. Was hast du denn auf der Straße gemacht?«

»Das ist eine lange Geschichte«, erwiderte ich. »Und ich kehre jetzt besser wieder an die Arbeit zurück. Harold wird wütend, wenn ich zu spät komme.«

»Komm wieder bei mir vorbei, wenn du fertig bist«, sagte er. »Dann sprechen wir über die Werbung.«

»Abgemacht, Amigo.«

Zweiunddreißigstes Kapitel

Ich hatte die Chance bekommen, Carlos zu helfen. Es war ein wunderbares Gefühl für mich, zur Abwechslung mal der Gebende zu sein.

Aus dem Tagebuch von Luke Crisp

Nachdem ich den Bewohnern beim Essen geholfen und ihr Geschirr abgeräumt hatte, kehrte ich in Carlos' Büro zurück, um mit ihm über Marketingideen zu sprechen.

»Wir haben einen Leerstand von 30 Prozent«, sagte er. »Der nationale Durchschnitt liegt bei 13 Prozent. Irgendwas mache ich falsch.«

»Wie stark ist denn der Konkurrenzkampf im Pflegegeschäft?«

»Mörderisch«, erwiderte er und fuhr sich mit einem Finger über die Kehle. »Mörderisch.«

»Welche Werbemaßnahmen hast du derzeit laufen?«

»Ich schalte in einigen Blättern für Ruheständler Anzeigen.«

»Kann ich sie mal sehen?«

»Klar.« Er ging zu einem Schrank und holte ein paar Magazine hervor. Alle Anzeigen von Golden Age darin waren mit Haftnotizzetteln markiert.

Ich sah mir die Anzeigen an. Sie waren jämmerlich formuliert und amateurhaft gestaltet. Ich blätterte die Magazine durch. »Diese Hefte richten sich an wohlhabende Menschen.«

»Ja.«

»Gestatte mir eine Frage: Wenn das Golden Age ein Hotel wäre, hätte es dann fünf Sterne? Vier Sterne?«

»So hab ich das nie betrachtet«, antwortete er. »Die meisten unserer Bewohner haben nicht viel Geld.«

»Dann bist du auf der falschen Veranstaltung. Es ist, als würdest du versuchen, Leuten einen Hyundai zu verkaufen, die nur Rolls-Royce fahren. Hast du mal 'nen Block?«

»Hier.« Er gab mir Papier und einen Kugelschreiber mit dem Namen des Zentrums. »Solche Werbung machen wir auch«, sagte er. »Wir haben diese Schreiber bedrucken lassen.«

Ich drückte die Mine des Kugelschreibers nach unten. »Sag mir, warum jemand in deiner Einrichtung statt in der deines Konkurrenten wohnen sollte.«

»Wir sind billiger als die meisten.«

Ich schrieb das auf. »Noch was?«

»Unser Personal ist nett. Wir haben nicht so viel Schnickschnack wie die teureren Einrichtungen, aber wir achten genau darauf, wen wir einstellen. Wir führen spezielle Persönlichkeitstests durch.«

»Mit mir hast du das nicht gemacht.«

»Ich habe es auf meine eigene Art getan.«

»Also seid ihr günstiger und habt bessere Mitarbeiter. Wie hoch ist dein Werbeetat?«

»Rund tausend Dollar pro Monat.«

Ich dachte darüber nach und fragte dann: »Wie seid ihr an die jetzigen Bewohner gekommen?«

»Das weiß ich nicht.«

Ich machte mir eine Notiz auf dem Block. »Wir müssen das herausfinden. Ich kann eine Umfrage für dich machen. Wer trifft normalerweise die letzte Entscheidung darüber, hier herzukommen – der Bewohner oder jemand anderes?«

»Normalerweise die Familie des Bewohners – die erwachsenen Kinder.«

»Die, wie ich vermute, zwar das Beste für ihre Eltern wollen, aber – und das werden sie niemals zugeben – nicht bereit sind, so viel auszugeben, dass es ihr Erbe verschlingt. Wir sind da an einem wichtigen Punkt. In welchem Alter kommen deine Bewohner durchschnittlich hier rein?«

»Ende siebzig.«

»Dann sind ihre Kinder vermutlich Ende vierzig, Anfang fünfzig?«

Er nickte.

Ich dachte ein paar Minuten lang nach, dann schrieb ich einen Text auf ein Stück Papier. Als ich fertig war, reichte ich Carlos den Block. »Ich glaube, wir sollten so was wie das hier in der Lokalzeitung schalten.«

Er las sich durch, was ich geschrieben hatte:

Die Entscheidung darüber,
wie für Ihre Eltern gesorgt werden soll,
die für Sie gesorgt haben, ist nicht einfach.
Sie wollen, dass sie mit Würde, Respekt und Freundlichkeit behandelt werden.
Mit Geld kann man solche Dinge nicht kaufen, darum berechnen wir nichts dafür.
Außergewöhnliche Pflege zu vernünftigen Preisen.
Sie können mehr bezahlen,
aber Sie werden keine bessere Pflege finden.
Golden Age.
Wir sorgen für die, die Ihnen am Herzen liegen.

Carlos blickte auf. »He, das ist gut.«

»Hast du jemanden, der die Anzeige setzen kann?«, fragte ich. »Einen Grafiker?«

»Normalerweise mach ich das.«

Ich war froh, dass ich mich nicht abschätzig über seine Anzeigen geäußert hatte. »Lass es mich doch mal probieren«, meinte ich. »Dann schalten wir's im Lokalteil der Zeitung.«

»Einverstanden«, sagte er und wirkte dabei ganz aufgeregt. »Starten wir einen Versuchsballon.«

Dreiunddreißigstes Kapitel

»Wie viele Tagelöhner hat mein Vater, die Brot die Fülle haben?«, fragt die Bibel.
Ich fand einen Weg, an mehr Brot zu kommen.

Aus dem Tagebuch von Luke Crisp

Am Samstagmorgen fuhren mich Carlos und seine Frau Carmen nach Henderson, damit ich mir etwas zum Anziehen kaufen konnte. Es war etwas komisch, dass ich noch immer meinen Kittel trug, als ich die Einrichtung verließ. Aber die Leute dachten, ich wäre ein Arzt, und behandelten mich mit Respekt. Kleider machen keinen Mann, aber zweifellos prägen sie sein Image.

Als Carmen mich fragte, wo ich meine Kleidung kaufen wolle, nannte ich ihr die Geschäfte, in denen ich normalerweise einkaufte, ohne über die Tatsache nachzudenken, dass ich mir mit meinem neuen Einkommen nichts aus diesen Läden würde leisten können. Sie dachte nur, ich würde Witze machen.

Schließlich fuhren wir zu einem Kaufhaus in der Nähe. Ich erstand ein paar Levi's, Khakihemden, Slipper, ein Paar Tennisschuhe und ein paar Poloshirts. Für all das zahlte ich nur die Hälfte des Vorschusses, den Carlos mir gegeben hatte.

* * *

Ich war überglücklich, wieder normale Kleidung zu tragen. Den Sonntag hatte ich frei, und zum ersten Mal, seit ich von der

Straße weggekommen war, ging ich wieder nach draußen, um einen Spaziergang zu machen.

Gleich an der ersten Straßenkreuzung stieß ich auf einen bettelnden Obdachlosen. Ich gab ihm einen Zehn-Dollar-Schein und sagte ihm, wo im Tunnel er meinen Schlafsack und mein aufblasbares Kissen finden konnte. Dann ging ich weiter.

Etwa drei Blocks vom Altenpflegeheim entfernt kehrte ich in einem In-N-Out Burger ein, um mir einen Cheeseburger und einen Erdbeershake zu kaufen. Während des Essens blickte ich aus dem vorderen Fenster. Auf der anderen Seite des Parkplatzes befand sich ein Crisp's Copyshop. Ich bemerkte, dass dort ein Schild mit der Aufschrift »Aushilfe für die Tagesschicht gesucht« hing.

In dem Moment wusste ich, was ich zu tun hatte. Die Mitarbeiter von Crisp's wurden gut bezahlt, bekamen bereits einen Monat nach Arbeitsbeginn eine Kranken-, und eine Zahnarztversicherung und hatten die Chance, wirklich Karriere zu machen. Es war kein Zufall, dass es Crisp's in den vergangenen zehn Jahren immer auf die Liste der hundert besten amerikanischen Arbeitgeber geschafft hatte. Mein Vater hatte dafür gesorgt.

Ich dachte nach. War es möglich, dass ich eine Stelle bei Crisp's bekam, ohne dass es jemand in der Unternehmenszentrale erfuhr? Natürlich war es das. Selbst mein Vater, der fast jede der rund zweitausend Städte aufzählen konnte, in denen wir einen Shop hatten, kannte die Namen der Manager nicht. Wer kann sich schon zweitausend Namen merken. Als Angestellter würde ich im Meer der Mitarbeiter von Crisp's verschwinden.

Ich trank meinen Shake aus, ging über den Parkplatz zum Copyshop, zog die Glastür auf und trat ein. Mich empfing der vertraute Geruch von Tinte und Papier und das leichte Summen der Kopiermaschinen. Das Geräusch der Maschinen hatte auf mich die gleiche Wirkung wie ein Wiegenlied. Ich war plötzlich gerührt. Den Copyshop zu betreten war für mich, als würde ich nach Hause kommen.

Ein korpulenter junger Mann mit Akne lächelte mich von der Theke aus an. Er sah aus wie achtzehn oder neunzehn. »Kann ich Ihnen helfen?«

»Ich würde gern den Manager sprechen«, sagte ich.

»Das ist Wayne. Er kommt nicht vor morgen früh rein.«

»Danke«, meinte ich. »Ich komme wieder.«

Ich verweilte noch einen Moment im Shop, bevor ich zurück zum Pflegeheim ging.

* * *

Am nächsten Morgen stand ich um sieben Uhr auf, zog meine neue Straßenkleidung an, frühstückte und ging wieder zu Crisp's. Ich wurde von demselben jungen Mann begrüßt, der am Vortag dagewesen war.

»Sie sind wieder da«, meinte er.

»Und Sie sind immer noch da. Lassen die Sie nicht nach Hause gehen?«

Er grinste. »Ich hab ein paar Überstunden gemacht.«

»Ist Ihr Manager jetzt da?«

»Ja. Darf ich ihm sagen, worum es geht?«

»Ich habe auf Ihrem Schild gelesen, dass Sie eine Aushilfe suchen. Ich möchte mich um die Stelle bewerben.«

»Cool. Ich hol ihn.«

Einen Augenblick später kam ein Mann aus dem Büro im hinteren Teil des Shops. Ich schätzte ihn auf Ende fünfzig, Anfang sechzig. Er trug eine dickrandige Brille und hatte weißes Haar. Wenn er Lederhosen getragen hätte, wäre er ein Doppelgänger von Gepetto gewesen. Reflexartig warf ich einen Blick auf sein Namensschild, als er auf mich zukam. Die Namensschilder waren überall bei Crisp's gleich – ich selbst hatte vor vier Jahren dabei geholfen, ihre Gestaltung zu verbessern. WAYNE.

»Wayne Luna«, stellte sich der Mann vor, »wie der Mond. Was kann ich für Sie tun?«

Ich blickte ihm in die Augen. Zum ersten Mal seit langer Zeit fühlte ich mich stark. Ich war in meinem Element. »Hallo Wayne. Mein Name ist Luke. Ich würde gern mit Ihnen über die von Ihnen ausgeschriebene Stelle sprechen.«

Er musterte mich. »Gut, kommen Sie mit nach hinten in mein Büro.«

Ich folgte ihm. Er setzte sich an seinen Schreibtisch und bot mir einen Platz an.

»Setzen Sie sich.«

»Danke.«

»Haben Sie bereits irgendwelche Erfahrungen mit der Arbeit in einem Copyshop gesammelt?«

»Ja, das habe ich. Ich weiß von jeder einzelnen Maschine hier, wie man sie bedient.«

Er verschränkte die Arme vor der Brust, und ich wusste nicht recht, ob er beeindruckt oder skeptisch war. »Wirklich?«

»Vor vier Jahren habe ich einen Copyshop in Phoenix geleitet.«

»Dort ist unsere Zentrale. Für welchen Copyshop haben Sie denn gearbeitet?«

Ich sah ihn an und wusste nicht recht, was ich antworten sollte. »Vermutlich haben Sie noch nicht davon gehört. Es war nur ein kleiner Laden.«

»Wie lange haben Sie dort gearbeitet?«

»Rund acht Jahre. Bis ich aufs College gegangen bin. Sechs Jahre lange war ich der Manager.«

»Sechs Jahre«, wiederholte er. »Wie alt waren Sie, als Sie anfingen, vierzehn?«

»Fast. Ich war eine Art Copyshop-Wunderkind.«

Er lachte. »Also gut, ich glaube Ihnen. Haben Sie einen Lebenslauf?«

»Nein. Aber wenn Sie möchten, kann ich einen mit Crisp's hochmoderner Lebenslauf-Software verfassen.«

Er grinste. »Ist schon in Ordnung. Sie sagten, dass Sie einen College-Abschluss haben?«

»Ich habe einen Bachelor von der ASU und einen MBA.«

»Einen MBA? Wo haben Sie den denn gemacht?«

Ich hätte dieses Detail vermutlich nicht preisgeben sollen. »An der Wharton.«

Er hob die Brauen. »An der Wharton? Ich glaube, dass Sie dann für diese Arbeit eher überqualifiziert sind.«

Ich nickte langsam. »Wissen Sie, Wayne, ich habe diesen Satz nie verstanden. Warum will man niemanden, der überqualifiziert ist? Wenn ich mich am Herzen operieren lassen müsste, würde ich nach einem überqualifizierten Chirurgen suchen.«

Er lachte. »Tja, das stimmt wohl. Aber wir sind kein Krankenhaus, und Leute, die überqualifiziert sind, hält es nicht sehr lange.«

»Das ist wahr«, räumte ich ein. »Aber in meinem Fall müssen Sie sich keine Sorge machen. Ich suche nach nichts anderem. Ich liebe dieses Geschäft. Das habe ich immer getan.«

Er nickte. »Ihr Name ist Luke?«

»Ja.«

»Und der Nachname?«

»Crisp. Genau wie Ihr Copyshop.«

»Das ist merkwürdig. Sie kommen aus Arizona, Sie haben denselben Nachnamen wie unser Gründer, und Sie haben sechs Jahre lang einen Copyshop geleitet.« Er hob eine Braue. »Sie sind nicht etwa ein Verwandter?«

»Würde ich mich dann bei Ihnen bewerben?«

Er lächelte. »Wahrscheinlich nicht. Und wo wohnen Sie jetzt?«

»Ich wohne nur etwa drei Blocks von hier entfernt, Ecke Ann Road, westlich der 95.«

Ich sah, wie er nachdachte. »Mir fallen da keine Apartments ein. Dort gibt es nur eine Praxis für Chiropraktik und ein Altersheim.«

»Ein Pflegezentrum«, korrigierte ich reflexartig. »Es liegt in der Nähe.« Ich blickte ihm in die Augen. »Hören Sie, Wayne, ich mache Ihnen ein Angebot. Stellen Sie mich für eine Woche ein. Wenn Sie nicht völlig zufrieden sind, bin ich weg. Sie brauchen mich dann noch nicht einmal für meine Zeit zu bezahlen.«

Er verschränkte die Arme erneut vor der Brust. »Warum sollten Sie das tun?«

»Auf die Gefahr hin, unerträglich eingebildet zu klingen: Weil ich weiß, dass ich das bin, wonach Sie suchen. Ich benötige nur die Chance, es Ihnen zu beweisen.«

Er dachte über mein Angebot nach. »Sie haben nicht gefragt, wie viel wir bezahlen.«

»Das weiß ich bereits«, sagte ich, ohne nachzudenken.

»Woher wollen Sie das wissen?«

Ich musste mir schnell etwas einfallen lassen. »Weil unser Copyshop ständig Mitarbeiter an Crisp's verloren hat. Daher weiß ich, dass man hier besser bezahlt wird, als das bei uns der Fall war.«

»Das leuchtet mir ein«, sagte er. »Also, am Anfang gibt's zehn die Stunde. Nach dreißig Tagen führen wir ein Folgegespräch. Wenn Sie gute Arbeit leisten, erhöhen wir auf zwölf. Bei Ihrer Bewertung nach sechs Monaten erhöhen wir vielleicht auf ganze fünfzehn. Aber wirklich bekannt ist Crisp's für seine Vorsorgeleistungen. Für unsere anspruchsberechtigten Mitarbeiter haben wir eine hervorragende Altersvorsorge und nach Ihrer Dreißig-Tage-Bewertung eine erstklassige Kranken- und Zahnversicherung.«

»Was ist die Spitzenposition in dieser Niederlassung?«

»Die Position des Managers – meine Stelle, die ich die nächsten zwei Jahre noch einzunehmen gedenke.«

»Sie haben Pläne aufzuhören?«

»Ich hab nur noch zwei Jahre bis zum Ruhestand. Wie gesagt, Crisp's hat eine tolle Altersvorsorge, sodass ich mich schon darauf freue.«

Crips's Altersvorsorge gehörte zu den besten in der Büroservicebranche. Ich hatte mich immer gefragt, warum mein Vater so viel Geld dafür verschwendete, und angenommen, dass er das einfach tat, weil er so ein netter Kerl war. Jetzt bemerkte ich, dass hinter seiner Verrücktheit Methode steckte – er hatte »goldene Handschellen« geschaffen, um seine besten Mitarbeiter zu halten. Mein Vater wusste, was er tat.

»Also«, fuhr Wayne fort, »ich bleibe hier noch ein Weilchen, aber wir haben für jede Schicht einen stellvertretenden Manager. Der für die Tagesschicht hat übrigens gerade gekündigt.«

»Suchen Sie für diese Stelle auch schon jemanden?«, fragte ich.

»Eigentlich ja. Normalerweise werden Führungspositionen bei Crisp's intern besetzt, aber es gibt Ausnahmen. In diesem Fall ist es eine klare Möglichkeit, weil meine ranghöchste Mitarbeiterin nicht das Zeug zum Manager zu haben scheint.« Er musterte mich einen Moment lang und meinte dann: »Sie wissen wirklich, wie man hier alles leitet? Sie nehmen mich nicht nur auf den Arm?«

»Wenn ich das täte, würden Sie das in rund zwei Minuten feststellen können.«

Er sah mich immer noch so an, als wäre er nicht überzeugt. Ich drehte mich in meinem Stuhl herum, sah aus dem Büro in den Copyshop und zeigte auf das nächste Gerät. »Das ist eine Xerox 4110, ein Schwarz-Weiß-Kopierer mit einer Druckkapazität von hundert beidseitig bedruckten Seiten pro Minute. Es ist eine tolle

Maschine und das Arbeitstier der Branche. Sie haben zwei davon. Ihre zweite ist mit einem Finisher ausgestattet, der von hier aus so wirkt, als sei er zudem mit dem neuen Booklet Maker ausgerüstet. Ich vermute, Sie arbeiten mit dem Standardwartungsvertrag von Xerox.«

Er sah mich an und grinste. »Okay, Sie wissen, wovon Sie reden.«

»Hab ich die Stelle?«

Er lächelte über meine Direktheit. »Ich sehen keinen Grund, warum ich Sie nicht einstellen sollte. Man erlebt es nicht alle Tage, dass ein Copyshop-Wunderkind durch die Tür hereinspaziert kommt.«

Ich grinste. »Allerdings.«

»Also, füllen Sie bitte einen Bewerbungsbogen aus, und dann planen wir die Sache. Wann können Sie anfangen?«

»Wann wollen Sie, dass ich anfange?«

»Je eher, desto besser.«

»Ich könnte morgen früh anfangen.«

Wayne wirkte erfreut. »Perfekt. Dann zeige ich Ihnen jetzt noch alles.«

Wir standen beide auf, und ich ging hinter ihm aus dem Büro. Wayne zeigte auf einen jungen, dunkelhäutigen Mann im hinteren Teil des Copyshops in der Nähe der Heftvorrichtungen. Er war groß, um die eins neunzig, und wirkte indisch. »Das ist Suman«, erklärte Wayne. Er winkte ihm zu, und Suman blickte auf. »Hallo Suman«, rief Wayne, »kommen Sie mal kurz her.«

Der junge Mann warf einen prüfenden Blick auf seine Maschine, dann ließ er sie weiterlaufen und entfernte sich von ihr. »Was ist los, Chef?«

»Das ist Luke. Ich habe ihn gerade eingestellt.«

Ich streckte die Hand aus. »Freut mich, Sie kennenzulernen, Sue …« Ich zögerte mit der Aussprache des Namens.

»Nicht Sue«, korrigierte er mich. »Suman. Es ist bengalisch. Schön, Sie kennenzulernen.«

»Suman ist mein stellvertretender Manager für die Tagesschicht«, sagte Wayne. »Zumindest derzeit. Er hat die verrückte Vorstellung, dass er weggehen und Neurochirurg werden muss.«

»Im Dezember bin ich hier weg«, bestätigte Suman.

»Wo studieren Sie?«, fragte ich.

»Johns Hopkins in Maryland.«

»Hervorragende Universität«, bemerkte ich.

»Ob Sie's glauben oder nicht«, sagte Wayne zu ihm, »Luke hier weiß bereits einiges über unser Geschäft. Also weisen Sie ihn ein.«

»In Ordnung«, meinte Suman. »Kommen Sie, ich zeige Ihnen die Arbeit.«

Mir einen Copyshop von Crisp's zeigen zu wollen glich dem Versuch, den Papst durch den Vatikan zu führen. Ich erinnerte mich, wie ich im Konferenzraum meines Vaters gesessen und mit einer Zaubertafel gespielt hatte, während der Bauplan für die Copyshops entstand. Sämtliche Copyshops meines Vaters entsprachen diesem Grundriss. Ich hätte ihn mit geschlossenen Augen aufzeichnen können.

Wir gingen in die nordöstliche Ecke des Shops zurück. »Die Toiletten sind da hinten, in der Nähe unseres Pausenraums. Hier stehen unsere digitalen Farbdrucker und die Drucker für Großformate, wo wir Farbkopien, übergroße Drucke und Banner herstellen.« Der junge Mann, der mich beim Betreten des Shops begrüßt hatte, stand neben einer der Maschinen und druckte gerade ein großes Banner. Er sah hoch, als wir uns ihm näherten.

»Das ist Colby«, stellte Suman ihn vor.

Ich winkte. »Hallo.«

»Ebenfalls hallo«, erwiderte Colby.

»Dies ist Luke«, erklärte Suman. »Wayne hat ihn gerade eingestellt.«

»Das ging schnell«, meinte Colby. »Wayne kann man nichts vormachen.«

»Wayne, Suman und Colby«, wiederholte ich.

»Und es gibt noch jemanden in der Tagesschicht. Rachael.« Suman ging weiter. »Hier drüben ist der Bereich, in dem wir zuschneiden und binden. Und hier sind unsere Schwarz-Weiß-Kopierer. Wir lassen Sie mit den einfacheren Schwarz-Weiß-Kopierern anfangen. Wenn ich dann der Meinung bin, dass Sie's können, zeige ich Ihnen, wie man die Farbkopierer bedient. Irgendwelche Fragen bisher?«

Ich konnte der Versuchung nicht widerstehen. »Eine.«

»Schießen Sie los.«

»Ich habe bemerkt, dass Sie noch immer die Xerox DocuColor 250 verwenden, und ich frage mich, warum Sie noch nicht auf die 700 hochgerüstet haben. Die 700 hat fast die doppelte Kopiergeschwindigkeit, verschiedene Lochungs- und Heftungsvarianten und verfügt bis zu einer Blattstärke von 300 g/m^2 über einen automatischen Duplexdruck. Diese 250er sind Dinosaurier.«

Suman wirkte überrascht oder beeindruckt, was genau, konnte ich nicht sagen. »Im Januar bekommen wir eine 700.«

»Gut. Sie werden begeistert sein. Der Duplexdruck haut einen um. Die 700 kann Deckblätter bis 300 g/m^2 verarbeiten, ohne zu blockieren. Und der …«

»Schon gut«, schnitt mir Suman das Wort ab. »Sie verstehen tatsächlich was davon.« Er ging weiter. »Hier sind die Kassen. Ich vermute, Sie wissen auch, wie man die bedient?«

»Ja.«

An der vorderen Kasse saß eine junge Frau mit mittelblonden Haaren. Sie war schätzungsweise Mitte bis Ende zwanzig, nicht zu dünn und von natürlicher Schönheit. Sie trug nur wenig Make-up, nicht genug, um die Ringe unter ihren Augen zu überdecken. Ich fand, sie sah ein wenig erschöpft aus.

»Das ist Rachael«, sagte Suman. »He, Rachael.«

Sie drehte sich um.

»Dies ist Luke. Er ist der Neue.«

»Hallo«, sagte ich.

»Nett, Sie kennenzulernen«, erwiderte sie steif, dann wandte sie sich wieder ihrer Arbeit zu.

»Ich freue mich auch, Sie kennenzulernen«, sagte ich und sah zu Suman hinüber.

Der zuckte mit den Schultern, und wir gingen zum Kopierbereich zurück. »Sie ist in Ordnung, arbeitet hart, aber sie ist verschlossen wie eine Auster. Ich kenne sie seit drei Jahren, und ich weiß noch immer nichts aus ihrem Leben. Wann fangen Sie an?«

»Morgen früh.«

»Toll. Willkommen bei Crisp's.«

Vierunddreißigstes Kapitel

»Verlierer haben immer die Uhr im Blick, Gewinner ihre Arbeit«, pflegte mein Vater zu mir zu sagen.

Aus dem Tagebuch von Luke Crisp

Die Werbung, die ich für das Golden Age gestaltet hatte, war gleich am Sonntag in der *Las Vegas Sun* erschienen. Als ich meinen ersten Tag bei Crisp's beendete und zum Pflegezentrum zurückkehrte, hatte Carlos bereits achtundzwanzig Telefonanrufe erhalten. Er war aufgeregt wie ein Kind zu Weihnachten. Als ich hereinkam, umarmte er mich, was ungut war, da meine Rippen noch immer schmerzten.

»Das war super, Kumpel«, sagte er. »Du hast es geschafft. Wir sind ausverkauft.«

»Bedeutet das, dass ich mein Zimmer verliere?«, fragte ich.

»Ja und nein. Ich habe mit dem Besitzer des Zentrums gesprochen, Mr Shantz. Er ist damit einverstanden, dich in den Desert Spring Apartments einen Block entfernt von hier unterzubringen, wenn du uns weiter beim Marketing hilfst.«

Ich nickte. »Kein Problem. Aber ich muss mit dir über meine Stelle sprechen. Ich habe gerade einen anderen Job angenommen.«

Die Freude wich aus seinem Gesicht. »Du verlässt uns schon?«

»Nein. Ich meine, hoffentlich nicht. Ich muss nur die Arbeitszeiten ein wenig anpassen. Es ist mir gelungen, eine Stelle bei

Crisp's zu bekommen, wo ich bis vier arbeite, sodass ich noch immer rechtzeitig wieder hier sein und Sylvia beim Essen helfen könnte – und ich kann alles an Marketing machen, was du brauchst.«

Er sah mich mit einer gewissen Erleichterung an. »Das wird gehen. Um wie viel Uhr beginnst du morgens mit der Arbeit?«

»Um acht.«

»Wie viel ist das insgesamt? Vierzehn, fünfzehn Stunden pro Tag?«

»So in etwa«, bestätigte ich.

»Das ist ein hartes Pensum, Amigo. Bist du sicher, dass du das schaffst?«

»Ich hatte den Großteil meines Lebens solch ein Pensum.«

»Und wann findest du Zeit zum Leben?«

Ich wandte mich zum Gehen. »Mach dir keine Sorgen um mich, mein Freund. Ich habe so viel gelebt, dass es ein Leben lang reicht.«

* * *

Von klein auf hatte mir mein Vater den Wert harter Arbeit vermittelt. Zwei Vollzeitjobs waren keine Kleinigkeit, aber sie würden mich auch nicht zerbrechen. Ja, es war sogar ein wenig erfrischend, die Person, die ich einmal gewesen war, wiederzuentdecken. Die Arbeit lenkte mich auch von meinen Schmerzen ab. Und ich litt unter mancherlei Schmerzen und hatte zahlreiche Gründe zur Trauer. Ich trauerte um den Verlust meines früheren Lebens und die Chancen, die ich für so selbstverständlich gehalten hatte. Ich trauerte Candace nach und fragte mich, ob ich je wieder jemanden finden würde, den ich lieben konnte.

Am meisten aber trauerte ich meinem Vater nach. Wie hatte ich ihn nur derart verletzen können? Er fehlte mir. Mir fehlte das gemeinsame Arbeiten und Planen und die Art, wie wir wortlos miteinander kommuniziert hatten. Ich machte mir Sorgen, dass er möglicherweise weitere Probleme mit seinem Herzen hatte. Er konnte sterben, ohne dass ich davon erfuhr. Das Wissen, dass ich ihm so viel Leid bereitet hatte, zerfraß meine Seele. Es ist eine Sache, achtlos mit Geld umzugehen, aber es ist eine weit schlimmere Sache, mit dem Herzen eines anderen achtlos umzugehen – vor allem, wenn dieser andere dich geliebt hat.

So sehr ich es auch wollte, ich wusste, dass ich nie mehr zurück zu meinem Vater gehen konnte. Es war nicht der Stolz, der mich daran hinderte – davon war nicht mehr viel übrig geblieben. Ich konnte nie mehr zurückgehen, weil ich ihn nach all dem, was er für mich getan hatte, im Stich gelassen hatte. Ich hatte sein Vertrauen enttäuscht. Ich hatte ihn alleingelassen, als er mich am meisten brauchte. Ich konnte nicht zurückgehen, weil ich seine Liebe nicht verdient hatte.

Fünfunddreißigstes Kapitel

Jeder trägt eine geheime Last. Jeder. Manche Menschen können sie nur besser verbergen als andere.

Aus dem Tagebuch von Luke Crisp

Ich arbeitete, um mein Leben wieder aufzubauen. Ich besorgte mir ein neues Handy, einen neuen Führerschein, und ich eröffnete ein Sparkonto bei einer Bank, die einen Block südlich vom Copyshop lag. Ich konnte zwar nicht behaupten, dass ich mein altes Leben zurück hatte – das war für immer dahin –, aber mit meinem Leben ging es eindeutig aufwärts.

Es vermittelte mir ein gutes Gefühl, ein wenig zusätzliches Geld zu besitzen. Das gab mir Sicherheit. Ich lebte wieder genügsam – genau wie mein Vater und wie einst auch ich. Die meisten meiner Mahlzeiten aß ich im Golden Age. Ich nahm sogar übriggebliebenes Essen vom Zentrum zu Crisp's mit, um am nächsten Tag das Geld für das Mittagessen zu sparen. Ohne Kosten für Miete und mit nur geringen Ausgaben für Essen war ich in der Lage, den größten Teil meines Lohns beiseite zu legen.

Ich bekam sogar die Provision von Carlos, die er mir versprochen hatte. Meine Werbung hatte dreizehn neue Bewohner eingebracht, und so erhielt ich einen Provisionsscheck in Höhe von 6 500 Dollar. Ich kaufte mir ein Auto – einen alten Honda Civic, der Sylvias Schwester gehört hatte. »Sieht aus wie Schrott, läuft aber wie ein Kätzchen«, hatte Sylvia gemeint. Er hatte tausend Schrammen und eine Beule in der Beifahrertür, aber bei einem Preis von nur 700 Dollar konnte ich nichts falsch machen.

Während ich meine Finanzen wieder in Ordnung brachte, hatte ich eine Idee. Ich wusste, dass ich mein Geld von Sean nie zurückbekommen würde, aber ich hatte gelesen, dass man einige Spielverluste von der Steuer absetzen konnte. Und so fragte ich mich, ob ich etwas von den Steuern zurückbekommen konnte, die ich für meinen Treuhandfonds bezahlt hatte, oder ob sie sich zumindest mit meinen jetzigen Steuern verrechnen ließen. Ich schrieb Mike Semken eine SMS, in der ich ihn bat, das für mich zu prüfen, wobei ich mir nicht sicher war, ob er das tun würde, da ich streng genommen nicht mehr sein Kunde war. Aber ich war bereit, alles zu versuchen.

* * *

Carlos und Carmen luden mich zu sich zum Thanksgiving-Essen ein. Ihr Haus war im Pueblo-Stil erbaut und weiß verputzt und lag im Bezirk Silverado Ranch. Es war unmodern und bescheiden, hatte einen avocadogrünen Teppichboden und steckte voller Familienfotos und einer Menge Liebe. Carlos und Carmen hatten vier Kinder: Duane, Felicia, Barnard und Miguel, in dieser Reihenfolge. Die ältesten drei waren verheiratet und hatten Carlos und Carmen fünf Enkel beschert.

Ihr ältester Sohn Duane war zart und schmaler als seine beiden Brüder, obwohl er der Älteste war und Miguel noch auf die Highschool ging. Carlos hatte mir erzählt, dass bei Duane vor zwei Jahren eine Kardiomyopathie diagnostiziert worden war, die irgendwann eine Transplantation erforderlich machen würde, um ihn am Leben zu halten. Duane besaß eine Firma für Landschaftsbau und hatte zum Zeitpunkt der Diagnose keine Krankenversicherung. Mit einem derartigen Befund würde ihn nun keine Versicherung mehr aufnehmen, und angesichts der zu erwartenden Kosten von über einer Viertelmillion Dollar schien er bestenfalls geringe Aussichten zu haben, je behandelt zu werden. Er hatte sich an Medicaid gewandt, den Gesundheitsdienst für Bedürftige, aber die Mühlen der Bürokratie mahlten langsam. Duane hatte eine Frau, Tasha, und zwei Söhne, und Carlos fürchtete, dass Duane starb, bevor er die Genehmigung für eine Behandlung bekam.

Nach dem Essen half ich Carmen mit dem Geschirr und fragte sie nach Duanes Situation. Ihre Augen füllten sich mit Tränen. »Wir glauben an die Hilfe Gottes«, erwiderte sie und wischte sich mit dem Geschirrtuch über die Augen. »Das gibt uns Halt.«

Sechsunddreißigstes Kapitel

Zu meinen Kollegen bei Crisp's gehört eine Frau namens Rachael. Sie ist still, traurig und schön. Ich weiß nicht recht, warum, aber ich würde sie gern besser kennenlernen.

Aus dem Tagebuch von Luke Crisp

Der November verstrich und ging friedlich in den Dezember über. Bei Crisp's bereitete Suman seinen für die Woche vor Weihnachten geplanten Weggang vor. Ich war traurig, dass er ging. Er war ein guter Mann mit einem trockenen Humor. Er erledigte seine Tagesschicht zuverlässig und gewinnbringend und fand nebenbei trotzdem noch die Zeit, sie unterhaltsam zu gestalten, indem er vor allem Colby Streiche spielte. Ich glaube, sein genialster Streich bestand darin, Mentos-Kaubonbons in Eiswürfel einzufrieren und sie dann in Colbys Diätcola zu werfen, als dieser gerade nicht guckte. Es dauerte fast fünfzehn Minuten, bis Colbys Coke explodierte. Colby kam nie dahinter, was passiert war.

Wayne verbrachte viel Zeit mit mir, um über die Kunden und die Finanzen zu sprechen, wobei ich manchmal so tun musste, als würde ich die Zusammenhänge nicht verstehen. Es wurde für mich offensichtlich, dass er mich darauf vorbereitete, Sumans Position zu übernehmen. Von Suman erfuhr ich, dass Rachael die Dienstälteste war, aber obwohl sie zweifellos das mit der Position verbundene höhere Gehalt gebrauchen konnte, würde sie vermutlich bei der Vergabe der Stelle übergangen werden. Sie arbeitete hart, aber es schien ihr an Ehrgeiz zu mangeln, und zu viele ihrer Kunden hatten sich darüber beschwert, dass sie unfreundlich und distanziert war.

Ich verstand die Klagen. Rachael war mir ein Rätsel. Eigentlich war sie allen ein Rätsel, den Kunden von Crisp's ebenso wie den Mitarbeitern. Sie war stets schweigsam und schwermütig, als quälte sie ein geheimer Kummer. Sie war zurückhaltend wie Candace, aber das war auch schon alles, worin sie sich ähnelten. Während Candace von brutaler Ehrlichkeit war, schien Rachael alles zu verbergen und ihre Gefühle hinter einem dichten Schleier der Zurückgezogenheit zu verstecken. Während Candace sich hübsch anzog oder schminkte, um ihre Schönheit zu betonen, tat Rachael genau das Gegenteil. Sie war ohne eigenes Zutun schön und verhielt sich so, als betrachte sie ihre Attraktivität eher als Fluch denn als Segen, da sie täglich von Crisp's Kunden angebaggert wurde. Normalerweise ignorierte sie deren Annäherungsversuche einfach, aber manchmal teilte sich der Schleier, und ihr Zorn wurde sichtbar. Suman erzählte mir, dass der Shop auf diese Weise schon mehr als einen Kunden verloren hatte.

Je länger ich mit ihr zusammenarbeitete, desto faszinierender fand ich sie. Ich habe die Erfahrung gemacht, dass die Menschen mit der härtesten Schale oft den weichsten Kern haben, und ich spürte, dass sie hinter all ihrer Panzerung eine große Verletzlichkeit verbarg.

Ich hatte wirklich keinerlei Ahnung, was sie von mir hielt. Unsere Arbeitsbeziehung war höflich, aber steif wie ein gestärkter Kragen. Einmal erwischte ich sie dabei, wie sie zu mir herübersah. Ich wusste, dass sie mich schon seit einer ganzen Weile angesehen hatte, aber als ich mich zu ihr umdrehte, wandte sie sich rasch von mir ab. Ich wurde einfach nicht klug aus ihr.

Eines Nachmittags beschloss ich, während meiner Pause zum In-N-Out Burger zu gehen, um mir dort einen Milchshake zu holen. Auf dem Weg nach draußen kam ich an Rachael vorbei. »Ich bin ein paar Minuten weg«, erklärte ich. »Ich hole mir einen Shake.«

»Gut«, sagte sie.

»Willst du mitkommen? Es ist ruhig. Colby kann auf den vorderen Bereich mit aufpassen.«

Sie sah mich einen Moment lang an und meinte dann: »Nein, danke.«

»Wir sind nur ein paar Minuten lang fort.«

»Nein, danke«, wiederholte sie.

Da dies die längste nicht auf die Arbeit bezogene Unterhaltung war, die ich bisher mit ihr geführt hatte, beschloss ich, mich weiter in das unbekannte Gebiet vorzuwagen. »Liegt es daran, dass du keine Shakes magst, oder magst du mich nicht? Denn wenn es um die Shakes geht, kannst du dir etwas anderes bestellen.«

»Ich pflege keine Kontakte zu Kollegen«, erwiderte sie knapp.

»Ich pflege den ganzen Tag Kontakte zu dir«, entgegnete ich.

»Du weißt, was ich meine.«

Ich sah sie kurz an und fragte sie dann: »Nur damit ich es richtig verstehe: Wenn ich kündigen würde, würdest du dann einen Shake mit mir trinken?«

»Nur wegen mir würdest du das nicht tun wollen«, meinte sie, drehte sich um und ging weg.

Siebenunddreißigstes Kapitel

Ich bin einsam. Ich bin einsam. Ich bin einsam. Ich bin einsam. Ich bin einsam.

Wie passend, dass ich dies an niemanden schreibe.

Aus dem Tagebuch von Luke Crisp

Meine beiden Jobs waren für mich zur Routine geworden. Ich stand um sechs Uhr morgens auf, machte Sport, aß eine Scheibe Toast, duschte, zog mich an und ging zu Crisp's. Samstagmorgens schlief ich bis neun oder zehn und machte dann Besorgungen oder las. Merkwürdigerweise waren meine Wochenenden zurzeit meiner Obdachlosigkeit nicht völlig anders gewesen. Jetzt waren sie erheblich bequemer, aber genauso einsam. Mein Vater und ich waren jeden Samstag zum Golfspielen gegangen. Ich wünschte, ihn jetzt bei mir zu haben, um mit ihm Golf spielen zu können.

Eines Samstagabends, ich erledigte gerade meine Einkäufe im Food King, sah ich Rachael im Gang mit den Frühstückswaren. Ein vielleicht sechs- oder siebenjähriger Junge hing heulend an dem Einkaufswagen neben ihr.

»Warum können wir nicht Cap'n Crunch kaufen?«

»Weil die Flocken in der Tüte billiger sind«, erklärte Rachael. »Sie sind ganz genauso.«

»Nein, sind sie nicht. Und bei denen ist auch kein Spielzeug drin.«

»Das Spielzeug ist dumm. Es landet doch sowieso im Müll.«

»Nein, tut es nicht. Ich spiele damit.«

»Ich habe Nein gesagt.«

Ich ging den Gang hoch. »Hallo.«

Es war nicht zu erkennen, ob sie eher überrascht oder eher peinlich berührt war, mich zu sehen. Sie trug eine Baseballmütze und eine Jogginghose.

»Kaufst du immer hier ein?«, fragte ich.

»Meistens.«

Der kleine Junge mustere mich aufmerksam.

»Wer ist dieser gutaussehende junge Mann?«, fragte ich.

»Mein Sohn«, antwortete sie und stellte sich vor den Einkaufswagen, als wolle sie ihn vor mir abschirmen.

»Ich bin Luke«, sagte ich und streckte dem Jungen an ihr vorbei die Hand entgegen. »Ich bin ein Arbeitskollege deiner Mutter.«

Er ergriff meine Hand und schüttelte sie. »Ich bin Chris.«

»Schön, dich kennenzulernen, Chris.« Ich sah zu Rachael hoch. »Habt ihr schon zu Abend gegessen?«

»Wir kaufen gerade für das Abendessen ein.«

»Ich kann dir die Mühe ersparen. Gehen wir doch nach nebenan ins Italian Village und bestellen uns eine Pizza. Ich lad euch ein.«

»Ja!«, rief Chris. »Ich will eine Pizza. Können wir eine Pizza essen, Mom?«

»Nein«, entgegnete Rachael. »Wir müssen nach Hause.«

Das Gesicht des Jungen verspannte sich. »Wieso? Er hat uns eingeladen. Das bedeutet, dass es für uns umsonst ist.«

»Nichts ist umsonst«, widersprach sie und warf mir einen unwilligen Blick zu, bevor sie wieder ihren Sohn ansah. »Ich habe Nein gesagt.«

»Bitte, Mom, bitte. Wir haben schon so lange keine Pizza mehr gegessen.«

»Chris, du bist sieben Jahre alt, aber du benimmst dich wie ein Fünfjähriger.«

Ich hatte ein schlechtes Gefühl angesichts der Situation, die ich geschaffen hatte, aber ich war auch ein wenig verärgert über die Art, wie sie damit umging. »Ach, nun komm«, sagte ich. »Was soll denn schon passieren?«

»Bitte, Mom«, drängelte der Junge, »bitte.«

Kapitulierend stöhnte sie auf. »Okay, okay, okay. Wir essen Pizza. Aber hör auf mit deinem Gequengel.« Sie sah mich mit kaum verborgenem Ärger an. »Ich muss erst noch fertig einkaufen«, sagte sie.

»Ich warte am Ausgang auf euch«, sagte ich, kaufte rasch das Wichtigste ein und wartete anschließend an der Frontseite des Ladens auf Rachael. Sie hatte ihren Einkauf zehn Minuten später erledigt. Ihre Abrechnung an der Kasse dauerte lange, weil sie Gutscheine einlöste, Preise überprüfte und sogar etwas zurückgab. Während der Prozedur sah ihr Sohn ständig zu mir herüber. Als sie endlich fertig war, schob sie ihren Einkaufswagen zu mir herüber. Als ich ihren Gesichtsausdruck sah, befürchtete ich schon, dass sie es sich anders überlegt hatte.

»Ich muss meine Sachen noch ins Auto bringen«, erklärte sie.

Ich folgte ihr zu ihrem Auto, einem älteren Jeep Wrangler mit Vinyldach. Sie stellte ihre Einkäufe in den hinteren Teil des Wagens, dann gingen wir drei zu der Pizzeria. Chris wirkte glücklich wie ein Junge, der ins Disneyland geht.

Das Restaurant war voll, und es dauerte fünfzehn Minuten, bevor uns eine Tischanweiserin in einer Nische in der Ecke des Restaurants Platz nehmen ließ. Rachael war mürrisch wie immer, wohingegen ihr Sohn aufgeregt plapperte.

»Was willst du essen?«, fragte ich.

»Pizza«, sagte Chris. »Mit Pepperoni.«

Ich sah Rachael an. »Und du?«

»Ich werde einfach ein wenig von dem essen, was Chris bekommt.«

»Also Pizza Pepperoni.« Ich wandte mich ihrem Sohn zu. »In welche Klasse gehst du, Chris?«

»In die zweite. Meine Lehrerin heißt Covey. Sie ist blöd.«

»Chris!«, tadelte ihn Rachael. »Das sagt man nicht.«

»Sie ist wirklich gemein«, fuhr er fort. »Einmal hat mein Freund Brian versehentlich in die Hose gemacht, und sie hat ihn gezwungen, bis zur Pause darin sitzen zu bleiben.«

Ich sah Rachael an, die den Kopf schüttelte.

»Ich stimme Chris zu«, meinte ich. »Covey ist blöd.«

»Ja«, sagte Chris. »Sie stinkt.«

»Chris«, ermahnte ihn Rachael, »es reicht.«

Ich verkniff mir ein Lächeln. Die Kellnerin brachte uns einen Krug Limonade, eine große Pizza Pepperoni sowie Käse-Knoblauch-Brot. Ein paar Minuten, nachdem wir angefangen hatten zu essen, fragte ich Rachael: »Wohnst du schon dein ganzes Leben lang in Las Vegas?«

»Wir sind vor ungefähr acht Jahren hier hergezogen.«

»Wo hast du vorher gewohnt?«

»In St. George, Utah.«

»Was hat dich nach Vegas verschlagen?«

»Mein Mann«, erwiderte sie. Sie drehte sich zu ihrem Sohn hin. »Iss nicht so große Bissen.«

Er sah mich an und lächelte.

Während des restlichen Essens sagte Rachael kaum noch etwas, und sie drängte zum Aufbruch, bevor Chris oder ich mit dem Essen fertig waren. »Wir müssen los«, erklärte sie. »Wir haben Milch im Auto.«

»Lass mich eine Schachtel für die Pizza holen.«

»Nein, wir brauchen nicht ...«

»Es macht doch keinen Sinn, sie wegzuwerfen«, widersprach ich. »Chris kann sie zum Frühstück essen.«

»Du isst Pizza zum Frühstück?«, fragte Chris.

»Frühstückspizza ist die beste«, sagte ich.

»Cool.«

Ich bezahlte die Rechnung am Tresen, kam mit einer Mitnahmeschachtel an den Tisch, packte die übriggebliebene Pizza hinein und gab sie Chris.

»Danke, Mr Luke.«

»Gern geschehen, Chris. Bis später.«

»Schatz«, sagte Rachael zu ihm, »bitte geh schon mal vor und warte da drüben an der Tür auf mich. Ich muss Mr Luke noch etwas sagen.«

»Ist gut, Mom.«

Sobald er sich von uns entfernt hatte, fuhr Rachael zu mir herum. Ihr Ärger war zurückgekehrt. »Mach das bloß nicht noch mal. Hast du mich verstanden?«

Ich verschränkte die Arme. »Was denn?«

»Mein Kind benutzen, um an mich ranzukommen.«

»Du glaubst, das ich das beabsichtige?«

»Natürlich, was denn sonst.«

Ich schüttelte den Kopf. »Vielleicht dachte ich einfach, dass es nett wäre, jemanden kennenzulernen, mit dem ich den Tag verbringen muss. Vielleicht dachte ich, dass wir Freunde werden könnten. Offensichtlich habe ich mich geirrt.« Ich sah ihr in die Augen. »Es gibt Wildschweine, die einen besseren Charakter haben.«

Sie wirkte geschockt. Als sie sich wieder gefangen hatte, sagte sie: »Halte dich einfach fern von mir.« Dann drehte sie sich um und ging weg.

»Wir arbeiten zusammen«, rief ich hinter ihr her. »Viel Glück damit.«

Sie nahm Chris die Pizza weg und ging nach draußen zu ihrem Auto, ohne sich noch einmal umzusehen.

Achtunddreißigstes Kapitel

Als würde sie mich nicht schon genug hassen, wurde ich jetzt auch noch an Rachaels Stelle befördert. Ich glaube nicht, dass sie mir mit einem Blumenstrauß in der Hand dazu gratulieren wird.

Aus dem Tagebuch von Luke Crisp

Der nächste Montag bei Crisp's war unbehaglich. Rachael war sogar noch missmutiger als sonst, was wirklich etwas heißen wollte. Die Spannung ließ sich mit Händen greifen. Unmittelbar vor der Mittagspause rief mich Wayne in sein Büro. Ich vermutete, dass er wissen wollte, was zwischen Rachael und mir los war. Als ich hereinkam, saß Suman in einem Stuhl vor Waynes Schreibtisch.

»Was gibt's, Jungs?«, fragte ich.

Wayne lächelte. »Glückwunsch. Du bist unser neuer Tagesschichtmanager.«

Suman streckte mir die Hand entgegen. »Glückwunsch, Mann. Du wirst einen tollen Job machen.«

Seltsamerweise galt mein erster Gedanke nicht der Tatsache, dass ich die Stelle bekommen hatte, sondern dem Umstand, dass Rachael übergangen worden war. Einen Moment lang sah ich zwischen den beiden hin und her. »Danke. Ich habe nicht damit gerechnet.«

»Natürlich hast du das«, meinte Wayne grinsend. »Du übernimmst die Stelle an dem Tag, an dem Suman geht. Das ist ...«

»Ich hab's ihm an die zwanzig Mal gesagt«, schaltete sich Suman ein. »Dies ist das zweiundzwanzigste Mal.«

Wayne nickte. »Das zweiundzwanzigste Mal. Also, Suman bringt dir alles bei, was du bis dahin noch wissen musst.«

»Er weiß bereits alles«, sagte Suman. »Nicht wahr?« Als ich nichts darauf erwiderte, stieß er mich an. »Ist es nicht so?«

»Stimmt«, sagte ich unkonzentriert, weil ich darüber nachdachte, wie Rachael wohl auf die Nachricht reagieren würde. »Wann erzählst du es den anderen?«

»Ich hab es ihnen bereits gesagt«, antwortete Wayne. »Colby hat es heute Morgen herausgefunden, aber Rachael habe ich am Wochenende angerufen und es ihr gesagt. Ich wollte ihr etwas Zeit geben, damit klarzukommen.«

Ich fragte mich, ob das vor oder nach unserem Pizzaessen geschehen war, und konnte nur darüber spekulieren, was Rachael jetzt über mich dachte. »Wie hat sie es aufgenommen?«, fragte ich.

»Ehrlich gesagt, schien sie nicht besonders glücklich darüber zu sein. Aber sie war auch nicht überrascht. Sie wird schon darüber hinwegkommen.« Er schlug mir auf den Rücken. »Also lass uns jetzt zur Feier des Tages gemeinsam essen gehen. Ich zahle. Magst du Sushi?«

»Ich liebe Sushi«, sagte ich.

Wir drei standen auf und verließen Waynes Büro. Als wir gingen, sagte Suman zu Rachael: »Wir gehen zum Essen. Du passt hier auf, Rachael.«

»Okay«, sagte sie leise. Sie warf mir einen Blick zu und wandte sich ab.

* * *

Den restlichen Tag sprach Rachael kein Wort mehr mit mir. Schließlich, etwa eine Stunde vor Arbeitsschluss, sah ich, dass sie in den hinteren Raum ging, um Papier zu holen. Ich folgte ihr und lehnte die Tür hinter mir an.

»Rachael.«

»Was ist?«, fauchte sie, ohne mich anzusehen.

»Hör mal, es tut mir leid, was ich vorgestern zu dir gesagt habe ... Das mit dem Wildschwein. Das war gemein. Können wir das nicht einfach vergessen und nach vorn schauen?«

Sie drehte sich um. »Du hast leicht reden«, erwiderte sie. »Chris hat gestern den ganzen Tag ununterbrochen von dir geredet. Eine solche *Komplikation* kann er in seinem Leben nicht gebrauchen.«

»Komplikation?«

»Ja, Komplikation.«

»Wenn er den ganzen Tag von mir geredet hat, hat er vielleicht genau das gebraucht.«

»Du hast keine Ahnung, was mein Sohn braucht.«

»Da hast du recht. Ich habe keine Ahnung. Es ist wirklich schlimm, dass er so viel Spaß hatte und dann den ganzen Tag von nichts anderem mehr reden wollte. Was für eine schreckliche Sache.«

Sie kniff die Augen zusammen. »Hältst du das für einen Witz?«

»Nein. Aber die Art, wie du damit umgehst, halte ich für einen Witz. Glaubst du, dass du der einzige Mensch mit Problemen bist? Glaubst du, dass du die Einzige bist, die je *betrogen* wurde?«

Sie empörte sich über das Wort. »Ich habe nichts darüber gesagt, dass ich betrogen worden bin.«

»Das brauchst du auch nicht. Warum sonst solltest du wohl einen so dicken Panzer tragen?«

Sie stand da und starrte mich sprachlos an. Schließlich meinte sie: »Ich habe dir nichts zu sagen. Und jetzt lass mich bitte raus.«

Ich trat zur Seite. »Gewiss.«

»Oh, und Glückwunsch zu deiner Beförderung.« Sie drängte sich an mir vorbei und ging wieder nach draußen zur vorderen Theke.

Ich folgte ihr. »Geht es vielleicht darum?«

»Nein. Ich konnte dich schon nicht leiden, bevor du mir die Stelle gestohlen hast.«

»Gestohlen? Du bist selbst schuld, dass du sie nicht bekommen hast.«

»Was soll das denn heißen?«

»Das heißt, dass du die Stelle nicht verdient hast. Weißt du, was? Du sorgst dafür, dass sich die Leute mies fühlen. Was auch immer die Welt dir angetan haben mag, du gibst es ihr zweifellos mit vollen Händen zurück.«

»So viel könnte ich nie zurückgeben.« Ihre Augen füllten sich mit Tränen, und zum ersten Mal sah ich, wie tief sie verletzt worden war. Ich bereute, was ich gesagt hatte. Sie blickte nach unten und bedeckte die Augen mit ihrer Hand. »Bitte, lass mich einfach in Ruhe.«

Ich starrte sie an und hätte am liebsten etwas gesagt, mich entschuldigt, aber ich wusste, dass sie das nicht wollte. Also entfernte ich mich von ihr. Während unserer restlichen Schicht sah sie nicht mehr zu mir hin, und bei Schichtende verschwand sie eilig.

Neununddreißigstes Kapitel

Manchmal lässt nicht Stärke, sondern Sanftheit die härtesten Panzer zerbrechen.

Aus dem Tagebuch von Luke Crisp

Meine Arbeit im Golden Age veränderte sich ebenfalls. Wir hatten im November mehrere Bewohner verloren, und ich half Carlos, die leeren Betten schnell wieder zu belegen. Die Einrichtung hatte zum ersten Mal eine Warteliste für Interessenten. Carlos spürte wohl, dass ich nicht in der Lage sein würde, beide Tätigkeiten auf Dauer auszuüben, und so veränderte er unser Arbeitsverhältnis, um mich nicht zu verlieren. Am Tag nach meiner Beförderung bei Crisp's führte er mich in sein Büro.

»Was gibt's?«

»Wie findest du es, die Bewohner mit Essen zu versorgen?«

Ich zuckte mit den Schultern. »Es ist nicht unbedingt die Laufbahn, die ich mir erträumt habe, aber bei dem Gehalt, das du mir bezahlst, ist es schwer, es aufzugeben.«

Er lächelte. »Nun, ich habe ein besseres Angebot für dich. Ich bezahle dir dasselbe monatliche Gehalt, das du jetzt bekommst, wenn du zwei Nachmittage die Woche als mein Marketingleiter fungierst. Du brauchst Sylvia nur noch bis zum 23. zu helfen. Danach fangen hier ein paar neue Leute an.«

»Ich bekomme auch weiterhin was zu essen?«

»Mahlzeiten, eine Wohnung, Wäsche, alles. Verdammt, wenn du willst, kannst du auch weiter die Kittel tragen.«

»Du verhandelst hammerhart, mein Freund, aber ich bin einverstanden.«

* * *

Der 23. Dezember war Sumans letzter Tag bei Crisp's. Gegen Mittag veranstalteten wir eine kleine Abschiedsparty, um sein neues Abenteuer zu feiern. Wayne hatte Eis und eine gefüllte Schokoladentorte in einem Lebensmittelgeschäft weiter unten in der Straße gekauft. Er hatte die Torte in dem Geschäft nicht überprüft, daher bemerkte er erst, als er die Tortenschachtel bei Crisp's öffnete, dass sie Sumans Namen falsch geschrieben hatten. Auf der Torte stand:

Bon Voyage, Shoe Man

Wayne war ziemlich bestürzt über den Fehler und entschuldigte sich überschwänglich. Suman aber fand es urkomisch. Er machte mit seinem Handy ein Foto von der Torte und bestand darauf, das Stück mit seinem falsch geschriebenen Namen zu bekommen. Er nahm es, stieg auf einen Stuhl und tat sein Bestes, John Lennon zu kopieren: »I am the shoe man, I am the shoe man, I am the loafer, goo, goo, g'joob.«

Rachael nahm nicht an der Feier teil. Statt sich mit anderen abzuwechseln, wie wir das normalerweise bei internen Veranstaltungen taten, hatte sie freiwillig angeboten, die ganze Zeit draußen an der vorderen Theke zu bleiben. Mir gefiel nicht, dass sie sich selbst ausgeschlossen hatte, und so ging ich immer wieder zu ihr raus. Ich brachte ihr auch ein Stück Torte, das sie jedoch mit der Ausrede »Ich mache gerade Diät« ablehnte.

Wayne bemerkte meine Anteilnahme und nahm mich beiseite.

»Schau mal, Luke, du bist die richtige Person für diese Stelle. Rachael hat alle Chancen auf eine Beförderung gehabt, und sie hat's verpatzt. Ich hab sie sogar abgemahnt und ihr gesagt, dass wir uns, wenn sie ihre Haltung nicht ändert, möglicherweise von ihr trennen müssen.«

Dadurch fühlte ich mich nicht gerade besser.

Unsere Feier fand ein Ende, als wir hörten, wie ein wütender Kunde vorne im Shop herumbrüllte.

»Das ist jetzt deine Aufgabe, Manager«, sagte Suman zu mir.

»Danke, *shoe man*«, erwiderte ich und schob mir einen letzten Bissen Torte in den Mund. Dann warf ich meinen Pappteller in den Müll und ging raus und nach vorn, um nachzusehen, was los war.

Am vorderen Tresen stand ein korpulenter Mann in dunklem Business-Anzug und schrie Rachael an. Er war puterrot im Gesicht und sah aus, als würde ihm gleich eine Ader platzen. Ich ging zum Tresen.

»Verzeihen Sie, Sir. Darf ich Ihnen helfen?«

»Ich bezweifle, dass hier irgendwer kompetent genug ist, jemandem zu helfen«, erwiderte er und fuchtelte mit einem Finger vor Rachaels Gesicht herum. »Dies ist das letzte Mal, dass ich Sie einen Auftrag von mir bekommen, haben Sie verstanden? Das letzte Mal.«

»Sir«, sagte ich ruhig, »bitte erzählen Sie mir, wo das Problem liegt.«

Er drehte sich zu mir um und schwenkte ein Stück Papier durch die Luft. »Ich habe das hier gestern in Auftrag gegeben, damit es gedruckt wird. Ich habe diese Frau extra darum gebeten, einseitige Kopien anzufertigen. Stattdessen wurden beide Seiten bedruckt. Ich kann die nicht verwenden, und in einer Stunde fängt meine Konferenz im Tropicana an.«

»Lassen Sie mich mal sehen«, sagte ich und begutachtete die

Flyer. Dann warf ich einen Blick auf das Auftragsformular. Dort war ein beidseitiger Druck vermerkt. Rachael hatte das Auftragsformular falsch ausgefüllt.

Ich sah wieder hoch. »Ich kann Ihren Ärger verstehen. Sie haben absolut recht, es hätte einseitig bedruckt werden sollen. Aber nicht sie ist schuld daran, Sir, sondern ich. Ich bin neu hier, und ich habe den Auftrag falsch verstanden. Aber wichtiger als meine Inkompetenz ist, dass Sie die Handouts sofort brauchen. Ich werde den Auftrag, den ich gerade auf dem Kopierer habe, sofort rausnehmen und Ihren Auftrag für Sie in fünfzehn Minuten fertig haben. Haben Sie dann noch genug Zeit, um zum Tropicana zurückzukommen? Oder müssen Sie sofort zurück, sodass ich sie Ihnen persönlich liefern muss?«

Er beruhigte sich ein wenig. »Ich glaube, ich kann fünfzehn Minuten warten. Beeilen Sie sich einfach.«

»Natürlich. Fünfzehn Minuten. Ich sage Ihnen was.« Ich zog meine Brieftasche hervor. »Sie werden hier nicht rumstehen und warten wollen. Da drüben, auf der anderen Seite des Parkplatzes, ist ein In-N-Out Burger. Die haben den besten Erdbeershake, den Sie je gekostet haben. Ich ernähre mich praktisch davon.« Ich reichte ihm drei Dollar. »Gehen Sie und trinken Sie einen Shake auf meine Kosten. Wenn Sie dann zurückkommen, habe ich Ihren Auftrag erledigt, verpackt und startklar. Da der Betrag bereits von Ihrem Konto abgebucht wurde, werde ich Ihnen 50 Prozent des Preises für Ihre Unannehmlichkeiten zurücküberweisen. Sie müssen nur das Abholformular unterschreiben. Und nun holen Sie sich einen dieser Shakes.«

Er blickte auf meine Dollars, die ich ihm entgegenstreckte. »Sie brauchen mir nicht …«

»Bitte. Mir ist die ganze Sache peinlich. Sie würden mir damit wirklich einen Gefallen tun.«

Betreten nahm er das Geld. »Gut, ich bin ein wenig hungrig.

In fünfzehn Minuten bin ich zurück.« Dann fügte er noch hinzu: »Danke.«

»Bitte«, erwiderte ich, ging mit dem Auftrag nach hinten und legte ihn in den Kopierer.

Rachael folgte mir nach hinten. »Das war nicht dein Fehler.«

»Ich weiß.«

Sie blieb einen Moment lang stehen. Dann drehte sie sich um und ging wieder nach vorn.

Der Mann kam in weniger als fünfzehn Minuten zurück. Ich hatte die Handouts bereits gedruckt und verpackt und gab sie Rachael. Sie reichte sie ihm über den Tresen. »Bitte schön, Sir.«

Der Mann war ruhig, als er die Schachtel entgegennahm.

»Ich entschuldige mich noch einmal für meinen Fehler«, sagte ich. »Ich hoffe, ich habe Ihnen nicht zu große Unannehmlichkeiten bereitet.«

»Nein, ich habe noch genug Zeit. Alles im grünen Bereich. Danke.«

»Es war mir ein Vergnügen. Bis zum nächsten Mal.«

»Darauf können Sie wetten.« Er ging zum Ausgang, blieb jedoch noch einmal stehen. »Wie heißen Sie?«

»Luke.«

»Luke, wenn Sie je eine Stelle in der Kundenbetreuung suchen, dann stelle ich Sie ein.«

»Sie schmeicheln mir, Sir.«

»Sie sind gut«, rief er. »Übrigens war der Shake wirklich lecker.«

»Ein Göttertrank«, bestätigte ich.

Der Mann lachte beim Hinausgehen.

Nachdem er fort war, kam Wayne zu mir. »Worum ging es?«

»Um nichts weiter. Wir haben einen Auftrag von ihm durcheinandergebracht. Aber es ist erledigt.«

Er hob die Brauen. »*Wir?*«

Ich sah ihm in die Augen. »*Ich* habe es falsch verstanden.«

Er musterte mich misstrauisch. »Wirklich? Das wäre das erste Mal.«

»Jeder macht Fehler. Sogar ich.«

»Weißt du, wer das war?«

»Ein Kunde.«

»Das war Charles Cunningham von Omega – einer unserer wichtigsten Kunden.«

»Ich dachte, sie seien alle wichtig.«

Er grinste. »Du bist *wirklich* gut.«

* * *

Der restliche Nachmittag verlief ohne Zwischenfall. Rachael verließ die Arbeit vor mir und ohne ein Wort zu sagen. Als ich nach draußen zu meinem Auto ging, rief sie mir zu: »Luke.«

Ich drehte mich um. Sie lehnte an dem Gebäude.

»Was gibt's?«, fragte ich.

Sie kam zu mir und strich sich eine Haarsträhne aus dem Gesicht. »Warum hast du das getan? Warum hast du die Schuld auf dich genommen?«

»Das ist gut fürs Geschäft. Ich bin der Neue. Jeder erwartet, dass der Neue etwas vermurkst.«

»Aber das hast du nicht.«

Ich musterte sie einen Moment lang und meinte: »Du wirkst, als könntest du ein wenig Schonung gebrauchen. Jeder braucht ab und zu eine Pause. Es war keine große Sache.« Ich wandte mich von ihr ab, um zu gehen.

»Luke, es tut mir leid.«

Ich drehte mich wieder zu ihr um. »Mir auch.«

»Können wir zusammen einen Kaffee trinken?«

»Du schuldest mir nichts.«

»Das ist nicht der Grund.« Sie sah kurz zu Boden. Als sie wieder hoch sah, waren ihre Augen voller Tränen. »Ich könnte auch einen Freund gebrauchen.«

Zum ersten Mal, seit wir uns begegnet waren, sah sie verletzlich aus.

»Im Moment kann ich nirgends hingehen, ich habe noch eine andere Arbeit. Aber ich kann später heute Abend, wenn ich mit der Arbeit fertig bin.«

»Wann denn?«

»Gegen zehn.«

»Gut«, sagte sie und nickte leicht. »Ich gebe dir meine Nummer.«

»Die habe ich«, erwiderte ich.

Sie wirkte überrascht. »Wirklich?«

»Ich bin der Manager.«

»Natürlich. Bis dann. Danke.« Sie drehte sich um und ging langsam zu ihrem Auto.

Vierzigstes Kapitel

Das Buch eines anderen Lebens zu öffnen, erfordert große Umsicht; die Seiten müssen mit Behutsamkeit und Zurückhaltung umgeblättert werden. Meist lohnt sich die Anstrengung jedoch.

Aus dem Tagebuch von Luke Crisp

Ich beendete meine Arbeit. Dann rief ich Rachael an, und wir verabredeten uns in einem Coffeeshop in der Nähe ihrer Wohnung. Sie war bereits da, als ich eintraf. Ich bezahlte zwei Becher Kaffee und trug sie in eine leere Ecke weiter hinten in dem Lokal. Wir setzten uns an einen runden Tisch für zwei Personen. Rachael schien ein wenig ängstlich zu sein, darum begann ich das Gespräch mit ein paar einfachen Fragen.

»Wer passt denn heute Abend auf Chris auf?«

»Ich habe eine Nachbarin in unserem Wohnhaus, die auf ihn aufpasst, während ich arbeite. Sie hat einen Sohn in seinem Alter, darum funktioniert es.«

»Wie lange arbeitest du schon bei Crisp's?«

»Ungefähr drei Jahre. Ich habe da gleich angefangen, nachdem ...« Sie hielt inne. »Ungefähr drei Jahre.«

»Das ist ganz schön lange.«

»Nun, sie waren gut zu mir. Chris hat ein paar gesundheitliche Probleme, und ich kann nirgendwo sonst eine Krankenversicherung bekommen, die dafür aufkommt. Aber bei Crisp's gibt es einen vollständigen Versicherungsschutz.«

»Macht es dir etwas aus, wenn ich frage, was für Gesundheitsprobleme das sind?«

Sie zögerte. »Emotionale. Er geht jede Woche zu einem Therapeuten. Und er nimmt ein paar Medikamente gegen ADHS.«

Ich nickte teilnahmsvoll. »Er ist ein lieber Kerl.«

»Er ist ein gutes Kind«, meinte sie. »Kein Kind sollte das durchmachen müssen, was er durchgemacht hat.« Sie sah mich an. »Der Mann, dem Crisp's gehört, ist ein Familienmensch. Er sorgt für uns.«

»Er ist ein guter Mann«, bestätigte ich.

»Du sagst das, als würdest du ihn kennen.«

Nach kurzem Zögern erklärte ich: »Ich bin ihm einmal begegnet.«

»Ich würde ihm auch gern einmal begegnen«, meinte sie. »Ich möchte ihm danken.« Sie rührte ihren Kaffee um. »Ich habe eine Frage an dich. Wieso weißt du so viel über Copyshops?«

»Ich erzähle es dir, aber …«

»Dann musst du mich umbringen?«

Ich lachte. »Nein. Aber du musst mir versprechen, es niemandem zu verraten.«

»Das kann ich.«

»Ich war Regionalmanager für Crisp's. Ich habe zwölf Shops gemanagt.«

Sie sah mich überrascht an. »Weiß Wayne das?«

»Nein.«

»Warum erzählst du ihm das nicht?«

Ich überlegte, was ich ihr antworten konnte. »Ich habe meine Gründe.«

Sie wirkte beunruhigt. »Ist etwas passiert?«

»Das könnte man so sagen.« Ich trank einen Schluck von meinem Kaffee.

»Du wirst es mir nicht erzählen«, meinte sie.

»Lieber nicht.«

»Na gut.« Sie hob ihren Becher.

»Reden wir lieber über dich«, schlug ich vor.

»Was willst du wissen?«

»Wo ist der Vater von Chris?«

Ihr Gesichtsausdruck verfinsterte sich. Sie stellte ihren Becher ab.

»Tut mir leid«, lenkte ich ein. »Das war brüsk. Du musst es mir nicht sagen.«

Sie senkte lange Zeit den Blick, und ich wusste nicht, was sie dachte. Dann sagte sie: »Er hat sich das Leben genommen.« Ihre Augen begannen, sich mit Tränen zu füllen. Ich streckte meine Hand nach ihrer aus. Als sie wieder sprechen konnte, erzählte sie: »Mein Mann hat Immobilien verkauft. Wir sind nach Vegas gekommen, weil der Immobilienmarkt hier explodiert ist. Anfangs war es toll. Wir haben mehr Geld verdient, als ich mir je erträumt hatte. Wir kauften ein hübsches kleines Haus in Henderson, und Rex kaufte sich eine speziell angefertigten Chevy Corvette. Alles lief wirklich gut.« Sie wischte sich mit einer Serviette über die Augen. »Wir wollten eigentlich noch damit warten, ein Baby zu bekommen, bis wir besser etabliert waren, aber mit all dem Geld brauchte ich nicht zu arbeiten, und so wurde ich schwanger.

Kurz nach Chris' Geburt begann Rex, ständig bis spät in die Nacht zu arbeiten. Dann brachte er immer weniger Geld nach Hause. Es war nicht sehr viel weniger, aber doch genug, dass wir uns einschränken mussten. Er hat mir erzählt, der Markt wäre härter geworden, und er müsste mehr arbeiten, um unsere Ausgaben decken zu können.

Verschwiegen hat er mir dabei, dass er spielsüchtig geworden war. Er hatte mit einigen seiner Kunden zu spielen begonnen, und es geriet einfach außer Kontrolle. Er begann, all seine Mittagspausen in Kasinos zu verbringen. Das ging eine ganze Zeit so. Er veränderte sich. Ich hatte keine Ahnung, was los war. Zunächst dachte ich, dass er möglicherweise eine Affäre hatte. Wenn mir jemand gesagt hätte, was er wirklich trieb, hätte ich es nicht geglaubt. Als wir uns kennengelernt haben, waren Quartett und Patience die einzigen Kartenspiele, die er kannte. Ich glaube nicht, dass er je einen einarmigen Banditen ausprobiert hat.

Aber als er erst einmal Feuer gefangen hatte, änderte sich alles. Er hielt seine Termine nicht mehr ein und wurde schließlich von der Maklerfirma entlassen, für die er arbeitete. Als sich die Lage dann verschlimmerte, verschwanden einige Sachen aus unserem Haus. Eines Tages war bei uns eingebrochen worden, als ich nach Hause kam. Unsere Fernseher, Computer und unser Schmuck waren fort. Ich hätte Verdacht schöpfen müssen, denn der Einbrecher schien gewusst zu haben, wo alles war.

Einen Monat später verschwand mein Ehering. Ich dachte, es wären unsere Putzkräfte, aber ich konnte es nicht beweisen. Ich entließ sie; wir konnten sie uns ohnehin nicht mehr leisten. Aber auch als sie nicht mehr kamen, verschwanden weiterhin Dinge.

Eines Tages öffnete ich dann einen Brief mit einem Kontoauszug. Zunächst dachte ich, es handele sich um einen Irrtum. Wir hatten keine Discover Card. Das Kreditlimit von fünfundzwanzigtausend Dollar war ausgeschöpft, und die monatliche Zahlung stand noch aus. Ich rief das Unternehmen an, aber sie wollten nicht mit mir sprechen, weil ich nicht als Mitinhaberin des Kontos eingetragen war. Ich wartete, bis Rex nach Hause kam. Da gestand er mir, dass er spielte. Ich drängte ihn, mir zu sagen, wie hoch seine Schulden waren. Zunächst log er und behauptete, es wären nur die fünfundzwanzigtausend Dollar auf der Karte. Aber ich ging online und rief unser Rentenkonto und unsere Altersvorsorgekonten auf. Er hatte sie alle abgeräumt. Ich drehte durch und begann, ihn zu schlagen. Dann warf ich ihn aus dem Haus.«

»Ich verstehe«, sagte ich. »Ich kannte auch mal jemanden, der Probleme mit dem Spielen hatte. Es hat ihn fast das Leben gekostet.«

»Es ist ein bösartiges Übel«, nickte sie.

»Hat er sich da das Leben genommen?«

»Nein. Den Monat darauf rief er mich jeden Tag an und bat um eine zweite Chance. Chris vermisste ihn. Und um ehrlich zu sein, vermisste ich ihn auch. Schließlich sagte ich zu ihm, dass ich ihn wieder bei uns aufnehmen würde, wenn er versprach, nie mehr zu spielen, und sich professionelle Hilfe holte. Er war einverstanden. Er begann, zu einer Gruppe der Anonymen Spieler zu gehen, die sich in der Nähe traf.

Die Dinge kamen wieder ins Lot. Rex brachte mehr Geld nach Hause, und wir konnten etwas zurücklegen. Nach sechs Monaten leitete er sogar eine der AS-Gruppen in der Gegend.

Wir hatten unser Leben zurück. Zumindest für eine Weile. Dann bekam ich eines Tages Besuch von der Polizei von Vegas. Rex war aus dem siebten Stock eines Kasino-Parkhauses gesprungen.«

»Das tut mir leid.«

Sie stieß einen langen Seufzer aus. »Nachdem ich den Leichnam identifiziert hatte, ging ich nach Hause und begann, unsere Konten zu überprüfen. Insgesamt hatte Rex vierzehn Kreditkarten bis zum Limit ausgeschöpft, eine zweite Hypothek auf unser Haus aufgenommen und sein Ausgabenkonto bei der Arbeit überzogen. Ich kam auf über vierhunderttausend Dollar, die er verloren hatte. Ein paar Wochen später fand ich heraus, dass er zwei Jahre lang keine Steuern bezahlt hatte.

Natürlich zog mich die Steuerbehörde zur Verantwortung. Ich

war bankrott. Chris und ich verloren unser Haus und unser Auto. Ich verkaufte, was ich konnte, suchte mir eine Wohnung und eine Stelle.« Sie sah mich mit schmerzerfülltem Blick an. »Man glaubt, solche Sachen passieren nur irgendwelchen Leuten im Fernsehen, aber sie passieren wirklichen Menschen. Und sie geschehen die ganze Zeit. Man erfährt nur nichts davon. Mein Mann war der Vierte, der in jenem Monat von dem Parkhaus gesprungen ist.«

»Wie alt war Chris, als das passiert ist?«

»Er war vier.«

»Kein Wunder, dass er Probleme hat.«

»Ja, es überrascht mich nicht.« Nach einem Moment gestand sie: »Weißt du, ich habe dich gar nicht gehasst. Ich wollte dich besser kennenlernen. Aber der ängstliche Teil von mir hat dafür gesorgt, dass ich mich weiter eingeigelt habe. Ich wollte nicht wieder jemandem vertrauen.«

»Ich kann verstehen, warum du niemandem mehr vertrauen magst.«

»Vertrauen«, wiederholte sie, als hätte das Wort für sie einen bitteren Geschmack. Sie rührte ihren Kaffee um. »Weißt du, was ich daran am Schlimmsten fand? Noch schlimmer als die Tatsache, dass er all das Geld verspielt hatte? Vielleicht sogar noch schlimmer als seinen Selbstmord? Es war seine Unehrlichkeit. Dass er alles vor mir verheimlicht hat. Und ich war dumm genug, ihm zu vertrauen.«

»Vertrauen ist nicht dumm.«

»Manchmal schon.« Sie trank langsam einen Schluck von ihrem Kaffee, stellte den Becher ab und wischte sich über die Augen. »Eine sehr lange Antwort auf eine kurze Frage.«

»Danke, dass du es mir erzählt hast.«

»Ich habe es noch nie jemanden von der Arbeit erzählt. Ich glaube nicht, dass sie es wissen müssen.«

»Das müssen sie auch nicht«, bestätigte ich.

Sie trank einen weiteren Schluck von ihrem Kaffee. Dann fragte sie: »Warst du schon mal verheiratet?«

»Nein, aber fast.« Ich sah ihr in die Augen. »Es gibt etwas, was du von mir nicht weißt. Ich hatte mal sehr viel Geld. Aber ich habe alles verloren.«

»Wie hast du es verloren?«

»Du hast es bereits genannt. Steuern, der Aktienmarkt. Vor allem ein schlechtes Urteilsvermögen. Ich war hier, in Vegas, mit einer Frau zusammen, von der ich dachte, dass ich sie heiraten würde. Dann erfuhr ich, dass ich bankrott war. Als ich ihr erzählte, dass ich pleite bin, hat sie mich verlassen.«

»Das tut mir leid«, sagte Rachael.

»Mir auch«, meinte ich. »Im Nachhinein denke ich mir, dass es so besser ist. Ich hätte nie erfahren, wie sie wirklich ist, wenn ich nicht alles verloren hätte.«

»Trotzdem tut es weh, jemanden zu verlieren«, erwiderte Rachael. »Mir fehlt Rex noch immer. Ich wünschte, wir wären einfach arm geblieben. Damals waren wir glücklich. Unsere glücklichste Zeit war die, in der wir uns gemeinsam abgemüht haben, über die Runden zu kommen.«

»Wow«, seufzte ich. »Genau deswegen hat mich Candace verlassen.«

»Sie heißt Candace?«

Ich nickte.

»Das ist ein schöner Name.«

»Sie ist eine schöne Frau. Aber sie wollte solche Zeiten nicht durchmachen. Sie war der Meinung, dass uns das zerstören würde.«

»Nicht, wenn man sich liebt«, widersprach Rachael.

»Das ist eine gute Antwort.« Ich sah sie ein paar Augenblicke lang nachdenklich an und fragte sie dann: »Bist du einsam?«

Sie lächelte traurig und antwortete: »Chris hält mich auf Trab, und diese Arbeit …«

»Du hast meine Frage nicht beantwortet«, insistierte ich.

Sie lächelte leicht. »Auf die schlimmste Weise.«

»Ich auch. Was machst du Weihnachten?«

Einundvierzigstes Kapitel

Letzte Nacht habe ich geträumt, dass ich Weihnachten heimgekehrt bin, zum Haus meines Vaters. Aber obwohl die Lichter brannten, waren die Türen verschlossen. Ich klingelte und klopfte, aber niemand hat reagiert. Ich blickte durch das Wohnzimmerfenster. Das Haus war voller Menschen und Geschenke. Man hörte Musik und Gelächter. Inmitten von allem konnte ich meinen Vater erkennen. Er drehte sich um und sah zu mir hin, dann wandte er sich ab. Wie oft ich auch klopfte, er öffnete die Tür nicht. Er ließ mich nicht hinein.

Aus dem Tagebuch von Luke Crisp

Rachael und ich beschlossen, Weihnachten gemeinsam zu verbringen. Während unserer Unterhaltung an jenem Abend erfuhr ich auch, dass sie nicht viel für Chris zu Weihnachten gekauft hatte, weil sie es sich nicht leisten konnte.

»Ich finde, wir sollten zusammen Weihnachtseinkäufe machen«, schlug ich vor.

»Ich kann es mir wirklich nicht leisten, noch mehr zu kaufen.«

»Das weiß ich, aber ich kann es. Ich habe bei meiner anderen Arbeit einen großen Bonus erhalten.«

»Das ist lieb von dir«, meinte Rachael, »aber du brauchst das wirklich nicht zu tun.«

»Ich habe sonst niemanden, dem ich etwas schenken kann. Was für ein Weihnachten wäre das denn? Du tust mir einen Gefallen damit.«

Ein Lächeln huschte über ihre Lippen. »Gut. Aber nur ein paar Sachen.«

Am Heiligen Abend holte ich Rachael frühmorgens ab, und wir fuhren zum Einkaufszentrum. Einkäufe an diesem Tag sind immer riskant, aber wenn er dann noch auf einen Samstag fällt, begibt man sich in einen regelrechten Nahkampf. Trotz des Wahnsinns ringsum gelang es uns, alles zu besorgen, was sich Chris gewünscht hatte, und auch noch ein paar Sachen darüber hinaus. Danach gingen wir essen.

»In den Kaufhäusern ging es ja verrückt zu«, meinte Rachael. »Die Leute sind tatsächlich so dumm, mit ihren Einkäufen bis zur letzten Minute zu warten.«

»Mit ›Leute‹ meinst du auch uns, stimmt's?«, fragte ich.

Sie lachte. »Vermutlich.«

»Also, du Dummkopf, was willst du heute Abend tun?«

»Ich hatte vorgehabt, Plätzchen zu backen und sie den Nachbarn zu bringen.«

»Hört sich gut an. Was ist mit dem Weihnachtsessen morgen? Was wollen wir machen?«

»Wir?«, fragte Rachael. »Kannst du kochen?«

»Ich bin ein hervorragender Koch«, versicherte ich ihr. »Ich kann eine super Lasagne mit drei verschiedenen Käsesorten machen. Dafür brauch ich noch nicht einmal ein Rezept. Das hab ich hier oben.« Ich zeigte auf meinen Kopf.

»Ich liebe Lasagne«, sagte Rachael. »Und Christopher ebenfalls.«

»Ich hab eine Idee. Wie wäre es, wenn wir ein italienisches Weihnachtsessen machen? Lasagne, Bruschetta und Cantaloupe mit Prosciutto. Ich koche.«

Sie sah mich erstaunt an. »Wirklich? Du machst das Weihnachtsessen?«

»Alles. Du brauchst mir noch nicht einmal zu helfen.«

»Darf ich helfen, wenn ich das möchte?«

»Wenn du ganz versessen darauf bist.«

»Möglicherweise. Klingt, als würde es Spaß machen.«

»Super. Also dann italienisch. Das wird ein Weihnachtsfest, das man nicht so schnell vergisst.«

Nach dem Essen fuhren wir zum Supermarkt, der fast so überfüllt war wie das Einkaufszentrum. Es war derselbe Supermarkt, in dem ich Rachael und Chris zum Pizzaessen eingeladen und Rachaels Zorn auf mich gezogen hatte. Wir kauften fertigen Zuckerguss und Streusel für die Kekse, Lasagneplatten, Hamburger sowie Ricotta, Cheddar und Parmesan, eine Flasche Wein, ein italienisches Weißbrot, Knoblauch, Cantaloupe-Melone, Prosciutto Crudo, sonnengetrocknete Tomaten, Ziegenkäse und Crostini.

»Was ist das?«, fragte Rachael und musterte den Prosciutto Crudo.

»Prosciutto Crudo, italienischer Schinken.«

»Es sieht nicht wie Schinken aus.«

»Das ist so, weil er roh ist, *crudo*.«

»Wie kocht man ihn?«

Ich lächelte. »Das macht man nicht. Man kann ihn so essen.«

»Roh?«

»Stell ihn dir als Schweine-Sushi vor.«

Sie starrte mich an, als wolle sie herausfinden, ob ich sie auf den Arm nahm oder nicht. »Das hast du dir doch ausgedacht, nicht?«

»Nein. Er schmeckt gut. Sechzig Millionen Italiener können sich nicht irren. Es sei denn, es geht um Politik. Oder um Rohrleitungen. Jedenfalls schmeckt er wirklich gut mit Cantaloupe. Vertrau mir, du wirst es mögen.«

»Gut«, sagte sie. »Ich vertraue dir.«

Wir fuhren zu Rachael zurück, räumten die Lebensmittel ein und versteckten die Geschenke, die wir gekauft hatten, im Garderobenschrank. Dann holten wir Chris von den Nachbarn ab, die ein paar Türen weiter den Flur entlang wohnten. Als Chris mich sah, rannte er auf mich zu und sprang an mir hoch.

»Er hungert nach männlicher Zuwendung«, erklärte Rachael und fügte hinzu: »Vermutlich gilt das für uns beide.«

Chris und ich spielten mit seiner Playstation, während Rachael den Plätzchenteig machte. Dann rollte sie den Teig auf ihrem Küchentresen aus, und wir stachen die Plätzchen mit Keksformen in der Form von Zuckerstangen und Stechpalmenblättern aus und legten sie auf Backpapier. Nachdem sie gebacken worden waren, ließen wir sie abkühlen und überzogen sie anschließend mit dem weißen Zuckerguss. Dann verzierte Chris die Plätzchen mit roten und grünen Streuseln. Den größten Teil der Kekse legten wir auf Teller (nachdem wir mindestens ein Dutzend von ihnen selbst gegessen hatten) und überreichten sie Rachaels Nachbarn. Dann fuhren wir zu Carlos und Carmen.

Auf unser Klingeln kam Carlos an die Tür. Ich stellte ihm Rachael und Chris vor, und er bat uns herein. Carmen war in der Küche und kochte, während zwei ihrer Enkel zu ihren Füßen hockten. »Seht mal, Kinder!«, rief Carlos. »Mr Crisp hat ein paar Plätzchen mitgebracht.«

Die Kinder sprangen aufgeregt hoch und schrien wie aus einem Munde: »Ich will einen! Ich will einen!«

Chris hielt ihnen den Teller hin.

»Erst mal nur einen«, ermahnte Carmen die Kinder.

»Sind das Duanes Kinder?«, fragte ich.

Carlos nickte. »Ja. Er fühlt sich heute Abend nicht wohl. Tasha ist bei ihm zu Hause und kümmert sich um ihn.« Ich sah, wie sein Blick traurig wurde, und fragte nicht weiter nach Duane.

Zweiundvierzigstes Kapitel

Der größte Friede entsteht oft durch Hingabe.

Aus dem Tagebuch von Luke Crisp

Carlos und Carmen luden uns ein zu bleiben, und so war es nach elf Uhr abends, als wir schließlich wieder bei Rachaels Wohnung ankamen. Chris war während der Rückfahrt eingeschlafen, und ich trug ihn zur Wohnung hoch. Rachael bat mich, ihn in ihr Bett zu legen.

»Er muss noch seine Tabletten nehmen«, sagte sie. Sie verließ das Zimmer und kam mit zwei Tabletten und einem Becher Wasser zurück.

»Er nimmt sie abends?«

»Zwei am Abend«, erklärte sie, »und drei am Morgen.« Sie hob seinen Kopf an. »Komm, mein Sohn«, bat sie. »Nimm deine Tabletten.« Er wachte so weit auf, dass er die Tabletten schlucken konnte. Dann half sie ihm, seinen Pyjama anzuziehen, küsste ihn und deckte ihn zu. Er schlief sofort wieder ein.

Rachael schloss die Schlafzimmertür, und wir holten die Geschenke aus dem Schrank im Flur und packten sie im Wohnzimmer ein. Dann legten wir sie unter den Weihnachtsbaum – eine kleine Douglastanne, die mit silbernen Girlanden und kleinen, blinkenden, mehrfarbigen Lichtern geschmückt war. Die Geschenke füllten die gesamte Zimmerecke. Wir setzten uns aufs Sofa und betrachteten den Baum.

»Du hast gesagt, dass du nur ein paar Dinge kaufen würdest«, meinte sie.

»Ich habe gelogen.«

»Das hast du allerdings. Nun stehst du im schwarzen Buch des Weihnachtsmanns.«

»Zweifellos«, bestätigte ich und sah seufzend den Baum an. »Es gibt wenige Dinge, die so friedlich wie ein Weihnachtsbaum sind.« Ich lehnte mich auf dem Sofa zurück. »An dem Weihnachten, bevor meine Mutter starb, fragte ich sie, ob ich auf dem Sofa vor dem Baum schlafen dürfe.«

»Was hat sie gesagt?«

»Sie hat ja gesagt.« Rachael lächelte, und ich sah sie an. »Es ist schön, dich lächeln zu sehen.«

Ihr Lächeln wurde ein wenig breiter. »Es ist schön, lächeln zu wollen.« Sie blickte mir in die Augen. »Es war ein schöner Tag.«

»Mir auch.«

»Das ergibt keinen Sinn«, meinte sie.

»Ich weiß. Ich bin müde.«

Sie seufzte glücklich und sah zum Baum. »Sieh dir nur all die Geschenke an. Er wird total begeistert sein.« Ihr Lächeln wurde weicher. »Es ist lange her, dass er ein schönes Weihnachten hatte.« Sie drehte sich zu mir hin. »An dem Weihnachten, nachdem Rex gestorben war, fragte ich Chris, was er sich denn wünsche. Er antwortete mir, er wünsche sich, dass der Weihnachtsmann seinen Daddy zurückbringt. Ich erklärte ihm, dass das nicht möglich sei. Aber er hatte in der Schule einen Film gesehen, in dem ein kleines Mädchen den Weihnachtsmann bittet, ihr ihren Daddy zurückzubringen, und auf wundersame Weise kommt er zurück. Chris sagte zu mir: ›Du musst nur daran glauben, Mommy.‹«

»O nein«, stöhnte ich.

»Er war erst fünf Jahre alt. Es hat mir das Herz gebrochen.«

»Er hat Glück, dass er dich hat.«

»Ich bin alles, was er hat.« Sie schwieg ein paar Minuten und fragte mich dann: »Hast du irgendwelche Brüder oder Schwestern?«

»Nein. Ich bin ein Einzelkind.«

»Ich auch«, sagte Rachael. »Lebt dein Vater noch?«

»Ja.«

»Warum verbringst du Weihnachten nicht mit ihm?«

»Er ...« Ich wusste nicht recht, was ich erwidern sollte. »Er spricht nicht mehr mit mir.«

»Das tut mir leid.«

»Mir auch. Er war mein bester Freund.«

* * *

Wir blieben noch ein wenig schweigend so sitzen, während die Lichter am Baum das Zimmer beleuchteten. Ich hatte nicht auf die Uhr geblickt, doch es war spät, und ich war erschöpft. Aber es war ein so angenehmes Gefühl, mit ihr zusammen zu sein, dass ich sie nicht verlassen wollte, obwohl ich immer wieder einnickte. Einmal wachte ich von meinem eigenen Schnarchen auf.

Rachael lachte. »Du bist müde.«

»Die zwei Jobs machen mich fertig«, sagte ich. »Ich mach mich lieber auf den Weg, solange ich noch fahren kann.«

Rachael runzelte die Stirn. »Okay«, meinte sie, stand auf und nahm meine Hand, um mich vom Sofa hochzuziehen. Stattdessen zog ich sie zurück, und sie fiel lachend auf mich. Dann hielt sie inne. Unsere Gesichter waren nur wenige Zentimeter voneinander entfernt, und wir sahen uns in die Augen. »Küsst du mich?«, fragte sie ruhig.

Ich zog sie an mich, und wir küssten uns sanft. Ihre Lippen waren warm und feucht und schmeckten nach süßem Lipgloss. Nach einer Minute erhob sie sich, die Augen noch immer geschlossen, als würde sie noch immer genießen, was wir gerade miteinander geteilt hatten. Als sie die Augen öffnete, sagte sie nichts, sondern stand da und sah mich mit einer Art süßer Andacht an. Sie nahm erneut meine Hand, und diesmal stand ich auf, und wir gingen, uns noch immer an den Händen haltend, zur Tür. Dort lehnte sie sich an mich, und wir küssten uns erneut, diesmal erheblich länger.

Als wir die Lippen schließlich voneinander lösten, lehnte Rachael den Kopf an meine Schulter, und ich zog sie an mich. Ihr Körper fühlte sich so warm und weich an meinem an. Nach ein paar Minuten entzog sie sich mir und sah mir in die Augen. Trotz der späten Stunde strahlte ihr Blick.

»Frohe Weihnachten, Luke.«

»Frohe Weihnachten.«

»Wann kommst du morgen her?«

»Wann du willst. Willst du, dass ich schon früh komme?«

Sie nickte glücklich. »Es wäre schön, dich hier zu haben, wenn Chris seine Geschenke öffnet.«

»Wann wird Chris aufstehen?«

Sie grinste. »Um drei. Aber ich bringe ihn dazu, dass er wartet, bis die Sonne aufgegangen ist.«

»Gut«, sagte ich. »Ich werde bei Sonnenaufgang hier sein.«

Sie legte wieder den Kopf an meine Schulter. »Darf ich dich etwas fragen?«

»Natürlich.«

»Bin ich wirklich so schlimm wie ein Wildschwein?«

Ich lachte. »Nein. Du bist eher wie ein Frischling.«

Sie gab mir einen spielerischen Klaps. »Danke.« Erneut lehnte sie sich an mich und küsste mich schnell noch einmal, dann trat sie zurück. »Gute Nacht.«

»Gute Nacht, Rachael. Träum was Schönes.«

Ein warmes Lächeln legte sich über ihr Gesicht. »Das werde ich.«

Ich trat in den Flur und sah mich noch einmal zu ihr um. Sie lächelte, winkte mir zu und schloss die Tür. Mit breitem Lächeln ging ich nach draußen zu meinem Auto.

Dreiundvierzigstes Kapitel

Ich bin aufgeregt wie ein Kind zu *Weihnachten – und das* vermutlich *aus vielen ähnlichen Gründen.*

Aus dem Tagebuch von Luke Crisp

Der Morgen brach schon früh an. Wahrscheinlich wachte ich ebenso aufgeregt auf wie Chris. Ich freute mich darauf, Rachael wiederzusehen. Zuerst glaubte ich, dass ich die letzten Augenblicke unseres gemeinsamen Abends geträumt hatte. Doch als ich vollständig wach geworden war, wusste ich, dass wir uns tatsächlich geküsst hatten. Ich konnte noch immer ihren Lipgloss auf meinen Lippen schmecken. Schnell duschte ich mich, zog mich an und fuhr, während die ersten Streifen der Morgendämmerung den Himmel erhellten, zu Rachaels Wohnung hinüber.

Rachael kam im Bademantel an die Tür. Während ich noch draußen im Flur stand, sah sie über die Schulter, um sich zu versichern, dass Chris nicht ins Wohnzimmer gekommen war, und dann küssten wir uns erneut.

»Weißt du, wie gut sich das anfühlt?«, fragte sie.

»Ja«, sagte ich.

Sie nahm meine Hand und führte mich zu ihrem Schlafzimmer. An der Tür ließ sie meine Hand los. Chris war wach und saß aufrecht im Bett.

»Hallo Luke!«, rief er.

»Hallo Kumpel«, erwiderte ich. »Magst du jetzt mal gucken, ob der Weihnachtsmann gekommen ist?«

»Nicht so schnell«, bremste Rachael. »Wir haben eine Tradition. Wir lesen etwas aus der Bibel vor, bevor wir rausgehen und nachsehen, was der Weihnachtsmann gebracht hat.«

»Du heißt Luke, Lukas«, sagte Chris. »Genau wie in der Bibel.«

»So ist es«, bestätigte ich.

Wir lasen uns reihum Passagen aus dem zweiten Kapitel des Lukas-Evangeliums vor, Vers 1 bis 14. Kaum hatte ich den Vers »Ehre sei Gott in der Höhe und Friede auf Erden und den Menschen ein Wohlgefallen« zu Ende gebracht hatte, schrie Chris: »Gehen wir rein!«

Rachael bremste erneut. »Warte. Ich will erst noch meine Kamera holen.«

»Beeil dich, Mom«, drängte Chris. »Ich halt es nicht mehr aus.«

Rachael ging ins Wohnzimmer und stellte sich dort so auf, dass sie ein Foto von Chris machen konnte, wenn er den Raum betrat. »Gut«, sagte sie, »dann komm.«

Chris rannte den kurzen Flur entlang. An der Schwelle zum Wohnzimmer blieb er stehen und starrte auf all die Geschenke. »Das gibt's doch nicht«, stieß er hervor.

Rachael und ich setzten uns auf das Sofa und sahen zu, wie Chris seine Geschenke öffnete. Nach jedem Öffnen stieß er einen aufgeregten Ruf aus, gefolgt von der Aufforderung: »Mom! Luke! Seht mal das hier!«

Nachdem er all seine Geschenke geöffnet hatte, sammelte er sie ein und stapelte sie auf einen großen Haufen. Dann setzte er sich hin und begann, mit den Legosteinen aus einer Schachtel zu spielen.

»Ich mach jetzt Frühstück«, sagte Rachael. »Magst du Blaubeermuffins?«

Ich nickte.

»Luke, komm und hilf mir beim Bauen«, bat Chris.

»Chris«, ermahnte ihn Rachael, »Luke ist wahrscheinlich müde.«

»Schon in Ordnung«, sagte ich. »Es gibt noch was zu tun.«

* * *

Ich half Chris dabei, aus den Legosteinen ein Monsterinsekt (oder so etwas in der Art) zu bauen, bis Rachael uns zum Frühstück rief. Nach dem Essen half ich Chris, die Geschenke in sein Zimmer zu tragen. Als ich wieder aus seinem Zimmer kam, sammelte Rachael gerade das Geschenkpapier ein und steckte es in einen Müllbeutel.

»Du siehst müde aus«, meinte sie.

»Ich bin erschöpft. Ihr habt mich bis an die Grenze meiner Leistungsfähigkeit gefordert.«

Sie lachte. »Wenn du dich hinlegst, rubble ich dir den Rücken.«

»Überredet«, sagte ich und legte mich aufs Sofa.

Rachael kniete sich neben mich auf den Boden. Zunächst massierte sie mir Schultern und Rücken. Dann schob sie die Hand unter mein Hemd und begann, mit ihren langen Nägeln sanft über meinen Rücken auf und ab zu streichen und anschließend hoch zu meinem Hals und Kopf. »Ist das gut so?«, flüsterte sie.

»Hör bloß nie damit auf«, antwortete ich.

Ich weiß nicht, wie lange ich dalag, bevor ich einschlief. Als ich wieder wach wurde, lag Rachael schlafend auf dem Boden neben dem Sofa. Sie wurde wach, als ich mich aufsetzte, und blickte um sich.

»Oh, ich bin eingeschlafen«, meinte sie. »Wo ist Christopher?«

»Vermutlich noch in seinem Zimmer«, sagte ich und sah auf

die Uhr. Es war schon fast eins. »Ich fang jetzt besser an, das Essen zu machen.«

»Ich helfe dir«, sagte sie.

Wir brauchten rund zwei Stunden, bis wir mit allem fertig waren. Chris spielte unterdessen zufrieden in seinem Zimmer. Wir hatten immer noch ein paar Stunden, die wir herumbringen mussten, darum schlug ich vor, einen Ausflug mit dem Auto zu machen. Eine Woche zuvor hatte ich Sylvia gefragt, was man in Las Vegas über die Feiertage unternehmen konnte, und sie war auf die Website der Stadt gegangen und hatte mir eine ganze Liste mit Möglichkeiten ausgedruckt. Das erste Ziel auf ihrer Liste war das Bellagio Hotel. Zu Weihnachten waren dort Wasserspiele zu sehen, bei denen die Brunnenfontänen vor dem Hotel nach den Klängen von Weihnachtsmusik choreographiert waren.

Es herrschte ein lebhaftes Gedränge. Alle Kasinos blieben über Weihnachten offen, und vor dem Bellagio hatte sich eine große Menschenmenge versammelt, um die Wasserspiele zu betrachten. Als ich zum Hotel hinsah, beschlich mich eine leise Angst. Warum war ich hierher zurückgekommen?

Während ich auf den Parkplatz des Hotels fuhr, sagte ich zu Rachael: »Hier habe ich gewohnt, als ich herausfand, dass ich bankrott bin.« Ich zeigte auf die Baumgruppe: »Da bin ich ausgeraubt worden.«

Sie antwortete nur: »Ich hasse Kasinos.« Ihre Stimme klang schmerzerfüllt.

Dummerweise hatte ich noch nicht einmal darüber nachgedacht, wie sehr es sie belasten würde, Weihnachten hierher zu kommen. »Natürlich«, erwiderte ich. »Es tut mir leid. Wir fahren weiter.«

Wir verließen die Gegend mit all ihren Hotels und Kasinos und fuhren ohne weiter nachzudenken zur Kreuzung von Pecos und Sunset Road, zum festlich geschmückten Haus des Entertainers Wayne Newton. Dann kehrten wir zum Essen zu Rachael zurück.

Ich schob die Lasagne in den Backofen, während Rachael die Cantaloupe in Stücke schnitt, über die sie dann dünne Scheiben Prosciutto legte.

Mein Vater kam mir in den Sinn. Er, Mary, Barbara und Paul würden jetzt gerade mit dem Essen fertig sein. Möglicherweise saß er nun in seinem Büro zu Hause und unterhielt sich mit Paul. Ich fragte mich, ob sie über mich sprechen würden. Ein unglaubliches Heimweh ergriff mich, und ich war dankbar, nicht allein zu sein.

Unser italienisches Weihnachtsessen erwies sich als perfekt. Rachael und Chris nahmen sich beide eine zweite Portion, und Chris holte sich von der Lasagne einen dritten Nachschlag. Nachdem wir gegessen hatten, sahen wir uns eine Weihnachtsshow im Fernsehen an. Dann verabreichte Rachael Chris seine Tabletten und schickte ihn ins Bett. Er umarmte mich, bevor er das Wohnzimmer verließ. »Kannst du morgen wieder kommen?«, fragte er.

Ich sah zu Rachael hinüber und antwortete: »Wir werden sehen.«

»Wir müssen morgen wieder arbeiten gehen, Schatz«, erklärte sie. Als Chris die Stirn runzelte, fügte sie hinzu: »Aber wir werden sehen.«

Nachdem Chris eingeschlafen war, gingen Rachael und ich wieder ins Wohnzimmer. Wir schalteten die Deckenbeleuchtung aus, sodass der Raum nur noch durch die blinkenden Lichter am Baum erleuchtet war. Alles war ruhig und friedlich. Ich streckte mich auf dem Sofa aus und legte die Arme um Rachael, die vor mir lag. Nach etwa fünf Minuten des Schweigens drehte sich Rachael zu mir um und sagte: »Danke.«

Statt sie zu fragen, wofür sie mir dankte, zog ich sie an mich und küsste sie auf die Stirn.

»Du hast schlecht gezielt«, befand sie und berührte meine Lippen mit ihrem Finger. »Meine Lippen sind da unten.«

Ich küsste sie auf die Lippen. Wir küssten uns ein paar Minuten lang. Als wir voneinander abließen, fragte sie: »Bist du immer so?«

»Wie?«

»So lieb.«

»Nicht immer«, erwiderte ich.

Sie schwieg einen Moment lang, dann sagte sie: »Du weißt, dass du jetzt mein Manager bist. Das hier ist sexuelle Belästigung.«

»Da hast du recht. Wir hören besser damit auf.« Ich begann aufzustehen, aber sie klammerte sich an mir fest.

»Wohin willst du?«, fragte sie.

»Keine Ahnung.«

»Ich auch nicht«, meinte sie und flüsterte: »Soll daraus etwas werden?«

Ihre Frage überraschte mich. Nach einem Augenblick antwortete ich: »Das weiß ich nicht.«

Sie küsste mich auf die Wange. »Selbst wenn nicht, würde ich nichts anders machen wollen. Das waren seit Jahren die schönsten Tage.« Ihre Augen begannen feucht zu werden, und es rollte ihr eine Träne über die Wange.

Ich berührte ihr Gesicht und zog die Spur ihrer Träne nach. »Was ist los?«

»Ich habe Angst, mich in dich zu verlieben.« Als sie mir in die Augen blickte, sah ich das verletzliche kleine Mädchen in ihr. »Ich bitte dich nur um eins. Bitte sei ehrlich zu mir. Und wenn du mich nicht willst, dann sag es mir einfach. Okay?«

»Du brauchst keine Angst zu haben.«

»Es geht nicht nur um mich. Ich glaube, dass sich Chris ebenfalls in dich verliebt hat. Es ist eine Sache, für deine eigenen Gefühle Risiken einzugehen, aber es ist eine ganz andere, das für die deines Sohnes zu tun.«

»Du bist eine gute Mutter.«

»Manchmal zweifele ich daran.«

»Alle guten Eltern zweifeln. Das ist es, was sie zu guten Eltern macht.«

Wir schwiegen erneut. Nach ein paar Minuten fragte Rachael: »Erinnerst du dich noch daran, wie deine Mutter war?«

Ich nickte. »Sie war gut. Wenn ich an sie denke, habe ich eine Mom aus einer Sitcom aus den Fünfzigern vor Augen. Sie war stets fröhlich und erwartete mich mit einem Teller voller Kekse, wenn ich aus der Schule nach Hause kam.«

»Was für ein Mensch ist dein Vater?«

»Ebenfalls ein guter. Er hat ein gutes Herz. Manche Menschen spalten ihr Leben in ein privates und ein berufliches auf. Mein Vater nicht. Im Büro war er derselbe Mensch, der er auch zu Hause war. Ich glaube, dass ihm das Wohl seiner Mitarbeiter genauso am Herzen lag wie sein eigenes.«

»Du hast ihn bewundert?«

»Ich bewundere ihn noch immer.«

»Aber warum sprecht ihr dann nicht miteinander?

»Das ist allein meine Schuld. Ich habe ihn verletzt. Ich habe seine Wünsche ignoriert, sein Geld verschwendet und ihn verlassen, als er mich am meisten gebraucht hat.« Ich sah ihr in die Augen. »Er hat gesagt, dass ich für ihn gestorben bin.«

Nach einer Weile meinte sie: »Dann haben wir etwas gemeinsam. Wir sind beide für unsere Eltern gestorben. Meine Eltern haben mit mir gebrochen, als ich Rex heiratete.«

»Warum mochten sie Rex nicht?«

»Er gehörte nicht unserer Kirche an.«

Ich dachte darüber nach und fragte: »Gibt es jetzt, nachdem er gestorben ist, irgendeine Chance auf Versöhnung?«

»Ich weiß nicht, ob ich das möchte«, seufzte sie traurig. »Wahrscheinlich ist es ohnehin zu spät dafür. Sie haben meine Hochzeit, Chris' Geburt und Rex' Beerdigung verpasst, und sie sind bestimmt davon überzeugt, dass Gott mich mit Rex' Tod für meine Fehlentscheidungen bestraft hat.

Lange habe ich sie gehasst. Aber jetzt tun sie mir nur noch leid. In ihren Herzen wünschen sie die Mehrheit von Gottes Kindern zur Hölle und halten sich deswegen auch noch für gerecht.« Sie blickte mir in die Augen. »Sie haben ihr einziges Enkelkind noch nie gesehen. Kannst du so etwas fassen?«

Ich schüttelte den Kopf.

»Für mich ist das einfach nicht nachvollziehbar. Wenn ich der Meinung wäre, dass Chris auf dem Weg zur Hölle ist, würde ich ihn doch niemals im Stich lassen. Ehrlich gesagt glaube ich, dass in Wahrheit ein mit Menschen wie ihnen bevölkerter Ort die Hölle wäre.« Sie seufzte. »Tut mir leid. Das ist ein viel zu bedrückendes Thema für den Weihnachtsabend. Worüber haben wir denn vor all dem gesprochen?«

»Du hattest gesagt, dass du Angst hast, dich in mich zu verlieben.«

»Davor.«

»Davor hast du darüber gesprochen, wie lieb ich bin.«

»Noch davor.«

Ich beugte mich zu ihr hin, und wir küssten uns.

Vierundvierzigstes Kapitel

Wie schnell sich die Weihnachtsfantasie wieder verflüchtigt.

Aus dem Tagebuch von Luke Crisp

Als ich am nächsten Morgen aufwachte, fühlte ich mich erschöpft. Ich war erst nach zwei Uhr morgens von Rachael nach Hause gekommen. Darum ließ ich meinen üblichen Frühsport aus. Auf dem Weg zur Arbeit hielt ich an, um Bagels zu kaufen. Vorher wollte ich Rachael anrufen, bemerkte aber, dass mein Handy verschwunden war. »Es muss mir auf Rachaels Couch aus der Tasche gerutscht sein«, dachte ich. Bei dem Gedanken lächelte ich. Ich freute mich schon darauf, sie zu sehen.

Ich kaufte ein halbes Dutzend Bagels und einen Becher Frischkäse mit Erdbeergeschmack und trug beides zum Copyshop. Zu meiner Überraschung stand Rachaels Auto nicht auf dem Parkplatz.

»Fröhliche Weihnachten«, sagte ich, als ich durch die Hintertür eintrat. »Hallo«, erwiderte Colby matt. Sein Blick war düster, seine Stirn gerunzelt.

»Hallo zurück. Was ist los? Ist dir der Eggnog ausgegangen? Dann iss einen Bagel.«

Er starrte mich nur traurig an. »Du weißt es noch nicht, oder?«

»Was denn?«

»Am besten sprichst du mit Wayne.«

Ich legte die Bagels auf den hinteren Tresen und ging in Waynes Büro. Zu meinem Erstaunen kniete er auf dem Boden und verstaute den Inhalt seines Schreibtischs in einem Pappkarton.

»Was machst du da?«, fragte ich.

Er sah zu mir hoch und meinte: »Glückwunsch, du bist befördert worden.«

»Ich weiß. Wir haben das bereits gefeiert.«

»Du bist noch einmal befördert worden. Du bist der neue Shop-Manager.«

Ich blieb wie angewurzelt stehen. »Soll das ein Witz sein?«

»Ich wünschte, es wäre so«, seufzte er. »Ich habe heute Morgen die Nachricht bekommen, dass sie mir gekündigt haben. Vermutlich wollten sie's nicht vor Weihnachten machen, also haben sie bis zum Tag danach gewartet.«

»Das ergibt doch keinen Sinn.«

»Für jemanden in der Unternehmensleitung schon.«

»Welche Gründe haben sie dir genannt?«

»Der Umsatz ist zurückgegangen.«

»Der Umsatz ist überall zurückgegangen. Die gesamte Wirtschaft ist zurückgegangen.«

Er hielt im Packen inne und sah mich an. »Das ist lediglich die juristische Schutzbehauptung. Der wahre Grund für meine Entlassung ist, dass ich in achtzehn Monaten Rentenansprüche hätte. Mich zu feuern, spart dem Unternehmen eine Menge Geld ein.«

»Das würden sie nie tun«, widersprach ich.

»Carl Crisp nicht. Aber er leitet das Unternehmen ja nicht mehr. Es ist dieser neue Knabe, Price.« Er knallte die Schublade zu. »Übrigens haben sie auch Rachael entlassen.«

»Rachael? Warum?«

»Sie ist durch die Krankenversicherung eine Belastung«, erklärte er. »Die medizinische Behandlung ihres Sohnes kostet mehr als die Arztrechnungen von uns allen zusammen.«

»Weiß sie es schon?«

»Ich habe sie vor einer Stunde angerufen.«

Während ich Wayne zusah, wie er seinen Karton packte, wurde mir plötzlich klar, was hier vorging. »Sie werfen Ballast ab«, sagte ich.

»Was?«

»Sie werfen Ballast ab. Crisp's entledigt sich seiner Verbindlichkeiten. Sie bereiten sich darauf vor, ihre Aktien abzustoßen.« Ich schüttelte den Kopf. »Wayne, das ist meine Schuld.«

Wayne lachte düster. »Luke, du magst ja deine Fehler haben, aber das hier ist selbst für dich eine Nummer zu groß.«

»Ich wünschte, das würde stimmen«, widersprach ich. »Henry Price hat die Führung des Unternehmens übernommen, als sich Carl aus dem Berufsleben zurückzog. Eigentlich war er nicht dafür vorgesehen.«

»Wer denn dann?«, fragte Wayne.

»Ich.«

Er stand auf und starrte mich erstaunt an. Ich konnte sehen, wie er allmählich begriff. »Du bist Carls Sohn.«

Ich nickte. »Ich *war* sein Sohn.«

»Was meinst du mit *war?*«

Ich fuhr mir mit beiden Händen durch das Haar. »Mein Vater wollte, dass ich das Unternehmen übernehme. Statt das zu tun, habe ich mir meinen Treuhandfonds in Höhe von einer Million geschnappt, mich nach Europa verzogen und alles verprasst. Er hat mich verstoßen.«

Wayne stand einen Moment lang schweigend da und meinte dann: »Der Carl, den ich kenne, würde seinen Sohn niemals verstoßen.«

»Ich glaube, dass ich ihn ein wenig besser kenne als du.«

»Zweifellos. Aber ich kenne ihn besser, als du glaubst. Und du könntest dich irren.« Er lehnte sich an seinen Schreibtisch. »Anfangs hat Crisp's schnell auf neuen Märkten expandiert. Dieser Shop war der erste in Nevada. Einer der neuen Manager deines

Vaters, ein ehemaliger Autohändler, erhielt die Chance, MGM als Kunden an Land zu ziehen. Der Etat hatte einen Umfang von über einer Million Dollar pro Jahr.

Der Manager ging mit der großspurigen Haltung eines Autoverkäufers, der er ja auch war, in das Meeting. Er sprach gar nicht erst über MGM oder deren Bedürfnisse, er sprach nur über sich selbst. Es war kein Wunder, dass sie ihn quasi aus ihrem Büro rauswarfen und ihre Aufträge an jemand anderen vergaben.

Das war eine große Niederlage für Crisp's. Dein Vater flog her, um persönlich mit den Leuten von MGM und dann mit dem Manager und dem Personal des Copyshops zu sprechen. Der Manager war davon überzeugt, dass dein Vater gekommen war, um ihn zu feuern. Stattdessen aber nahm ihn dein Vater beiseite und fragte ihn, was geschehen sei. Der Manager gestand, dass er sich bei dem Treffen falsch verhalten hatte. Darauf fragte ihn dein Vater, was er aus dieser Erfahrung gelernt habe. Der Manager antwortete: ›Demut. Die Chance, einen Kunden unter Vertrag zu nehmen, ist eine besondere Ehre. Es ist weit wichtiger zuzuhören, als selbst zu reden.‹

Dein Vater sagte: ›Gut. Machen Sie den Fehler nicht noch einmal.‹ Dann wandte er sich zum Gehen. Als er schon fast aus der Tür war, rief ihm der Manager hinterher: ›Sie feuern mich nicht?‹ Dein Vater erwiderte: ›Machen Sie Scherze? Ich habe gerade eine Million Dollar in Ihre Ausbildung investiert.‹ Zwanzig Jahre später ist der Mann noch immer bei Crisp's.«

»Klingt wie eine Unternehmenslegende«, meinte ich.

»Es ist eine Legende, aber eine wahre. Der idiotische Autoverkäufer war ich.« Er musterte mich. »Wenn dein Vater zu mir, einem dummen, aufgeblasenen Ex-Autoverkäufer, gehalten hat, wird er dich erst recht nie aufgeben. Dein Vater ist ein integrer Mann. Was jetzt hier vor sich geht, wäre undenkbar gewesen, wenn er die Führung des Unternehmens nicht abgegeben hätte.«

»Ich hätte diese Führung übernehmen sollen«, wiederholte ich. »Dies wäre nie passiert, wenn ich das Richtige getan hätte. Jetzt müssen du und Rachael und gute Mitarbeiter in ganz Amerika für mein Versagen büßen.« Ich legte die Hände an den Kopf. »Wie vielen anderen habe ich noch geschadet?« Ich ging zur Tür. »Ich bringe das wieder in Ordnung, Wayne. Niemand soll mehr durch mich leiden.«

»Was wirst du tun?«

»Ich fahre nach Phoenix und rede mit Henry Price.«

Fünfundvierzigstes Kapitel

Wie schnell das Schicksal unser Leben aus der Bahn werfen kann.

Aus dem Tagebuch von Luke Crisp

Vom Copyshop fuhr ich direkt zu Rachael. »Es macht ihr sicher große Angst, ohne Arbeit und Krankenversicherung dazustehen«, dachte ich. Ich musste mit ihr reden und ihr sagen, dass ich alles in Ordnung bringen und dass alles wieder gut werden würde.

Ich rannte die Treppen zu ihrer Wohnung hoch und klopfte an ihre Tür. Es wunderte mich, dass sie nicht öffnete, denn ich hatte ihr Auto auf dem Parkplatz gesehen. *Mach auf.* Ich klopfte erneut. Dieses Mal ging die Tür ein Stück weit auf, gerade genug, dass Rachael mich durch den Spalt sehen konnte. Ihr Gesicht war tränenüberströmt.

»Rachael, es tut mir leid, was passiert ist«, sagte ich. »Ich werde …«

»Geh weg hier«, fuhr sie mich an.

»Was?«

»Ich will dich nie wieder sehen.«

»Ich verstehe nicht. Ich habe das mit deiner Arbeit gerade eben erfahren. Ich habe nicht …«

»Du hast mich angelogen.«

»Rachael«, sagte ich. »Wovon sprichst du?«

»Du bist ein Lügner!«, schrie sie. »Du hast gesagt, dass du dein Geld auf dem Aktienmarkt verloren hast. Du hast es beim Spielen verloren.«

»Das ist nicht wahr«, widersprach ich.

»Hör auf, mich anzulügen! Ich habe deine Textnachricht gelesen«, sagte sie. »Soll ich sie dir vorlesen?« Sie hielt mein Handy hoch und las vom Display vor: »Luke, Spielverluste kann man nur von den Gewinnen steuerlich abziehen. Es gibt keine Erstattung auf die 272 747,32 Dollar.« Sie sah mich wieder an. »Du weißt, was ich erlebt habe. Wie konntest du mich in dieser Sache anlügen?« Sie warf mein Handy nach draußen in den Flur. »Alles, was ich wollte, war ein wenig Ehrlichkeit!« Sie begann zu schluchzen. »Warum musstest du mich anlügen? Ich habe dich wirklich gemocht.« Dann knallte sie die Tür zu und verschloss sie.

Ich klopfte. »Rachael«, rief ich, »ich kann das erklären.«

Nichts. Ich beugte mich vor, hob mein Handy auf und las die Textnachricht selbst. Mike Semken hatte sich einen bemerkenswert schlechten Zeitpunkt ausgesucht, auf meine Frage zur Steuer zu antworten, die ich ihm vor Wochen geschickt hatte.

Ich presste mein Ohr an die Tür und konnte sie drinnen weinen hören. »Bitte, Rachael.«

Noch eine halbe Stunde lang klopfte ich an ihre Tür, bevor ich schließlich aufgab. Sie würde nicht mit mir sprechen.

Sechsundvierzigstes Kapitel

Ich habe Zeitungsfotos von Katastrophenorten gesehen, nachdem ein Tornado durchgefegt ist und die gesamte Gegend in nur wenigen Sekunden verwüstet hat. Genauso fühlt sich meine Welt jetzt an.

Aus dem Tagebuch von Luke Crisp

Trotz meines großen Kummers gab es noch etwas, was ich tun musste. Nicht nur für Wayne, sondern auch für Rachael und für weitere gute Menschen überall im Land. Egal wie ich es anstellte, ich musste dafür sorgen, dass sie ihre Arbeitsstelle zurückbekamen.

Ich setzte mich in mein Auto und fuhr in Richtung Phoenix. Dass Rachael so aufgebracht gewesen war, konnte ich ihr nicht verdenken. Nach all dem, was sie mit ihrem Mann durchgemacht hatte, verstand ich, warum sie das, was sie gelesen hatte, mit Panik erfüllte. Mir wäre es vermutlich genauso gegangen. Ich brauchte einfach eine Gelegenheit, ihr die Sachlage zu erklären. Allerdings war es außerordentlich schwierig gewesen, sie überhaupt dazu zu bringen, sich zu öffnen, und so fragte ich mich nun, ob ich diese Gelegenheit je bekommen würde.

Scottsdale liegt rund fünfhundert Kilometer von Las Vegas entfernt. Man fährt auf dem Highway 93 fast schnurgerade nach Südosten. Das dauert fünf Stunden, wenn man sich an das Tempolimit hält, und viereinhalb, wenn man es wirklich eilig hat. Ich schaffte es, am späten Nachmittag in Phoenix zu sein, und fuhr gleich zur Hauptverwaltung von Crisp's. Dort stieg ich in den Fahrstuhl und fuhr in den siebten Stock, wo das Büro meines Vaters gewesen war. Ich erkannte es kaum wieder. Die Möbel im Vorzimmer waren anders: glatt, neu und angeberisch – ebenso wie die junge Frau, die am Empfangstresen saß.

»Ich bin hier, um Henry zu sprechen«, teilte ich ihr mit.

Sie sah mich ausdruckslos an. »Haben Sie einen Termin?«

»Ich brauch keinen. Sagen Sie ihm, dass Luke Crisp da ist.«

»Luke wer?«

»Crisp, wie in Crisp's Copy Centers.« Als sie nicht reagierte, fügte ich hinzu: »Die Firma, für die Sie arbeiten.«

»Weiß Mr Price, worum es geht?«

»Holen Sie ihn einfach«, erwiderte ich ungeduldig.

Sie hob den Hörer ihres Telefons und drückte auf einen Knopf. Ich hörte, wie sie mit gedämpfter Stimme meinen Namen sagte. Einen Moment später teilte sie mir mit: »Mr Price hat vor morgen Nachmittag keine Möglichkeit, sich mit Ihnen zu treffen.«

»Er wird mich jetzt treffen«, erwiderte ich und ging an ihr vorbei den Flur entlang und in Henrys Büro.

Henry telefonierte gerade und warf mir einen überraschten, wenig erfreuten Blick zu. Das Büro meines Vaters hatte sich ebenfalls verändert. Die neue Einrichtung entsprach dem modernen Stil des Empfangsbereichs. Selbst Henry sah anders aus. Er trug ein teuer wirkendes Jackett mit einem schwarzen T-Shirt darunter.

»Henry«, sagte ich.

Er hob einen Finger, um mich zum Schweigen zu bringen. »Einen Augenblick«, sagte er ins Telefon. »In mein Büro hier ist gerade jemand hereingeplatzt. ... Kein Problem, ich werde Sie gleich wieder anrufen. ... gleichfalls.« Er legte den Hörer auf, wobei er mich keinen Moment aus den Augen ließ. »Luke, was für eine Überraschung. Was bringt dich in den Grand-Canyon-Staat zurück?«

»Ich muss mit dir über die Veränderungen sprechen, die du bei Crisp's durchführst.«

Er lehnte sich in seinem Sessel zurück, die Hände auf dem Schreibtisch gefaltet. »Welche Veränderungen denn?«

»Etwa die, dass du langjährige Mitarbeiter feuerst, bevor sie ihre Betriebsrente in Anspruch nehmen können.«

»Ich feuere keine Leute, damit sie ihre Betriebsrente verlieren. Ich entlasse nur diejenigen, die nicht mit uns Schritt halten.«

»Das ist eine Lüge, Henry. Das Unternehmen ist insgesamt unten, weil die gesamte Wirtschaft unten ist.«

»Aus diesem Grund muss auch jemand die harten Entscheidungen treffen, die für das Unternehmen richtig sind.«

»Mein Vater würde es nie auf diese Weise machen.«

»Da hat du recht. Aber dein Vater leitet Crisp's nicht mehr, Luke. Das ist jetzt meine Show.«

Die Art, wie er das sagte, klang rebellisch, als habe er meinen Vater vom Thron gestoßen.

»Du machst einen Fehler, Henry.«

»Und wer sagt das? Vor allem war die Betriebsrente von Crisp's ein Fehler. Du hast das selbst gesagt. Keine reale Kapitalrendite.«

»Keine Kapitalrendite? Wie wäre es mit Mitarbeiterzufriedenheit und -bindung?«

Henry grinste. »Wir brauchen keine längjährigen Mitarbeiter, um Geld zu machen. Wir sind ein Kopierunternehmen, nicht die NASA. Die meisten unserer Leute könnten durch trainierte Affen ersetzt werden.«

»Wie wäre es mit *Loyalität?*«

»Wie wäre es mit *Gewinn?*«, konterte er. »Das ist der Grund, warum Unternehmen existieren. Oder bringen sie das einem an der Wharton nicht mehr bei?« Er beugte sich vor. »Was willst du hier wirklich, Luke? Woher dieses plötzliche Interesse an alldem ...«

»Ich bin nicht wegen mir hier. Ich bin wegen der Leute hier, mit denen ich zusammenarbeite.«

Er sah mich fragend an. »Wegen der Leute, mit denen du zusammenarbeitest?« Plötzlich leuchteten seine Augen auf. »Moment mal. Du willst mir doch nicht erzählen, dass du für Crisp's arbeitest?«

»Für den Shop 317 in Las Vegas.«

»Wow, das ist … poetisch. Der verlorene Sohn bekommt seinen Lohn.« Er stöhnte amüsiert auf.

»Henry, diese Leuten haben uns vertraut. Bitte schade ihnen nicht. Deine Entscheidungen treffen die Leute, die dieses Unternehmen aufgebaut haben.«

»Was soll dieses ›uns‹? Du gehörst nicht mehr dazu, Luke. Der Name Crisp ist eine Marke, mehr nicht. Und die Entscheidungen, die dein Vater getroffen hat, haben Leuten geschadet – Leuten, deren Interessen zu vertreten er moralisch und ethisch verpflichtet war. Man nennt sie Aktionäre. Und wenn es den Mitarbeitern nicht gefällt, können sie woanders arbeiten. Erinnere dich daran, was du vor nicht allzu langer Zeit gesagt hast: dass wir kein Wohltätigkeitsunternehmen sind.«

»Ich habe mich damals in vielen Dingen geirrt.«

»Nun, das ist wahr, aber belanglos.«

»Du hast die ganze Zeit gehofft, dass ich gehen würde, stimmt's?«

»Auch das ist wahr, aber belanglos.« Er sah auf seine Uhr. »Es war schön, dich wiederzusehen, Luke, aber ich muss mich beeilen. Die Suns spielen heute Abend.« Er drückte auf einen Knopf an seiner Gegensprechanlage. »Brandi, bitte sorge dafür, dass der Sicherheitsdienst Mr Crisp aus dem Gebäude geleitet.«

»Nicht nötig«, sagte ich und wandte mich ab, um hinauszugehen.

»Luke«, rief Henry.

Ich drehte mich um.

»Gegen das Karma kann man nichts machen.«

Ich sah in sein dummes, grinsendes Gesicht. Dann verließ ich sein Büro.

* * *

Noch bevor ich in mein Auto stieg, wusste ich, was ich zu tun hatte. Es gab keinen anderen Weg. So schwierig es auch sein würde, ich hatte keine Wahl. Ich musste meinem Vater gegenübertreten.

Siebenundvierzigstes Kapitel

Ich trete der schwierigsten Sache in meinem Leben gegenüber – meinem eigenen größten Versagen.

Aus dem Tagebuch von Luke Crisp

Fast eine Stunde saß ich vor dem Haus meines Vaters im Auto und sammelte meine Gedanken oder meinen Mut – ich weiß nicht recht, was von beidem. Vielleicht zögerte ich den Moment auch nur hinaus. Ich hatte mehr Angst, meinem Vater gegenüberzutreten, als irgendjemandem oder irgendetwas sonst. *Du bist für ihn gestorben.* Henrys Worte hallten in meinem Kopf wider, und ich empfand eine brennende Schuld. Ich musste meinen Vater auf unvorstellbare Weise verletzt haben, dass er mich für tot erklärt hatte.

Mein Vater war so großzügig und gut, wie man es sich nur vorzustellen vermochte, aber er konnte auch hart und scharfzüngig sein. Er ertrug keine Dummköpfe, und ich war ein Dummkopf der schlimmsten Sorte. Ehrlich gesagt glaube ich nicht, dass ich an seine Tür geklopft hätte, wenn es bei meinem Besuch nur um mich selbst gegangen wäre. Aber so war es nicht. Ich war wegen Menschen gekommen, die mir wichtiger waren als ich mir selbst. Ich hoffte, dass er mir zuhören würde. Ich hoffte, dass er mich nicht sofort hinauswarf, sondern mich erst einmal sagen ließ, was ich zu sagen hatte.

Ich ging den gepflasterten Weg hoch und trat auf die Stufe vor der Tür. Bevor ich es mir anders überlegen konnte, streckte ich die Hand aus und drückte auf die Klingel. Es war ein merkwürdiges Gefühl, an dem Haus zu klingeln, in dem ich aufgewachsen war – an einer Tür, die ich nach der Schule millionenfach zugeschlagen hatte.

Es erschien mir wie eine Ewigkeit, bis die Tür von einer Frau mittleren Alters geöffnet wurde, die ich nicht kannte. »Was kann ich für Sie tun?«, fragte sie. Aber bevor ich etwas sagen konnte, verengten sich ihre Augen. »Sie sind Luke.«

Ich fragte mich, wer sie war und wo Mary war.

»Ich bin hier, um meinen Vater zu sehen«, erklärte ich. »Sagen Sie ihm, dass ich nicht lange bleiben werde.«

Sie musterte mich noch einen Moment lang, dann trat sie zurück. »Ich werde Ihrem Vater sagen, dass Sie hier sind.«

Sie ging fort, und ich trat in die Diele. Irgendwie erschien mir das Haus fremd – die Vertrautheit war verschwunden. Aber wie konnte das sein? Vielleicht war es auch gar nicht so, sondern etwas in meinem Inneren war verschwunden. Als die Frau nicht zurückkam, begann ich daran zu zweifeln, dass mein Vater bereit war, mich zu empfangen. Und während die Minuten verstrichen, wurden meine Zweifel zur Gewissheit. Natürlich war er nicht dazu bereit. Ich war für ihn gestorben. *Tote lässt man am besten in ihren Gräbern ruhen.*

Ich fragte mich, was ich tun sollte, doch dann kam die Frau in die Diele zurück. »Ihr Vater befindet sich in seinem Arbeitszimmer.«

Ich murmelte ein kurzes Danke und ging durch den Flur am Speisezimmer vorbei. Vor dem Arbeitszimmer meines Vaters brannte nie Licht. Ich öffnete langsam die Tür. In dem Raum war es ebenfalls schummrig; es brannten lediglich ein paar Steh- und Schreibtischlampen, die das Zimmer nur ausschnittsweise erhellten.

Dann sah ich ihn. Mein Vater saß auf der gegenüberliegenden

Seite des Raumes auf seinem hohen, thronartigen Sessel hinter dem Schreibtisch. Sein Haar war dünn und grau, und einen Moment lang sahen wir einander nur an. Der Blick meines Vaters war auf mich geheftet – diese scharfen, durchdringenden Augen, die dunkel und unergründlich waren.

Ich trat ein. »Sir …«

Er hob einen Finger und brachte mich dadurch zum Schweigen. Dann starrte er mich eine Weile nur an und fragte schließlich: »Bist du wirklich hier?«

Mein Mund wurde mir trocken, und ich stieß hervor: »Es tut mir leid. Ich bin nur …« Ich trat einen Schritt auf ihn zu und wünschte verzweifelt, mich vor ihm zu verstecken; aber ich wusste, dass ich das nicht konnte. »Ich bin gekommen, um mich zu entschuldigen.« Ich senkte den Kopf. »Du hast mich zu Recht verstoßen. Es tut mir so leid.« Ich ließ den Kopf fallen und wartete auf seine Worte – auf seine Zurechtweisung und Ablehnung. Nichts davon kam. Dann hörte ich etwas, ein Schniefen. Ich sah hoch. Die Augen meines Vaters waren rot. Er sagte nichts, weil er weinte.

»Mein Junge«, sagte er schließlich leise. »Mein Junge.« Tränen strömten ungehindert über sein Gesicht. Er stand auf und ging mit ausgestreckten Armen um seinen Schreibtisch. »Mein Junge!«

»Dad?«

»Mary!«, rief er. »Mary! Luke ist nach Hause gekommen! Mein Sohn ist nach Hause gekommen!«

Er kam auf mich zu, und wir umarmten einander, wobei mich seine noch immer kraftvollen Arme fast zerdrückten. Ich begann zu schluchzen. Es war mir unmöglich, ihm ins Gesicht zu sehen. »Es tut mir leid. Es tut mir so leid.«

Mein Vater hielt mich einfach in den Armen und küsste mich auf den Scheitel. »Ich habe jeden Abend darum gebetet, dass du den Weg zurück findest. Und du bist zurückgekommen. Du bist zurückgekommen, das ist alles, was zählt.«

In diesem Augenblick kam Mary ins Zimmer. Sie erstarrte, als sie mich sah. »Luke!«

»Er ist wieder da, Mary!«

Ihre Augen füllten sich sofort mit Tränen. Sie kam zu uns und umarmte mich. »Ich habe dir doch gesagt, dass er zurückkommen wird, nicht wahr?«

»Du hast den Glauben nie verloren«, bestätigte mein Vater und drückte mich noch fester. »Mein Junge. Oh, mein Junge.« An Mary gewandt, sagte er: »Reservier uns was im DiSera's. Sag Larry, dass er unseren Tisch freihalten soll. Sag ihm, dass er den Monfortino ausschenken und seine Mandoline hervorholen soll. Wir feiern. Mein Junge ist nach Hause gekommen.«

Achtundvierzigstes Kapitel

Die Süße der Wiedervereinigung ist eine himmlische Wonne.

Aus dem Tagebuch von Luke Crisp

Da waren wir nun. Wir zwei (eigentlich wir drei, da Mary mitgekommen war) saßen an demselben Tisch, an dem wir gesessen hatten, als mir mein Vater zum ersten Mal vorgeschlagen hatte fortzugehen, um zu studieren. Die Freude, die ich empfand, war unbeschreiblich. Doch es war mein Vater, der sich am meisten zu freuen schien. Mein Vater war regelrecht aus dem Häuschen und wirkte, als könne er jeden Moment in einen Jubelgesang ausbrechen.

Der Monfortino, den wir tranken, war etwas Besonderes. Nicht nur, weil er der beste Wein war, den das DiSera's zu bieten hatte, sondern auch, weil er mit einem Preis von tausend Dollar die Flasche etwas war, was mein Vater noch nie bestellt hatte und normalerweise auch nie bestellen würde. Aber an diesem Abend tat er es. Es war eine Geste, und sie entging mir nicht. An diesem Abend wurde nichts zurückgehalten.

Mein Vater interessierte sich für alles, was ich durchgemacht hatte. Für alles. Ich erzählte ihm von unserer Reise, meinen Extravaganzen und meinen Feiern. Ich schämte mich, meine Dummheiten zu gestehen, aber mein Vater hörte nur zu und schüttelte wissend den Kopf. Als ich ihm von Sean erzählte und davon, wie er mich hereingelegt hatte, lautete sein einziger Kommentar: »Ist mir auch schon passiert.«

Seine Augen füllten sich mit Tränen, als ich ihm davon erzählte, wie Candace mich verlassen hatte, und noch mehr, als ich die Monate schilderte, die ich in den Kanälen unter Las Vegas verbrachte, und sogar noch mehr, als ich ihm beschrieb, wie ich überfallen und ausgeraubt worden war. Und als ich ihm von Carlos berichtete und davon, wie er mich gerettet hatte, leuchteten seine Augen dankbar auf. Als ich ihm von Wayne erzählte, lächelte er.

»Ich erinnere mich an Wayne«, sagte mein Vater. »Er sieht aus wie die Disney-Figur Gepetto.«

Ich lachte. »Ganz genau.«

»Er hat die Sache mit MGM wirklich vermasselt«, sagte er grinsend und trank seufzend einen Schluck Wein. »Ab und zu mache ich was richtig.«

Während ich ihm von Rachael erzählte, merkte ich, wie viel sie mir bedeutete.

»Es ist noch nicht vorbei, oder?«, meinte mein Vater.

Ich schüttelte den Kopf. »Noch nicht.«

Während meiner Erzählung tadelte mich mein Vater kein einziges Mal. Er urteilte auch nicht. Kein »Das hab ich dir ja gesagt«. Keine Entrüstung. Nur Liebe und Freude über meine Rückkehr.

Später am Abend, nachdem Larry auf seiner Mandoline *Volare* für uns gespielt hatte, stand mein Vater auf und schlug mit einer Gabel gegen ein Weinglas, bis alle im Restaurant zu uns herschauten.

»Meine Freunde«, sagte mein Vater, »die meisten von Ihnen sind Fremde für mich. Aber heute Abend sind Sie alle meine Freunde, denn heute Abend feiern wir. Mein Sohn ist nach Hause gekommen. Ich lade Sie alle ein, mit mir auf ihn anzustoßen.«

Larry ging wild gestikulierend durch sein Restaurant und rief: »Gläser hoch!« Das Restaurant war Larrys Zuhause, und er führte es auch so. (Er war berüchtigt dafür, dass er Leute, die er nicht mochte, rausschmiss, was den Ruhm und die Beliebtheit seines Restaurants nur noch steigerte.)

Auch ohne Larrys Ermunterung hatten die meisten Gäste bereits lächelnd ihr Glas erhoben. – Wer freut sich nicht über eine glückliche Wiedervereinigung?

Mein Vater hob das Glas. »Auf meinen Sohn. Wohin er auch gesegelt sein mag, ich danke den Winden, die ihn wieder nach Hause gebracht haben.«

Wir stießen miteinander an, und meine Augen wurden feucht vor Dankbarkeit und Liebe, die ich für diesen Mann empfand. Vor Dankbarkeit für *seine* Liebe.

Mein Vater ließ seinen Blick durch das Restaurant schweifen. »Danke, dass Sie an unserer Freude teilgenommen haben«, sagte er. »Heute Abend geht all Ihr Essen auf meine Rechnung.« Alle Gäste applaudierten. Dann flüsterte ihm Mary etwas zu, und er lächelte ironisch. »Aber nicht Ihre Getränke.«

Alle lachten und applaudierten erneut.

»Cantiamo!«, rief Larry. »Wir singen.« Er spielte *That's Amore* auf seiner Mandoline, und alle Gäste sangen mit, als wären wir alte Freunde. Alle außer meinem Vater. Der sah mich die ganze Zeit einfach nur an und lächelte.

Neunundvierzigstes Kapitel

Meine Rückkehr hat den Giganten wiedererweckt.

Aus dem Tagebuch von Luke Crisp

Am nächsten Morgen musterte mich Henrys Sekretärin gereizt. Sie war deutlich verärgert darüber, mich schon so bald wieder in ihrem Büro zu sehen. »Kann ich Ihnen helfen?«, fragte sie in einem Ton, der mir deutlich zu verstehen gab, dass sie dazu keineswegs bereit war.

»Ja, das können Sie. Bitte sagen Sie Henry, dass ich hier bin, um ihn zu sprechen.«

»Mr Price ist beschäftigt«, fauchte sie.

»Er ist nicht zu beschäftigt, um mich zu sehen«, erwiderte ich. »Rufen Sie ihn an.«

Sie rührte sich nicht.

»Bitte rufen Sie ihn an«, wiederholte ich.

Sie starrte zu mir hin, während sie den Hörer hob und hineinsprach. Dann legte sie den Hörer wieder auf. »Wie ich bereits gesagt habe, Mr Price ist beschäftigt. Und Sie sind hier nicht willkommen.«

Jetzt trat mein Vater an den Tresen. »Kein Problem, Miss. Seine Termine sind hiermit gestrichen.« Er ging an ihrem Tresen vorbei.

»Sie können nicht da hinten hingehen. Ich rufe den Sicherheitsdienst.«

Mein Vater blieb stehen, drehte sich zu ihr um und sah sie mit einem irritierten Lächeln an. »Meine Liebe, der Sicherheitsdienst ist bereits unterwegs.«

Fast wie aufs Stichwort kamen drei uniformierte Sicherheitsleute in den Raum und gingen auf meinen Vater zu. Der erste sagte: »Freut mich, Sie wiederzusehen, Mr Crisp.«

»Mich freut es ebenfalls, Sie wiederzusehen, Michael«, erwiderte mein Vater. Dann wandte er sich erneut der Frau zu. »Sie haben keine Ahnung, wer ich bin, oder?«

Sie sah meinen Vater sprachlos an.

»Sie wissen es nicht, oder?«

Sie schluckte und schüttelte den Kopf.

»Das hab ich mir schon gedacht«, sagte er. »Ich verrate Ihnen, wer ich nicht bin. Ich bin nicht mehr Ihr Arbeitgeber.« Er wandte sich an den einen Sicherheitsmann. »Michael, würde einer Ihrer Männer diese junge Dame bitte aus meinem Gebäude führen.«

»Ja, Sir«, erwiderte Michael und nickte dem Mann neben ihm zu.

Mein Vater setzte seinen Weg zu Henrys Büro fort. Ich blieb am Tresen der Frau stehen. »Ich gebe Ihnen einen Rat«, sagte ich. »Wenn Sie in Zukunft eine Stelle behalten wollen, sollten Sie unbedingt in Erfahrung bringen, für wen Sie arbeiten.«

Mein Dad versuchte, Henrys Tür zu öffnen, aber sie war abgeschlossen, was zweifellos auf mein vorheriges Eindringen zurückzuführen war. Er klopfte.

»Ich habe keine Zeit für dich, Luke«, rief Henry.

»Hättest du Zeit für mich, Henry?«, fragte mein Vater.

Stille. Plötzlich öffnete sich die Tür. »Carl. Entschuldige. Ich dachte, dass ...«

»... es mein Sohn ist?« Mein Vater ging in das Büro. »Setz dich, Henry.«

»Ja, Sir.« Henry hastete an seinen Schreibtisch zurück.

Mein Vater sah sich in seinem einstigen Büro um. »Was hast du mit meinem Büro gemacht, Henry?«

Henry schluckte. »Ein paar Veränderungen hier und da, um es zu meinem zu machen.«

»Offensichtlich«, meinte mein Vater und wandte sich wieder Henry zu. »Was hast du mit meinem Unternehmen gemacht, Henry?«

Henry zwang sich zu einem nervösen Lächeln. »Ich habe es durchrationalisiert, Sir.«

»Durchrationalisiert?«

»Ja, Sir. Ballast abgeworfen.«

»Gut«, sagte mein Vater. »Ich hasse Ballast.« Er ging zur Wand und betrachtete ein Foto, auf dem Henry mit einem Rapstar auf einer Bühne stand. »Was ist das?«

»Wir haben einen Rapper in unsere letzte Konferenz gebracht. Ich dachte, es würde den Kampfgeist stärken.«

»So, so«, meinte mein Vater und nahm das Foto von der Wand. »Wie gesagt, ich hasse Ballast.« Er warf das Foto in den Papierkorb neben dem Schreibtisch. »Ich werde dir helfen, Henry. Wir werden die Dinge noch ein wenig weiter durchrationalisieren.« Mein Vater drehte sich wieder um. »Denn von diesem Moment an bist du von deinen Pflichten entbunden.«

Henry sah meinen Vater schockiert an. »Aber Carl, ich bitte dich. Ich habe nur die Interessen der Aktionäre vertreten.«

»Hast du vergessen, dass ich der Mehrheitsaktionär bin?«

»Nein, Sir.«

»Ich glaube schon, dass du das hast.« Er beugte sich vor, und seine kraftvollen Augen funkelten. Einen Moment lang dachte ich, er könnte den angsterfüllt wirkenden Henry erwürgen. »Du hast die Grundprinzipien dieses Unternehmens vergessen, Henry. Das kann ich dir noch verzeihen. Du hast die Menschen verraten, die dieses Unternehmen aufgebaut haben. Das kann ich dir fast noch verzeihen. Aber du hast meinen Sohn mit Missachtung behandelt, Henry, und das werde ich dir nicht vergeben.« Er wandte sich an die beiden noch im Flur wartenden Sicherheitsleute. »Michael, führen Sie Mr Price aus meinem Gebäude. Er ist hier nicht mehr willkommen.«

»Ja, Sir.«

»Und Henry …«, sagte mein Vater.

Henry sah ihn versonnen an.

»Gegen das Karma kann man nichts machen.« Mein Vater wandte sich mir zu und zwinkerte. Dann meinte er: »Gehen wir, mein Sohn. Wir haben noch viel zu tun.«

Fünfzigstes Kapitel

Mein Vater wollte gern die Menschen kennenlernen, die mir in meinen schweren Zeiten geholfen haben. Meine Rückkehr nach Las Vegas hat eigenartige Gefühle in mir ausgelöst. Ich fühle mich wie ein Schauspieler, der nach der Aufführung auf die Bühne eines leeren Theaters zurückkehrt, oder wie ein Soldat, der das Schlachtfeld Jahre nach Kriegsende erneut betritt.

Aus dem Tagebuch von Luke Crisp

Der schwarze Lincoln passte nicht zu dem ärmlichen Haus im Pueblo-Stil, vor dem er hielt. Der Fahrer parkte den Wagen ein und stellte den Motor ab.

»Da ist es«, sagte ich.

»Gehen wir«, forderte mich mein Vater auf. Wie üblich, stieg er aus dem Auto, bevor ihm der Fahrer die Tür öffnen konnte. Ich stieg nach ihm aus, und wir gingen gemeinsam zur Haustür der Familie Sanchez.

Carlos hatte den Wagen draußen vorfahren sehen und öffnete die Tür, bevor wir sie erreicht hatten. Er blickte zwischen meinem Vater und mir hin und her.

»Hallo Carlos. Das ist mein Vater«, sagte ich, obwohl ich vermutete, dass er sich das bereits gedacht hatte.

»Es ist mir eine Ehre, Sir.«

»Die Ehre liegt ganz auf meiner Seite«, entgegnete mein Vater. »Dürfen wir für einen Augenblick hereinkommen?«

»Natürlich.«

Als wir das Wohnzimmer betraten, kam auch Carmen herein. »Luke!«, rief sie und umarmte mich. Dann wandte sie sich an meinen Vater. »Sind Sie Lukes Vater?«

»Ja, ich bin Carl«, bestätigte er. »Darf ich mich setzen?«

»Selbstverständlich«, sagte Carlos und ging zu einem ausgeblichenen grünen Samtsessel, der fast in der Mitte des Raumes stand. »Bitte, nehmen Sie Platz.«

Mein Vater setzte sich auf die Sesselkante, während sich Carlos und Carmen gemeinsam auf dem Sofa niederließen, das in einigem Abstand vor dem Sessel stand. Ich setzte mich auf einen seitlich stehenden kleineren Sessel.

Mein Vater blickte kurz zu Boden, um sich zu sammeln, und dann zu Carlos hoch. »Ich bin gekommen, um Ihnen dafür zu danken, dass Sie meinen Jungen gerettet haben.«

»Das hab ich doch gar nicht. Er ...«

Mein Vater unterbrach ihn. »Luke hat mir alles erzählt. Sie waren da, als er Sie gebraucht hat. Ich würde mich gern dafür erkenntlich zeigen. Ich habe gehört, dass Ihr ältester Sohn krank ist. Erzählen Sie mir davon.«

Carlos warf Carmen einen Blick zu und sah dann wieder meinen Vater an. »Er leidet an Kardiomyopathie«, erklärte er. »Es ist eine Erkrankung des Herzens.«

»Eine sehr ernste Erkrankung«, fügte mein Vater hinzu. Er wandte sich an Carmen. »Wie geht es ihm?«

»Noch weilt er unter uns«, meinte Carmen.

Mein Vater sah die beiden einen Moment lang an. »Ich hätte gern, dass es so bleibt. Ein Golffreund von mir, Dr. Mario Nelson, ist Chefarzt der Kardiologie im St. Joseph's Hospital in Phoenix. Ich habe ihm vom Gesundheitszustand Ihres Sohnes erzählt, und er ist bereit, ihn jederzeit bei sich aufzunehmen.«

Carlos und Carmen wirkten ein wenig beklommen. »Danke,

Sir«, sagte Carlos, »aber mein Sohn hat keine Krankenversicherung.«

»Es ist bereits alles geregelt«, beruhigte ihn mein Vater. »Ich werde das übernehmen.«

Die beiden starrten meinen Vater ungläubig an. Ich wusste, dass mein Vater ihnen persönlich danken wollte, aber nicht, in welchem Maße. Ich sah meinen Vater an und lächelte. Dann erhob sich mein Vater. Er zog zwei Visitenkarten aus der Brusttasche seines Mantels und überreichte sie Carlos. »Das sind die Karten des Arztes und meine. Er erwartet Ihren Anruf. Ihr Sohn muss lediglich einen Termin vereinbaren und hingehen.«

Carmen brach in Tränen aus. »Gott segne Sie!«

Carlos begann ebenfalls zu weinen. Er und Carmen umarmten einander, dann sagte Carlos zu meinem Vater: »Danke. Danke, Mr Crisp. Danke.«

»Carl«, korrigierte ihn mein Vater lächelnd. »Ich habe dankbar zu sein. Wenn Dr. Nelson der Meinung ist, dass Ihr Sohn fliegen kann, dann rufen Sie meine Assistentin an. Sie wird auf meine Veranlassung hin Ihren Flug buchen und dafür sorgen, dass ein Wagen Sie abholt und ins Krankenhaus fährt.« Er sah zu mir herüber und lächelte. In meinen Augen standen jetzt ebenfalls Tränen, und ich nickte zustimmend.

»Wollen wir gehen, mein Sohn?«

»Ja, Sir.«

Carlos und Carmen begleiteten uns zur Haustür. Carmen umarmte mich wieder und wieder. »Kann mich mal jemand kneifen«, meinte sie. »Gott segne Sie, Carl. Gott segne Sie.«

»Das hat er schon«, erwiderte mein Vater.

Sobald wir im Wagen saßen, sagte ich zu meinem Vater: »Du hast mir gar nicht gesagt, dass du das tun würdest.«

Ein breites, fast kindliches Grinsen huschte über sein Gesicht. »Das hat Spaß gemacht, nicht?«

Ich nickte. »Ja, das hat es.«

Der Fahrer sah zu uns nach hinten. »Zum Flugplatz, Sir?«

»Nein«, antwortete mein Vater. »Ich muss mir noch etwas ansehen.«

Einundfünfzigstes Kapitel

Die wechselnden Zeitläufte können Phasen des Elends in unserem Leben hinwegschmelzen wie der warme Frühling das Eis. Dies war mein letzter Dezember.

Aus dem Tagebuch von Luke Crisp

Mein Vater und ich standen über dem Betondamm und sahen in die Öffnung des Entwässerungstunnels hinab.

»Da drinnen hast du gewohnt?«, fragte er leise.

»Trautes Heim, Glück allein«, erwiderte ich. »Rund hundert Meter vom Eingang entfernt habe ich mir einen gemütlichen kleinen Unterschlupf aus Pappkartons gebaut.«

Mein Vater blickte schweigend in den Tunnel hinunter, und ich fragte mich, was ihm durch den Sinn ging. Nach etwa einer Minute fragte er schließlich: »Was hast du daraus gelernt, mein Sohn?«

Ich sah einen Moment lang nach unten und dann wieder zu ihm hin. »Ich habe gelernt, dankbar zu sein.«

Er nickte, und ich konnte sehen, dass ihm meine Antwort gefiel. »Noch etwas?«

Ein breites Lächeln huschte mir über das Gesicht. »Ich habe gelernt, dass die Liebe meines Vaters unbeirrbar ist.«

Seine Augen wurden feucht. »Unbeirrbar, bedingungslos, beständig.« Er wandte sich mir zu und sah mir tief in die Augen. »Vergiss das niemals.« Er legte seinen Arm um mich. »Bist du bereit, nach Hause zu fahren?«

»Fast«, antwortete ich. »Fast.«

Zweiundfünfzigstes Kapitel

Ich weiß nicht, was sich hinter dem Vorhang verbirgt, ich weiß nur, dass ich es herausfinden muss.

Aus dem Tagebuch von Luke Crisp

Mein Vater drehte sich zu mir um, als ich vor dem Copyshop aus dem Wagen stieg. »Es sind fast zwanzig Jahre her, dass ich im 317 gewesen bin.«

»Es ist ein guter Shop«, versicherte ich. »Wayne hat gute Arbeit geleistet.«

»Wayne hat hervorragende Arbeit geleistet. Sein Shop steht umsatzmäßig an zweiter Stelle in Nevada und an zwölfter im Westen.«

»Wie kannst du bloß all diese Zahlen im Kopf behalten?«, fragte ich.

»Du wirst das auch noch hinbekommen«, erwiderte er.

Ich öffnete meinem Vater die Tür und trat hinter ihm ein. Colby begrüßte uns, als wir hereinkamen. »Luke!«

Colby erinnerte mich an einen Welpen. Hätte er einen Schwanz gehabt, hätte er damit gewedelt.

»Colby!«

»Ich wusste nicht, ob du zurückkommen würdest.«

»Glaubst du, ich würde verschwinden, ohne mich zu verabschieden?«

»Ne!«

Ich sah mich um. »Ist Rachael da?«

Er schüttelte den Kopf. »Nein. Sie ist noch nicht zurückgekommen. Wayne kann sie nicht erreichen.« Plötzlich sah er meinen Vater mit einem seltsamen Gesichtsausdruck an, aus dem ich schloss, dass er sich fragte, ob mein Vater wirklich der war, für den er ihn hielt. Er wandte sich wieder mir zu. »He, weiß Wayne, dass du kommen würdest?«

»Nein«, erwiderte ich, während mein Vater und ich um den Tresen gingen. »Wir wollten ihn überraschen.«

Wir gingen nach hinten zu Waynes Büro. Seine Tür war geschlossen, und ich klopfte.

»Herein«, rief er.

Ich öffnete die Tür. »Ist jemand zu Hause?«, fragte ich.

Wayne saß an seinem Schreibtisch und verspeiste sein Mittagessen. Er begann zu strahlen, als er mich sah. »Luke!«

Ich öffnete die Tür ganz. »Hey, Kumpel.«

Er kam mit ausgestreckter Hand auf mich zu. »Es ist so schön, dich zu sehen. Ich kann nicht glauben, dass du es geschafft hast. Wie hast du Price dazu gebracht, seine Meinung zu ändern?«

»Das hab ich nicht«, entgegnete ich.

Er sah mich fragend an. »Was?«

In diesem Moment trat mein Vater durch die Tür. Wayne nahm sofort Haltung an – wie ein Soldat, der vor einem Offizier strammsteht. Mein Vater lächelte über seine Reaktion. »Rühren Sie sich, Soldat«, meinte er und streckte seine Hand aus. »Wie geht es Ihnen, Wayne?«

»Mir geht es fantastisch, Mr Crisp, danke.«

Sie schüttelten einander die Hände.

»Wie viele Jahre ist es her, dass wir hier unsere Unterhaltung hatten?«

»Dreiundzwanzigeinhalb plus/minus ein paar Monate.«

»Sie waren eine gute Investition. Sie haben in diesem Shop hervorragende Arbeit geleistet. Glückwunsch.«

»Danke.«

»Nein, ich danke Ihnen. Und ganz besonders danke ich Ihnen, dass sie sich so gut um meinen Sohn gekümmert haben. Er spricht in höchsten Tönen von Ihnen.«

»Er ist ein guter Mann. Sie sollten stolz auf ihn sein«, sagte Wayne. »Er ist ganz der Vater.«

»Ich bin stolz auf ihn«, versicherte mein Vater und sah mich an. »Ich bin es immer gewesen.«

»Wayne«, fragte ich, »weißt du, wo Rachael ist?«

»Nein. Ich kann sie nicht erreichen. Sie geht nicht ans Telefon. Ich wollte heute Nachmittag zu ihr fahren, um zu sehen, ob ich sie erwischen kann.«

»Also weiß sie noch nicht, dass sie ihre Stelle wiederhat?«

Er schüttelte den Kopf. »Nein.«

»Wir werden sie besuchen«, entschied mein Vater. »Ich werde es ihr sagen.«

Wayne lächelte. »Ich bin sicher, dass sie nicht damit rechnet.«

* * *

Mein Vater und Wayne plauderten noch ein wenig miteinander, bevor wir zurück zum Wagen gingen. Auf dem Weg zu Rachael fragte mein Vater: »So, Luke, wie sieht dein Plan aus?«

»Mein Plan?«

»Dein Plan, das Mädchen zurückzugewinnen.«

»Aufrichtigkeit«, antwortete ich.

»Und wenn das nicht funktioniert?«

»Betteln.«

Er lachte. »Wie viel bedeutet dir diese Frau?«

»Ich weiß nicht recht, wie ich das messen soll.«

Er lächelte. »Hast du, seit du sie das letzte Mal gesehen hast, aufgehört, an sie zu denken?«

»Nein.«

»Ist sie die Richtige?«

»Ich bin mir nicht sicher.« Dann fügte ich hinzu: »Aber ich würde es wirklich gern herausfinden.«

Er lehnte sich wieder in seinem Ledersitz zurück und sah nach vorn. »Das war es, was ich wissen wollte. Am besten lässt du mich das machen.«

* * *

Rachaels Auto parkte auf dem für sie reservierten Parkplatz bei dem Mehrfamilienhaus. Der Fahrer hielt vor dem Westeingang des Wohnhauses, und mein Vater und ich gingen in das Gebäude und zum zweiten Stock hinauf.

»Sie wohnt in der 207«, sagte ich.

Mein Vater ging zu ihrer Wohnungstür, während ich hinten im Flur stehen blieb, wo sie mich nicht sehen konnte. Er klopfte. Einen Moment später hörte ich die Riegel zur Seite gleiten, dann öffnete sich die Tür.

»Was möchten Sie?«, fragte Rachael. Es machte mich glücklich und nervös zugleich, ihre Stimme zu hören.

»Sie sind Rachael Simmons?«, fragte mein Vater.

»Ja«, bestätigte sie. Es folgte eine lange Pause. »Sie sehen aus wie …«

Mein Vater streckte seine Hand aus. »Ich bin Carl Crisp, der Gründer von Crisp's Copy Centers. Ich bin hier, weil ich einige der in meiner Abwesenheit getroffenen Entscheidungen beschämend fand – Entscheidungen, zu denen die Kündigung einiger wertvoller Mitarbeiter gehörten, zu denen auch Sie zählen. Ich komme aus eigenem Antrieb und im Namen von Crisp's Copy Centers, um eine Entschuldigung auszusprechen und Ihnen Ihre Stelle wieder anzubieten.«

Es verschlug ihr erst einmal die Sprache. »Machen Sie das bei allen?«

Mein Vater lachte. »Nein.«

»Danke«, sagte sie mit aufgewühlter Stimme. »Sie wissen ja nicht, wie viel mir das bedeutet.«

»Möglicherweise.« Sein Blick wurde eindringlicher. »Rachael, gefällt Ihnen mein Unternehmen?«

»Jetzt schon viel besser«, sagte sie.

Mein Vater lachte.

»Ich finde, es ist ein tolles Unternehmen«, setzte sie nach. »Sie haben immer gut für Ihre Angestellten gesorgt.«

»Ich bin froh, dass Sie das sagen, weil ich glaube, dass wir noch viel besser für Sie sorgen können. Ich würde Ihnen gern ein Angebot machen. Wir haben eine freie Stelle in unserer Hauptverwaltung. Sie würden all Ihre Vergünstigungen behalten, aber Ihr Gehalt wäre wesentlich höher. Sie könnten nachmittags auch von zu Hause aus arbeiten, sodass Sie da sein könnten, wenn Ihr Sohn von der Schule nach Hause kommt.«

Ich hätte nur zu gern ihr Gesicht gesehen.

»Es gibt allerdings ein paar Haken bei der Sache.«

»Was zum Beispiel?«

»Der erste wäre, dass Sie natürlich nach Phoenix umziehen müssten.«

»Damit habe ich kein Problem«, versicherte sie schnell.

»Der zweite ist nicht so angenehm. Sie wären dem neuen Leiter von Crisp's direkt unterstellt.«

»Warum sollte ich damit ein Problem haben?«, fragte sie.

»Nun, vielleicht sollten Sie erst einmal erfahren, um wen es sich handelt.« Mein Vater drehte sich um und winkte mich zu sich. Ich kam zur Tür. Rachael erstarrte, als sie mich sah. Sie wusste noch immer nicht, dass er mein Vater war, und sah zwischen uns hin und her, um herauszufinden, welchen Zusammenhang es da gab.

»Dies ist mein Sohn. Er wird wahrscheinlich der neue CEO von Crisp's werden.«

Rachael starrte mich nur an.

Mein Vater sagte: »Ich würde es als einen persönlichen Gefallen betrachten, wenn Sie sich zumindest anhören würden, was er zu sagen hat.« Er sah zu mir und dann wieder zu Rachael hinüber. »Ich werde euch ein wenig Zeit allein geben. Es war mir eine Freude, Sie kennenzulernen, Rachael.« Dann wandte er sich mir zu. »Jetzt hast du das Wort, mein Sohn.« Damit ging er den Flur entlang und die Treppe hinunter und verschwand.

Rachael stand weiter da und starrte mich an.

»Hallo«, sagte ich.

Sie umarmte mich. »Ich dachte, dass ich dich nie mehr wiedersehen würde.«

Ich umarmte sie ebenfalls und drückte sie an mich.

»Es tut mir leid, dass ich dir keine Möglichkeit gegeben habe, die Sache zu erklären«, sagte sie. »Ich hatte solche Angst. Und ich wollte, dass du zuverlässig bist. Ich wollte es so sehr.«

»Ich bin kein Glücksspieler«, sagte ich.

»Ich weiß. Ich habe deinen Steuerberater angerufen.«

»Mike hat es dir erzählt?«

»Ich habe ihm gesagt, dass es um Leben und Tod geht.«

Ich hielt sie ein paar Minuten lang einfach nur fest. Als wir uns schließlich voneinander lösten, meinte sie mit einem Grinsen: »Dann kennst du Mr Crisp also doch persönlich, was?«

»Tut mir leid. *Das* habe ich tatsächlich vor dir verheimlicht.«

»Ich verzeih es dir«, sagte sie und presste sich wieder an mich.

»Also wie lautet deine Entscheidung?«, fragte ich. »Kommst du nach Phoenix?«

Sie lächelte. »Was glaubst du denn?«

Epilog

> *Mein Vater hat einmal gesagt: »Der Krieger, der in die Schlacht zieht, sollte sich nicht damit rühmen, derjenige zu sein, der aus ihr zurückkehrt.«*
>
> *Ich habe jetzt erkannt, dass ich nur mit den guten Menschen prahlen kann, die mein Schild hielten, als meine Arme dafür zu schwach waren, und mich aufrichteten, als ich zu erschöpft war, um selbst zu stehen.*
>
> Aus dem Tagebuch von Luke Crisp

Mein Vater und ich spielen wieder jeden Samstag Golf. Ich würde häufiger Golf spielen, wenn ich könnte, aber durch meine neuen Verpflichtungen bin ich ein wenig eingebunden. Der Vorstand hat sich einstimmig dafür ausgesprochen, mich als neuen CEO von Crisp's Copy Centers International einzusetzen. Mein Vater besitzt zwar genug Stimmanteile, um es auch ohne dessen Zustimmung durchzusetzen, aber das ist nicht sein Stil und war es auch nie. Ich arbeite jetzt an der Expansion von Crisp's nach Europa, sodass meine Reisen durch Frankreich und Italien nicht völlig sinnlos gewesen sind. Bei meinem letzten Parisaufenthalt habe ich Rachael mitgenommen, und wir hatten eine wirklich schöne Zeit.

Nachdem mein Vater die Frage gestellt hatte, zeigte sich, dass Rachael tatsächlich die Richtige war. Wir heirateten am 22. Dezember, ein Jahr nach unserem Gespräch im Coffeeshop. Natürlich fand das Hochzeitsessen im DiSera's statt, und Larry gab uns ein Ständchen und verkündete allen, er habe noch nie eine so schöne Braut gesehen. Ich stimmte ihm zu. Natürlich kann es sein, dass das nur an der rosa Brille der Liebe gelegen hat, aber das glaube ich nicht. Ich glaube, dass es jeden schöner macht, wenn er glücklich ist.

Mein Vater war selig, augenblicklich zum Großvater zu werden, und stürzte sich in der für ihn typischen Art Hals über Kopf in diese Rolle. Er bringt Chris jetzt das Golfspielen bei und ist jeden Sonntagnachmittag mit seinem Enkel zusammen. Wenn ich meinen Vater mit Chris sehe, erinnert mich das an die Zeit, in der ich noch ein Junge war. Chris geht jetzt nicht mehr zum Therapeuten. Es geht ihm wirklich gut. Das ist auch kein Wunder, schließlich hat er meinen Dad an seiner Seite.

Henry Price hat Phoenix verlassen, um seine eigene Kette von Copyshops aufzubauen. Seinen ersten Shop hat er in der Gegend von St. Paul in Minnesota eröffnet, und er ist nie darüber hinaus gekommen. Von unseren dortigen Mitarbeitern erfuhr ich, dass sich Henrys Shop ein paar Jahre dahinschleppte, bis sein Kapital aufgebraucht war und ihm die Investoren den Geldhahn zudrehten. Vermutlich hat er gelernt, dass mein Vater doch etwas vom Geschäft versteht.

Duane hat seine Operation überstanden. Tasha und Carmen wohnten im Haus meines Vaters, während sich Duane von den Strapazen erholte. Es geht ihm nun gut, und Tasha ist inzwischen mit ihrem dritten Kind schwanger. Carmen kann meinen Vater nicht ansehen, ohne in Tränen auszubrechen. Sie nennt ihn den heiligen Carl, und ich glaube, dass sie das auch so meint. Natürlich empfinde ich ihrem Carlos gegenüber genauso. Carlos leitet auch weiter das Golden Age und ruft mich gelegentlich an, um sich einen Rat für das Marketing zu holen. Ich freue mich immer sehr, wenn ich von ihm höre.

Die sieben von der Wharton haben sich in alle Winde verstreut. Sean habe ich seit jenem Tag im Rehab nicht mehr gesehen, und das ist mir auch recht so. Meine Anwälte haben sowohl gegen ihn als auch gegen Marshall Klage eingereicht, und das Gericht hat in beiden Fällen zu meinen Gunsten entschieden. Marshall hat mir zurückgezahlt, was er mir schuldete, aber Sean hat das noch immer nicht getan. Ich rechne auch nicht damit.

Was aus Suzie geworden ist, weiß ich nicht, aber ich habe vor ein paar Jahren mit Lucy telefoniert. Sie hat ihr Baby bekommen, einen kleinen Jungen namens Brandon, der zu dem Zeitpunkt bereits laufen konnte. In der Kirchengemeinde ihrer Tante hat sie einen älteren Mann kennengelernt. Sie haben geheiratet und sich in Thornton, Colorado, niedergelassen, einer Vorstadt von Denver.

Bevor sie auflegte, erzählte sie mir, dass sie von Candace gehört habe. Candace hat einen Neurochirurgen aus Boston geheiratet und wohnt nun in Duxbury. Lucy sagte, sie habe sich nach mir erkundigt. Ich bin Candace wirklich nicht böse. Wenn sie mich nicht verlassen hätte, wäre ich jetzt nicht mit meiner Rachael zusammen. Ich danke Gott, dass er meine Gebete nicht erhört hat.

Das ist es soweit – zumindest, was meinen Teil der Geschichte betrifft. Die Seiten des Lebens werden weiter umgeblättert, und jeden Tag werde ich ein wenig älter und hoffentlich auch ein wenig weiser und erheblich dankbarer. Bereue ich etwas? Ein paar Dinge, aber nicht so viele, wie Sie vielleicht glauben. Wenn ich nicht in der Dunkelheit gewesen wäre, hätte ich nie das Licht gesehen und schätzen gelernt. Wir alle gehen im Leben unterschiedliche Wege, manche sind schwerer als andere, aber am Ende zählt nur, ob sie uns nach Hause führen oder nicht.

Der wahre Held dieser Geschichte aber ist mein Vater. Er hat mich durch seine uneingeschränkte Großzügigkeit gerettet.

Mein größter Wunsch ist es, so zu sein wie er, und meine größte Hoffnung besteht darin, es wert zu sein, als sein Sohn bezeichnet zu werden. Ich glaube nicht, dass ich nach irgendetwas Größerem streben könnte.

Manchmal kann ein tragischer Schicksalsschlag eine einzigartige Chance sein …

Lisa Genova
MEHR ALS NUR EIN
HALBES LEBEN
Roman
Aus dem amerikanischen
Englisch von
Veronika Dünninger
384 Seiten
ISBN 978-3-7857-6057-4

Sarah hat alles, wovon sie immer träumte: einen tollen Job, drei wunderbare Kinder, ein schönes Haus und einen liebevollen Mann. Nur eins hat Sarah nicht: Zeit. Bis zu jenem Morgen, an dem ihre Welt zusammenbricht. Auf dem Weg zur Arbeit hat Sarah einen Unfall. Als sie Tage später aus dem Koma erwacht, kann sie ihre linke Körperhälfte nicht mehr steuern. Die einst so selbstständige Frau ist auf einmal von anderen abhängig. Und dazu gezwungen, ihr Leben dramatisch zu entschleunigen. Doch während es Sarah allmählich besser geht, stellt sie sich immer öfter die Frage: Will ich mein altes Leben überhaupt zurück?
Ein tief bewegender Roman über die Wiederentdeckung der Langsamkeit

Lübbe Paperback

Farbenprächtiger Mittelalter-Roman vor der herrlichen Kulisse Rügens – von der Erfolgsautorin Ricarda Jordan!

Ricarda Jordan
DIE GEISEL DES LÖWEN
Historischer Roman
624 Seiten
ISBN 978-3-404-16825-5

Rujana (Rügen), 1163: Magnus, ein junger Knappe und Neffe des Dänenkönigs Waldemar, bangt um sein Leben. Die Inselbewohner haben sein Schiff gekapert und ihn gefangen genommen. Nun soll er ihrem Gott Svantevit geopfert werden. Nur die junge Amra stellt sich gegen ihr Volk und riskiert ihr Leben, um Magnus zu retten. Tatsächlich kann Magnus fliehen, doch kann er seine Lebensretterin ebenso wenig vergessen wie Amra den jungen Edelmann. … Ihre Wege kreuzen sich wieder, als Amras Wagemut sie erneut in Gefahr bringt. Und nun ist es an Magnus, Amra vor dem Schlimmsten zu bewahren …

Bastei Lübbe Taschenbuch

Werde Teil der Bastei Lübbe Welt
You Tube
www.luebbe.de/Meinewelt
Lesen, rezensieren, Bücher gewinnen
Lerne Autoren, Verlagsmitarbeiter und andere Leser kennen